LES VACANCES
D'HERCULE POIROT

Liste alphabétique complète des

Romans d'Agatha Christie

(Masque et Club des Masques)

AGATHA CHRISTIE

LES VACANCES D'HERCULE POIROT

Traduit de l'anglais par Michel Le Houbie

LIBRAIRIE DES CHAMPS-ÉLYSÉES

Ce roman a paru sous le titre original :

EVIL UNDER THE SUN

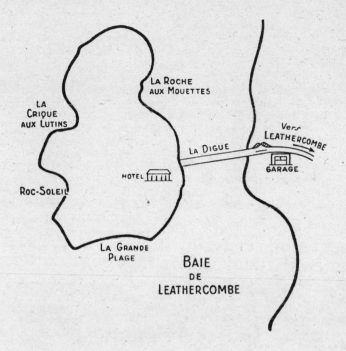

LA ROCHE
AUX MOUETTES

LA
CRIQUE
AUX LUTINS

Vers
LEATHERCOMBE

LA DIGUE

ROC-SOLEIL

HÔTEL

GARAGE

LA GRANDE
PLAGE

BAIE
DE
LEATHERCOMBE

CHAPITRE PREMIER

I

Quand, en l'an 1782, le capitaine Roger Angmering fit construire dans l'île de la baie de Leathercombe, on considéra que c'était là le comble de l'excentricité. Un homme de sa condition se devait de posséder une demeure décorative, posée dans un cadre de vastes prairies, autant que possible agrémentées d'une aimable petite rivière.

Mais le capitaine Roger Angmering n'avait qu'un amour au cœur : la mer. Aussi bâtit-il sa maison — et solide, ainsi qu'il convenait — sur un promontoire battu par le vent que les mouettes hantaient en tout temps et qui, à marée haute, se trouvait coupé de la terre.

Le capitaine mourut célibataire et la maison passa, avec l'île, à un de ses lointains cousins, que cet héritage laissa indifférent. Ses propres descendants ne l'apprécièrent guère plus, leur domaine s'amenuisa et ils s'en furent d'un pas régulier vers la pauvreté.

En 1922, quand s'instaura définitivement le culte des vacances au bord de la mer, quand il fut acquis que la chaleur estivale était très supportable sur les côtes du Devon et de la Cornouailles, Arthur Angmering s'aperçut que la maison, trop vaste et dépourvue de confort, n'était pas vendable, mais qu'il pouvait retirer un bon prix de l'ensemble de la propriété acquise par son ancêtre le navigateur.

Il vendit. Des agrandissements et des embellissements furent apportés à la vieille bâtisse. Une digue en ciment relia la terre ferme à l'île, qui se couvrit de promenades abondant en « sites pittoresques ». On vit apparaître deux courts de tennis. Destinées aux amateurs de bains de soleil, des terrasses s'étagèrent au-dessus de la petite baie, qui s'orna de plongeoirs et de radeaux. Tout cela préludant à la naissance de l'hôtel du Joyeux Roger, île des Contrebandiers, baie de Leathercombe.

De juin à septembre, avec une courte saison à Pâques, l'hôtel était généralement bourré jusqu'aux mansardes. En 1934, agrandi encore et modernisé, il s'enrichit d'un bar, d'une immense salle à manger et de quelques salles de bain supplémentaires. Les prix grimpèrent...

— Vous connaissez la baie de Leathercombe? disait-on à Londres. Il y a là un hôtel épatant, dans une espèce d'île. On y est magnifiquement bien. Pas de trains de plaisir, pas de campeurs, une excellente cuisine, et tout, et tout! Vous devriez y aller...

Et, souvent, le conseil était suivi.

Un personnage très important — c'était du moins son opinion personnelle — comptait au nombre des pensionnaires du « Joyeux Roger » : Hercule Poirot.

Installé sur une des terrasses qui s'intercalaient entre l'hôtel et la mer, resplendissant dans son blanc costume de flanelle, le bord de son panama rabattu sur les yeux, les moustaches effilées à miracle, Hercule Poirot, allongé dans un transatlantique perfectionné, suivait du regard le spectacle de la plage à l'heure du bain. Il y avait un tremplin de plongeon, trois radeaux, des périssoires, des canots, des jouets de caoutchouc, et quelques baigneurs, les uns dans l'eau,

10

les autres paressant au soleil, certains fort occupés à s'enduire le corps d'huiles « brunissantes ».

Sur la terrasse la plus rapprochée de la mer, ceux qui ne se baignaient pas bavardaient, échangeant des commentaires sur ce qui se passait devant eux, sur le temps, sur les nouvelles publiées par les journaux du matin, sur cent autres sujets encore.

Sur la gauche de Poirot, des propos ininterrompus fleurissaient, assez monotones, sur les lèvres de Mme Gardener, qui n'en continuait pas moins à faire cliqueter des aiguilles alertement maniées. A côté d'elle, couché plutôt qu'assis dans un fauteuil de plage, son mari, Odell C. Gardener, son chapeau sur le nez, intervenait de temps à autre dans la conversation. Mais seulement quand il était sollicité, et par une courte phrase.

Miss Brewster, une jeune femme d'allure sportive, sympathique, avec ses cheveux grisonnants et son visage tanné par le vent, était à la droite de Poirot. Elle parlait peu et toujours d'un ton bourru. On eût dit un chien de berger interrompant de ses rauques aboiements les jappements incessants d'un loulou.

— Alors, expliquait Mme Gardener, j'ai dit à mon mari : « Les paysages, c'est très joli et j'adore voir tout ce qu'il y a à voir dans un pays. Mais, après tout, nous avons déjà fait toute l'Angleterre, ou à peu près. Ce que je voudrais, maintenant, c'est un petit coin tranquille au bord de la mer, un endroit où je pourrais me détendre. » C'est bien ce que j'ai dit, n'est-ce pas, Odell? Un endroit où je pourrais me détendre. C'est bien ça, Odell?

Sous son chapeau, M. Gardener articula un « oui, ma chérie! » qui constituait pour Mme Gardener l'encouragement attendu.

— Alors, poursuivit-elle, j'ai vu M. Kelso, à l'agence Cook. C'est lui qui a établi notre itinéraire et il nous a rendu service de bien des façons. A la vérité, je ne sais pas ce que nous serions devenus sans lui. Bref, je l'ai vu, je lui ai expliqué la chose et il m'a dit que nous ne pouvions pas mieux faire que de venir ici. C'est un endroit très pittoresque, m'a-t-il dit, un coin tout à fait retiré du monde, où l'on est très bien et qui ne ressemble à rien de ce que vous connaissez. » Là, M. Gardener est intervenu pour demander certains petits détails... Parce que vous n'allez pas me croire, monsieur Poirot, et pourtant, c'est la vérité, une sœur de M. Gardener s'en est allée comme ça faire un séjour dans une pension de famille située dans un de ces endroits retirés du monde et qui ne ressemblent à rien de ce que vous connaissez. C'était très bien pour tout... sauf pour les cabinets, qui étaient une infection! Depuis ce temps-là, mon mari se méfie des coins retirés du monde. N'est-ce pas, Odell?

— Certainement, chérie, fit le chapeau.

— Heureusement, M. Kelso nous rassura tout de suite. Il nous dit que les installations sanitaires du Joyeux Roger étaient absolument « dernier cri » et que la cuisine y était remarquable. Je dois reconnaître que c'est la vérité pure. Et puis, ce qui me plaît, ici, c'est qu'on est entre soi. Vous voyez ce que je veux dire? L'endroit est petit, alors tout le monde se parle et tout le monde se connaît. Je le dis toujours, s'il y a quelque chose qu'on peut reprocher aux Anglais, c'est de mettre deux ans à se dégeler. Après, ils sont charmants. M. Kelso nous dit aussi que venaient ici des gens extrêmement intéressants, et là encore il avait raison. Il y a vous, monsieur Poirot, il y a Miss Darnley... Vous ne saurez jamais, monsieur Poirot, ce que cela m'a fait quand j'ai découvert que vous étiez ici. J'ai été transportée de joie... et dévorée de curiosité. N'est-ce pas, Odell!?

— Oui, ma chérie. On ne saurait mieux dire.

Miss Brewster, intervenant dans la conversation,

constata avec une franchise un peu rude que Poirot était « la grande attraction de la plage ». Les deux mains levées dans un geste de protestation, le détective s'en défendit. Mais avec plus de politesse que de conviction. Cependant, de la même voix tranquille, Mme Gardener poursuivait :

— Vous comprenez, monsieur Poirot, j'avais beaucoup entendu parler de vous. Surtout par Cornelia Robson. M. Gardener et moi, nous étions à Bade, au mois de mai, en même temps que Cornelia. Et, naturellement, elle nous a tout raconté, de cette affaire qui s'est passée en Egypte et de l'assassinat de Linet Ridgway. Il paraît que vous avez été littéralement merveilleux... et je mourais d'envie de vous connaître. N'est-ce pas, Odell?

— Tout à fait exact, chérie.

— Pour Miss Darnley, c'est autre chose. Imaginez-vous que je suis une cliente fidèle de Rose Mond. Or, je ne le savais pas, Rose Mond, c'est elle. Tout ce qu'elle fait est d'un chic fou. Elle a le sens de la ligne. La robe que j'avais hier soir vient de chez elle. Et, avec ça, c'est une femme délicieuse...

Le major Barry, qui, assis à côté de Miss Brewster, suivait de ses gros yeux exorbités les ébats des baigneurs, réussit à placer un mot, déclarant que Miss Darnley avait « beaucoup d'allure », mais déjà Mme Gardener enchaînait :

— Je dois reconnaître, monsieur Poirot, que, lorsque j'ai appris que vous seriez ici, ça m'a donné un coup. Bien sûr, j'étais ravie à l'idée de vous rencontrer. C'est la vérité et M. Gardener pourra vous le dire. Mais, d'un autre côté, je me demandais si vous ne veniez pas ici... professionnellement. Vous saisissez? Alors, comme je suis très impressionnable, mon mari est là pour le dire, la pensée que je pourrais être mêlée à une affaire criminelle... Vous comprenez, monsieur Poirot...

M. Gardener se racla la gorge et dit :

— Mme Gardener, monsieur Poirot, est très, très impressionnable.

— Permettez-moi de vous dire, chère madame, fit Poirot, que je suis venu ici dans les mêmes intentions que vous : pour prendre des vacances et me reposer. S'il y a des gens à qui je ne pense pas actuellement, ce sont MM. les assassins!

— On ne trouve pas de corps dans l'île des Contrebandiers, lança Miss Brewster de sa voix gutturale.

— Voilà qui n'est pas tout à fait exact, fit remarquer Poirot, montrant la plage du geste. Regardez devant vous! Toutes ces formes allongées sur le sable, qu'est-ce que c'est? Des hommes et des femmes? Peut-être... Mais si totalement anonymes que ce ne sont, au vrai, que des corps. Pas autre chose!

Connaisseur, le major Barry intervint :

— Possible. Mais, encore qu'ils soient peut-être un peu maigrichons pour mon goût, il y en a là-dedans qui ne sont pas si désagréables à contempler!

Poirot protesta avec énergie :

— Ce n'est pas mon avis! Il leur manque le mystère! Je suis peut-être de la vieille école, parce que je suis vieux, mais, de mon temps, c'était autre chose! Une cheville aperçue dans le bouillonnement d'une jupe, le galbe aimable d'une cuisse deviné sous la robe, un genou entrevu dans le froufrou de dessous enrubannés...

— Vous êtes terriblement dévergondé, fit observer le major en riant.

— En tout cas, déclara Miss Brewster, nous nous habillons aujourd'hui de façon rationnelle. C'est beaucoup mieux.

— C'est incontestable, décida Mme Gardener. Voyez-vous, monsieur Poirot, les jeunes gens d'aujourd'hui mènent une vie libre et saine. On ne sépare plus les filles des garçons, ils jouent ensemble et...

Elle rougit légèrement, embarrassée, car elle avait de la pudeur.

— Et, reprit-elle, après une courte hésitation, ça ne leur donne pas de mauvaises idées...

— C'est bien ce que je dis, fit Poirot. C'est lamentable...

— Lamentable?

Mme Gardener était choquée, mais Poirot demeurait imperturbable.

— Mais oui, lamentable! Vous avez tué le mystère, vous avez tué le romanesque. Aujourd'hui, tout est « standard », même l'amour... Et tous ces corps exposés me font songer à la morgue...

— Monsieur Poirot!

Mme Gardener n'était plus choquée, elle était scandalisée.

— Disons à un étal de boucher, si vous préférez.

— Dites-moi que vous plaisantez, monsieur Poirot.

— Puisque cela doit vous faire plaisir, je le veux bien, fit Poirot.

— Merci, fit Mme Gardener, reprenant son ouvrage avec une énergie nouvelle. Il y a un point sur lequel je suis d'accord avec vous : les filles ne devraient pas s'étendre comme cela au soleil, ça leur fait pousser du poil sur les bras et sur les jambes... Je le dis tous les jours à Irène... C'est ma fille... « Irène, lui dis-je, si tu continues à te vautrer au soleil comme tu le fais, tu t'apercevras un beau jour que tu as une toison sur les bras, des cheveux sur les jambes et une tignasse sur l'estomac! De quoi auras-tu l'air, je te le demande? » Je le lui répète matin et soir, n'est-ce pas, Odell?

— Oui, chérie.

Les autres se taisaient, essayant peut-être de se représenter la pauvre Irène telle qu'elle serait après la catastrophe.

Mme Gardener roula son tricot et dit :

— Je crois qu'il serait temps...

— Oui, chérie, dit M. Gardener.

Il s'arracha à son transatlantique, prit l'ouvrage et le livre de sa femme et, tourné vers sa voisine, demanda :

— Venez-vous vous rafraîchir avec nous, Miss Brewster?

— Non, merci, pas maintenant, répondit-elle.

Les Gardener s'éloignèrent vers l'hôtel.

« Les maris américains sont des types magnifiques », dit Miss Brewster.

II

Les Gardener furent bientôt remplacés par le révérend Stephen Lane.

De haute taille et solidement bâti, M. Lane était un clergyman d'une cinquantaine d'années. Il avait le visage hâlé et portait un pantalon de flanelle fatigué.

— Quel beau pays! dit-il, avec un enthousiasme sincère. Je suis allé par la falaise de la baie à Hartford et retour...

— C'est une corvée que de se promener par une chaleur pareille, dit le major Barry, qui ne marchait jamais.

— C'est un exercice excellent, rectifia Miss Brewster. Pour moi, je vais aller faire un peu de canot. Rien de meilleur pour les abdominaux...

Hercule Poirot glissa un œil chagrin sur son ventre arrondi. Miss Brewster s'en aperçut et dit gentiment :

— Si vous ramiez un peu tous les jours, monsieur Poirot, vous auriez vite fait de *le* faire tomber!

— Je vous remercie, miss. Mais j'ai horreur des bateaux!

— Pas des petits?

— Des petits comme des grands! La mer, ça re-
mue... et je n'aime pas ça!

— Mais regardez-la, la mer! Elle est calme comme
un lac...

— Une mer calme, dit Poirot d'un ton définitif, est
une chose qui n'existe pas. La mer, ça bouge toujours. Toujours!

— Si vous voulez mon avis, fit le major Barry, je
vous dirai que le mal de mer est surtout une question
d'imagination.

Le clergyman sourit et dit :

— Un marin vous parle. N'est-ce pas, major?

— Je n'ai jamais été malade en mer qu'une fois. Et
c'était en traversant la Manche!... Ne pensez pas au
mal de mer, voilà ma devise!

— A vrai dire, fit Miss Brewster, le mal de mer est
quelque chose de très curieux. Pourquoi certaines
personnes y sont-elles sujettes et d'autres pas? Ça ne
paraît pas juste. D'autant que la santé des gens ne
fait rien à l'affaire. Il y a des gens qui n'ont pas deux
sous de vitalité et qui ont le pied marin. On prétend
que c'est une question de moelle épinière. Dans le
fond, c'est aussi inexplicable que le vertige. J'y suis
un peu sujette, mais ce n'est rien à côté de Mme Redfern. L'autre jour, dans le sentier qui suit la falaise
pour aller à Hartford, la tête lui a tourné et il a fallu
qu'elle se cramponne à mon bras! Elle m'a raconté
qu'une fois, à Milan, visitant la cathédrale, elle avait
dû s'arrêter, à peu près étourdie, en descendant les
escaliers extérieurs. La montée s'était bien passée,
parce qu'elle ne pensait pas au vertige. Mais, au retour, tout s'était gâté...

— Mme Redfern fera bien de ne pas se risquer sur
l'échelle qui donne accès à la Crique aux Lutins, fit
remarquer le clergyman.

Miss Brewster fit une grimace significative.

— Elle me fait peur, cette échelle! C'est très bien

pour les jeunes — les petits Cowan et les Masterman s'amusent follement avec — mais, pour moi, merci!

— Voici Mme Redfern, justement, qui revient de son bain, dit Lane.

— M. Poirot devrait la féliciter : elle ne prend pas de bains de soleil.

La jeune Mme Redfern retirait son bonnet de caoutchouc et s'ébrouait. Elle avait de beaux cheveux blond cendré et une peau blanche et délicate.

— Vous ne trouvez pas, fit le major Barry, qu'au milieu de tous ces corps recuits, elle fait un peu cru?

Enveloppée dans son long peignoir de bain, Christine Redfern traversait la plage et montait l'escalier conduisant à la terrasse. Elle était jolie, avec un visage sérieux, manquant peut-être un peu d'expression. Ses extrémités étaient petites et fines.

Elle sourit au groupe et, serrant son peignoir autour d'elle, s'assit par terre.

— Sachez ma chère, dit Miss Brewster, que vous avez toute l'estime de M. Poirot. Il n'aime pas les gens qui se dorent la peau au soleil. Si j'ai bien compris, il dit qu'ils ressemblent à de la viande de boucherie...

Christine Redfern eut un sourire navré.

— Hélas! Je voudrais bien prendre des bains de soleil. Malheureusement, je ne brunis pas. J'attrape des cloques, des brûlures, et mes bras se couvrent d'horribles taches de rousseur!

— C'est moins grave que d'y voir pousser des cheveux, ce qui arrive, paraît-il, à la petite Irène Gardener, fit Miss Brewster.

En réponse au coup d'œil interrogateur de Christine, elle ajouta :

— Mme Gardener était en grande forme, aujourd'hui. Le « permanent » dans toute sa splendeur. « N'est-ce pas, Odell? — Oui, chérie! »... J'espérais que M. Poirot allait la faire marcher un peu, mais il ne l'a pas voulu. Pourquoi ne lui avez-vous pas dit, monsieur Poirot, que vous étiez ici pour enquêter sur un meurtre épouvantable et que l'assassin, un odieux maniaque, était certainement un des pensionnaires de l'hôtel?

— Mais, dit Poirot, parce que je pense bien qu'elle m'aurait cru.

— Soyez-en sûr, fit le major.

— N'en croyez rien, riposta Emily Brewster. Un crime ici, Mme Gardener n'y aurait pas cru. Ce n'est pas dans des coins comme celui-ci qu'on ramasse des corps!

Poirot s'agita dans son fauteuil.

— Et pourquoi ça? demanda-t-il. Pourquoi ne trouverait-on pas des corps, comme vous dites, dans l'île des Contrebandiers?

— Je ne sais pas, répondit Emily Brewster. Il me semble qu'il y a des endroits qui, pour ce genre de découvertes, sont plus indiqués que d'autres. Et j'ai idée qu'ici...

Elle laissa sa phrase en suspens, trouvant quelque difficulté à expliquer sa pensée.

— Je vous l'accorde, fit Poirot, le coin est charmant. Le paysage est reposant, le soleil brille et la mer est bleue. Mais vous oubliez, Miss Brewster, que le mal est partout sous le soleil...

Le clergyman regarda Poirot avec intérêt.

— Je le sais très bien, dit Miss Brewster. Mais tout de même...

— Tout de même, il vous semble que l'endroit serait mal choisi pour commettre un crime. Eh bien, c'est que vous oubliez de tenir compte d'une chose...

— La nature humaine, sans doute?

— Oui, si vous voulez. Elle compte toujours. Mais ce n'est pas ce que j'allais dire. Ce que j'allais vous faire remarquer, c'est qu'ici tout le monde est en vacances.

Emily Brewster considéra Poirot avec un étonnement visible et avoua qu'elle ne comprenait pas.

Hercule Poirot lui sourit, et, soulignant d'un index qui s'agitait dans l'espace les différents points de son discours, dit :

— Supposons que vous ayez un ennemi. Si vous décidez d'en finir avec lui dans son appartement, dans son bureau ou dans la rue, il vous faudra rendre compte de votre présence, expliquer *pourquoi* vous vous trouviez là. Ici, au bord de la mer, inutile de donner des raisons! Vous êtes au Joyeux Roger. Pourquoi? Mais c'est tout simple! Nous sommes en août, n'est-ce pas? En août, on va au bord de la mer, on est en vacances. Il est tout à fait naturel que vous soyez ici, tout à fait naturel que M. Lane soit ici, et le major Barry également, et aussi Mme Redfern et son mari! C'est absolument normal. En août, les Anglais sont au bord de la mer.

— Soit, fit Miss Brewster. C'est une vue très originale. Mais *quid* des Gardener, qui sont Américains?

— Mais, Mme Gardener nous l'a dit : elle éprouve le besoin de se détendre. Visitant l'Angleterre, elle est venue passer quinze jours au bord de la mer, en simple touriste. C'est une raison très suffisante. Elle adore voir vivre les gens...

— Vous aussi, n'est-ce pas? dit Mme Redfern à mi-voix.

— C'est mon péché mignon, j'en fais l'aveu.

— Et je suis sûre que vous voyez beaucoup de choses, murmura-t-elle, comme pour elle-même.

III

Il y eut un silence. Puis Stephen Lane s'éclaircit la gorge et dit, avec un soupçon de suffisance :

— J'ai été très intéressé, monsieur Poirot, par quelque chose que vous avez dit, il y a un instant. Vous avez dit que le mal est partout sous le soleil. C'est presque une citation de l'Ecclésiaste...

Il marqua une courte pause et, comme en extase, transfiguré soudain, rappela les paroles de l'Ecclésiaste :

— En vérité, le péché est dans le cœur des fils des hommes et la folie est dans leur cœur aussi longtemps qu'ils sont sur la terre.

Il s'interrompit une seconde fois et reprit :

— Oui, j'ai été heureux de vous entendre dire cela. Aujourd'hui, nul ne croit plus au péché. On le tient, au pis-aller, pour la négation du bien. Le mal, disent les gens, on le fait par ignorance, parce qu'on ne sait pas... et on est plus à plaindre qu'à blâmer. Or, monsieur Poirot, le Mal existe! *Le Mal est un fait!* Je crois au Mal, comme je crois en Dieu! Il existe! Il est puissant! Il conduit le monde!

Le souffle commençait à lui manquer. Il se tut, passa son mouchoir sur son front et s'excusa :

— Je vous demande pardon. Je m'emballe...

— Je vous comprends fort bien, dit Poirot avec douceur, et jusqu'à un certain point je suis d'accord avec vous. Le Mal gouverne le monde, c'est à peu près indiscutable!

— A ce propos, fit le major Barry, je puis vous dire qu'aux Indes les fakirs...

Il y avait assez longtemps que le major avait pris pension au « Joyeux Roger » pour que chacun connût sa redoutable propension à s'embarquer dans d'interminables souvenirs rapportés des Indes. On se méfiait et Miss Brewster et Mme Redfern parlèrent en même temps.

— Est-ce que ce n'est pas votre mari qui nage là-bas? demanda Miss Brewster. Son crawl est vraiment magnifique! Quel splendide nageur!

De son côté, Mme Redfern disait :

— Qu'est-ce que ce charmant petit bateau à voiles rouges qu'on voit là-bas? Est-ce que ce n'est pas celui de M. Blatt?

Le petit bateau à voiles rouges traversait la baie, très loin.

— Des voiles rouges! Drôle d'idée! grommela le major.

La menace des fakirs était écartée...

Hercule Poirot regardait avec une curiosité sympathique l'homme qui venait de prendre pied sur la plage. Patrick Redfern était un beau spécimen d'humanité. Grand, les épaules larges et la taille bien prise, il donnait une impression de force et de santé allègre. On ne résistait pas à sa bonne grâce naturelle.

De loin, il adressa à sa femme un joyeux salut de la main.

Elle lui répondit du geste et l'appela.

— J'arrive, cria-t-il.

Il fit quelques pas sur la plage, pour aller ramasser sa serviette où il l'avait laissée.

Et c'est alors que, venant de l'hôtel, et se dirigeant vers la mer, une femme passa sur la terrasse, près du groupe.

Son arrivée eut toute l'importance d'une « sensationnelle » entrée en scène.

Elle s'en rendait fort bien compte, mais rien dans son apparence ne le laissait deviner. Habituée aux mouvements de curiosité que sa présence ne manquait jamais de provoquer, elle affectait de les ignorer.

Grande et mince, elle portait un costume de bain d'une blancheur éclatante, échancré dans le dos jusqu'aux reins. Sa peau avait la patine d'un bronze doré, celui d'une admirable et parfaite statue. Ses cheveux d'un « auburn » aux reflets flamboyants, descendaient sur sa nuque en ondes harmonieuses. Son visage était légèrement marqué par la trentaine, mais ce qui frappait en elle, c'était pourtant une jeunesse radieuse et comme triomphante. Elle avait de grands yeux bleus et ses traits conservaient une immobilité quasi orientale. Elle portait un chapeau de carton immense, amusante fantaisie d'un vert jade résolument excentrique.

Il y avait en elle quelque chose de vainqueur. Sur la plage, les autres femmes devinrent soudain des êtres falots et insignifiants. Quant aux hommes, leurs regards se portèrent sur elle et ne la quittèrent plus.

Les prunelles de Poirot s'ouvrirent toutes grandes et ses moustaches accordèrent à la dame l'hommage d'un frémissement. Le major Barry bomba le torse, et ses yeux exorbités se projetèrent un peu plus avant. Le révérend Stephen Lane avala sa salive et son masque se durcit.

« C'est Arlena Stuart, dit le major à mi-voix. Elle s'appelait comme ça, du moins, avant son mariage avec Marshall. Je l'ai vue dans *Suivez-moi, jeune homme!* Depuis, elle a quitté le théâtre. Un joli morceau à contempler, hein? »

Christine Redfern, dit, d'une voix glacée :

— Elle est bien. Mais elle a l'air d'une bête nuisible.

Plus nette encore, Emily Brewster ajouta :

« Vous parliez du Mal tout à l'heure, monsieur Poirot. Eh bien, cette femme est, pour moi, l'incarnation même de l'Esprit du Mal. Mauvaise cent pour cent! Et il se trouve que j'en sais assez sur elle pour pouvoir l'affirmer... »

Le major Barry se lançait dans des souvenirs :

— Elle me fait penser, dit-il, à une femme que j'ai connue à Simla. Une rousse, elle aussi, qui était mariée à un sous-officier. Elle a mis la garnison sens dessus dessous. Les hommes étaient fous d'elle. Les femmes lui auraient arraché les yeux. Et pas sans raisons, car elle a brisé là-bas je ne sais combien de ménages...

Il hocha la tête et dit encore :

— Le mari était un petit bonhomme tranquille, qui aurait baisé la terre sous ses pas. Il ne s'est jamais douté de rien. En tout cas, il ne l'a jamais laissé voir...

A voix basse, mais avec fermeté, Stephen Lane dit :

— De telles femmes sont une menace... une menace...

Il s'interrompit.

Arlena Stuart était arrivée au bord de l'eau. Deux jeunes gens, des enfants presque, s'étaient précipités à sa rencontre. Elle se tenait debout entre eux, souriante.

Seulement, ce n'était pas à eux qu'elle souriait, mais, par-dessus leurs épaules, à Patrick Redfern, qui passait à quelque distance.

L'image d'une boussole s'imposa soudain à l'esprit d'Hercule Poirot. Patrick Redfern, brusquement, changeait de route. L'aiguille aimantée, qu'elle le veuille ou non, obéit aux lois magnétiques et se tourne vers le nord. Patrick Redfern allait vers Arlena Stuart.

Elle l'attendait, souriant toujours. Puis, elle fit quelques pas. Les vagues venaient mourir à ses pieds. Patrick marcha à son côté.

Et quand elle s'étendit à l'ombre d'un rocher, Patrick Redfern s'assit près d'elle, sur les galets.

Sans un mot, Christine Redfern se leva et rentra à l'hôtel.

IV

Après son départ, il y eut un moment de silence et de gêne.

Emily Brewster fut la première à parler.

24

— C'est vraiment lamentable, dit-elle. C'est une charmante petite femme et ils ne sont mariés que depuis un an ou deux!

— La femme dont je parlais tout à l'heure, fit le major, celle de Simla, a fait divorcer quelques couples qui étaient parfaitement heureux. C'est très triste!

— Je crois, dit Emily Brewster, que certaines femmes prennent plaisir à jeter la discorde dans les ménages unis.

Un peu plus tard, elle ajouta :

— Patrick Redfern est un imbécile!

Hercule Poirot ne disait rien. Evitant de porter ses regards sur Patrick Redfern et Arlena Stuart, il contemplait la plage.

Miss Brewster se souvint de sa partie de canot et s'éloigna.

Alors, travaillé par la curiosité, le major Barry tourna vers Poirot ses gros yeux, qui faisaient irrésistiblement songer à d'énormes groseilles à maquereau.

— Alors, Poirot, demanda-t-il, qu'est-ce que vous en dites? Vous n'ouvrez pas la bouche! Votre opinion sur la jolie sirène? Une pièce de choix, hein?

— C'est possible, répondit Poirot, je n'en sais rien.

— Allons, Poirot, soyez sincère! On les connaît, les Français!

— Je ne suis pas Français, dit Poirot, un peu sèchement.

— Mais vous n'allez pas me raconter que vous êtes incompétent quand il s'agit d'apprécier une jolie fille! Voyons, Poirot, qu'est-ce que vous pensez d'elle?

— Eh bien, elle n'est plus toute jeune.

— Quelle importance? Une femme a l'âge qu'elle paraît. Et le sien me semble encore très avouable...

— Elle est jolie, soit! fit Poirot. Mais la beauté n'est pas tout. Ce n'est pas parce qu'elle est belle que toutes les têtes, sauf une, se sont tournées vers elle quand elle est arrivée sur la plage...

— C'est parce qu'elle a « quelque chose », hein?... Le « je ne sais quoi », c'est bien ça?

Poirot ne répondait pas. Le major suivit son regard et demanda :

— Qu'est-ce qui vous intéresse tellement par là?

— L'exception, fit Poirot, l'homme qui n'a pas bougé la tête quand elle est passée.

C'était un homme d'une quarantaine d'années : des cheveux blonds, une peau cuite au soleil. Assis dans le sable, il fumait sa pipe en lisant le *Times*.

— Mais, s'exclama le major, c'est le mari! C'est Marshall!

— Je sais, dit Poirot.

Le major émit un petit rire qui ressemblait à un gloussement. Célibataire, il classait les maris en trois catégories. Le mari, c'était pour lui l'obstacle, le gêneur ou le paravent.

— Il n'a pas l'air méchant, conclut-il. Le genre tranquille. Je me demande si mon *Times* est arrivé...

Il se leva et partit vers l'hôtel.

Poirot tourna la tête vers Stephen Lane. Le clergyman regardait Arlena Marshall et Patrick Redfern. Ses yeux rencontrèrent ceux de Poirot.

— Cette femme est une créature du diable, dit-il, Vous ne croyez pas?

— Il est difficile d'en être sûr, dit lentement Poirot.

Une lueur mystique brûlait dans les yeux de Stephen.

CHAPITRE II

I

Quand Rosamund Darnley vint s'asseoir près de lui, Hercule Poirot ne chercha pas à dissimuler sa satisfaction.

Ainsi qu'il devait en convenir plus tard, il avait pour Rosamund Darnley plus d'admiration que pour aucune autre femme du monde. Il aimait sa distinction naturelle, la grâce de sa silhouette, son port de tête altier, les vagues ordonnées et luisantes de sa belle chevelure brune et le charme de son malicieux sourire.

Elle portait une petite robe bleu marine, avec des touches de blanc, très simple, mais d'une coupe qui laissait deviner qu'elle avait coûté très cher. Rosamund Darnley, sous la firme « Rose Mond Ltd », était une des premières couturières de Londres.

— Je n'ai pas l'impression que je me plais ici, dit-elle. Je me demande bien pourquoi j'y suis!

— Vous y êtes pourtant déjà venue?

— C'est vrai. Il y a deux ans, à Pâques. Mais il y avait moins de monde...

Hercule Poirot, l'ayant dévisagée, dit avec douceur :

— Il y a quelque chose qui ne va pas. Est-ce que je me trompe?

De la tête, elle fit « non ». Puis, les paupières baissées, son regard suivant l'extrémité de sa jambe droite qui se balançait sur un genou gauche, elle dit :

— J'ai rencontré un fantôme. Voilà ce que j'ai!

— Un fantôme?

— Oui.

— Mais un fantôme de quoi? Ou de qui?

— Le mien.

— Ah! fit Poirot.

Puis, gentiment, il demanda :

— Et il vous a fait de la peine?

— Enormément. Ces retours sur le passé, vous savez...

Elle se tut, perdue dans ses pensées. Puis elle dit :

— Songez à ce que fut mon enfance! Bien sûr, vous ne pouvez guère l'imaginer, parce que vous n'êtes pas Anglais...

— Tout de même, fit Poirot. Est-ce que ce fut une enfance très... très anglaise?

— Plus que vous ne pouvez croire. La campagne, une grande vieille maison, des chevaux, des chiens, des promenades sous la pluie, le feu de bois dans la cheminée, les pommes dans le verger, pas beaucoup d'argent, des petites robes de rien du tout, des toilettes de soirée qu'on prolongeait d'année en année, un jardin négligé...

— Et vous voudriez retourner en arrière?

Elle secoua la tête.

— On ne peut pas retourner en arrière. Jamais! Non, j'aurais voulu simplement avoir pris une autre route...

— Voilà qui m'étonne, dit Poirot.

— Et qui m'étonne, moi aussi, admit-elle en riant.

Il rit avec elle, puis dit :

— Quand j'étais jeune — il commence à y avoir de ça un joli bout de temps —, il y avait un jeu assez amusant. On vous demandait : « Si vous n'étiez vous-même, qui voudriez-vous être? » On écrivait la réponse sur les albums des dames, de beaux albums reliés en cuir bleu, avec des tranches dorées. Et, cette réponse, elle était bien difficile à trouver!

— Je n'en doute pas, dit Rosamund. On ne peut guère souhaiter d'être un dictateur ou une princesse de sang royal. Quant à ses amis, on les connaît trop! Je me souviens d'avoir, un jour, rencontré un couple délicieux. Des gens qui, après des années de mariage, semblaient s'adorer. Ils avaient l'un pour l'autre toutes les prévenances, toutes les attentions et j'ai envié le sort de cette femme heureuse. Si la chose avait été possible, j'aurais changé avec elle, de grand cœur. Depuis, j'ai appris qu'à l'époque il y avait onze ans déjà que, chez eux, cet homme et cette femme ne se parlaient plus.

Elle rit et conclut :

— Moralité : n'enviez personne!

Après un temps, Poirot dit :

— Pourtant, miss, il doit y avoir beaucoup de gens qui vous envient.

— Naturellement, fit-elle.

Puis, après un court instant de réflexion, un sourire ironique courant sur ses lèvres, elle ajouta :

— Evidemment, je suis le type accompli de la femme qui a réussi. J'ai toutes les satisfactions intellectuelles de l'artiste créateur, puisque j'adore imaginer des modèles, et toutes les satisfactions financières de la femme d'affaires. Je gagne de l'argent, je ne suis pas laide et je n'ai pas trop mauvaise langue...

Elle s'interrompit quelques secondes, son sourire s'accentua et elle reprit :

— Bien sûr, je n'ai pas de mari! De ce côté-là, j'ai fait faillite...

— Si vous ne vous êtes pas mariée, fit galamment

Poirot, c'est parce que les hommes ne savent pas dire ce qu'ils ressentent. C'est par choix, et non par force, que vous êtes restée célibataire.

— Vous dites cela et, pourtant, comme tous les hommes vous êtes, dans le fond de votre cœur, persuadé qu'une femme ne peut être heureuse que si elle a un époux et des enfants.

— Avoir un mari et faire des enfants, dit vivement Poirot, c'est le lot commun de toutes les femmes. Mais se faire un nom, se créer une situation, comme vous l'avez fait, il n'y a pas une femme sur cent, une sur mille même, pour y parvenir!

Elle fit la moue.

— Ça n'empêche pas que je ne suis qu'une infortunée vieille fille! Aujourd'hui, ça m'ennuie. Je serais plus heureuse avec quarante sous par an, une grande brute de mari et une nuée de gosses pour me courir dans les jambes! Ce n'est pas votre avis?

Poirot s'inclina devant elle.

— Puisque c'est votre avis, c'est également le mien.

Elle éclata de rire, son bel équilibre soudain retrouvé.

— En tout cas, dit-elle, allumant une cigarette, vous savez, monsieur Poirot, comment il faut parler aux femmes. Je me sens maintenant tout à fait disposée à défendre, contre vous si vous voulez, le point de vue de la femme qui travaille. Dans le fond, vous avez raison! J'ai de la chance... et je le sais bien!

— Alors, tout est pour le mieux sur la plus belle des plages!

— C'est vrai!

Poirot prit dans son étui une de ces longues cigarettes qu'il affectionnait, l'alluma et, suivant du regard un filet de fumée, dit :

— Ainsi, monsieur... non, le capitaine Marshall est un vieil ami à vous?

Elle le regarda, stupéfaite.

30

— Comment le savez-vous? C'est Ken qui vous l'a dit?

Il secoua la tête.

— Personne ne m'a rien dit. Après tout, je suis détective. La conclusion s'imposait.

— Je ne vous suis pas.

— Mais, réfléchissez!

Les mains du petit homme devenaient éloquentes.

— Réfléchissez! Vous êtes ici depuis huit jours. Vous êtes gaie, sans soucis, heureuse de vivre. Aujourd'hui, d'un seul coup, vous vous mettez à parler de fantôme et du bon vieux temps! Que s'est-il passé? Il n'y a pas eu de nouvelles arrivées à l'hôtel ces jours derniers, sauf, hier soir, celle du capitaine Marshall, de sa femme et de sa fille. Immédiatement, en ce qui vous concerne, changement à vue. Ça n'est pas clair?

— C'est vrai, reconnut Rosamund Darnley, Kenneth Marshall et moi, nous avons été plus ou moins élevés ensemble. Nos parents habitaient porte à porte et Kenneth était très gentil avec moi. Avec un brin de condescendance, bien entendu, parce qu'il était mon aîné de quatre ans. Je ne l'avais pas revu depuis très longtemps. Une quinzaine d'années, pour le moins...

— C'est longtemps, en effet, fit Poirot.

Il y eut un silence, que Poirot rompit :

— Il est sympathique?

La réponse vint, immédiate. Et chaleureuse.

— Ken est un être adorable. Un des meilleurs que je connaisse. Il est très calme, très réservé. On ne peut lui reprocher qu'une chose : c'est de faire des mariages impossibles!

— Ah! fit Poirot.

— Quand il s'agit de femmes, reprit Rosamund, Kenneth ne sait plus ce qu'il fait! Vous vous souvenez de l'affaire Martingdale?

Poirot fronça le sourcil.

— Martingdale?... Ce n'est pas une histoire d'arsenic?

— C'est ça. Il y a dix-sept ou dix-huit ans. La femme était accusée d'avoir tué son mari...

— Et elle a été acquittée, après avoir prouvé qu'elle ne l'avait pas empoisonné du tout?

— Exactement... Eh bien, après son acquittement, Ken l'a épousée. Il fait des coups comme ça!

— Mais, fit Poirot, si elle était innocente?

Rosamund Darnley eut un petit geste agacé.

— Elle était innocente. Enfin, on le suppose... Mais est-ce qu'il n'y a pas de par le monde assez de femmes à marier pour qu'il faille aller en chercher une qui vient d'être poursuivie pour assassinat?

Poirot ne répondit pas. Il savait qu'il lui suffirait de se taire pour que Rosamund Darnley continuât.

Ce qu'elle fit.

— Evidemment, reprit-elle, il était très jeune — à peine vingt et un ans — et très amoureux d'elle. Elle est morte à la naissance de Linda, un an après leur mariage. Je crois que Kenneth en eut beaucoup de chagrin. Il a fait la noce, un peu. Pour oublier, sans doute...

Elle se tut un instant.

— Et puis, poursuivit-elle, il y eut Arlena Stuart. En ce temps-là, elle jouait dans une revue et, à cause d'elle, Lord Codrington était en train de divorcer. Il était terriblement entiché d'elle et on pensait qu'ils se marieraient dès que la chose serait possible. Lord Codrington divorça, mais le mariage n'eut pas lieu. Elle le poursuivit en rupture de promesse de mariage, l'affaire fit scandale, comme il était inévitable... et, finalement, cet imbécile de Ken s'amena et l'épousa! Ce n'est pas idiot?

— C'est une folie, sans doute, dit Poirot, d'une voix douce. Mais il a des excuses : elle est très jolie.

— Personne n'a jamais dit le contraire. C'était bien

aussi, je suppose, l'avis de Sir Roger Erskine. A sa mort, il y a trois ans, il lui a laissé jusqu'à son dernier sou. Un aimable scandale. J'aurais pensé que cela ouvrirait les yeux à Ken, mais il ne semble pas qu'il en ait rien été. Je ne l'ai pas vu depuis très longtemps, mais on m'a dit qu'il a pris cela le mieux du monde! Pourquoi? C'est ce que j'aimerais savoir. Je suppose que, quand il s'agit d'elle, il est complètement aveugle...

— Il peut y avoir d'autres raisons.

— L'orgueil? On tient la tête haute, quoi qu'il arrive... C'est possible. En réalité, je ne sais pas ce qu'il pense d'elle, je ne sais pas s'il l'aime... et personne ne le sait!

— Et elle? demanda Poirot.

— Elle?

Rosamund eut un petit sourire triste et dit :

— Elle! C'est la femme la plus intéressée que je sache! La première « chercheuse d'or » du monde! Ce qui ne l'empêche pas de collectionner les sensations! Qu'un homme à peu près possible se trouve dans un rayon de cent mètres et elle entre en campagne... C'est son genre!

— Je m'en suis aperçu, fit Poirot. Cette femme-là ne voit sur terre que les hommes.

— Aujourd'hui, elle a jeté son dévolu sur Patrick Redfern. Une proie facile : un beau garçon, pas compliqué, amoureux de sa femme, pas coureur. Je ne raffole pas de Mme Redfern, bien qu'elle me plaise assez par ce qu'elle a de propre et de net, mais j'en suis tout de même navrée pour elle : contre Arlena, elle n'a pas l'ombre de la moitié d'une chance!

— Je le crois, dit Poirot, d'un air sombre.

— Christine était autrefois professeur dans un collège, continua Rosamund. Elle est de ces gens qui croient à la primauté de l'esprit. J'ai peur qu'elle ne tombe de haut!

Poirot hocha la tête, en signe d'assentiment.

— C'est dégoûtant, conclut Rosamund, se levant. Et il est vraiment dommage que personne n'y puisse rien!

II

Sans la moindre indulgence, Linda Marshall était en train d'examiner son visage dans le miroir de sa chambre à coucher. Sa figure, décidément, ne lui plaisait guère. Des os trop saillants et des taches de rousseur, c'est tout cela qu'elle se découvrait dans la figure. Tout cela aussi peu sympathique que ses cheveux souples sans doute, mais toujours en broussaille, aussi décourageant que ses yeux, dont la couleur noisette lui semblait ridicule, ou que son menton, d'une longueur vraiment agressive. Sa bouche et ses dents n'étaient pas trop laides. Mais, des dents, est-ce que ça compte? Et est-ce qu'elle n'allait pas avoir un bouton sur le nez?

Elle constata avec soulagement qu'il ne s'agissait pas d'un bouton, mais n'en conclut pas moins qu'avoir seize ans, était quelque chose d'odieux.

Odieux, parfaitement.

Qu'est-ce qu'on est, à seize ans? Personne n'en sait rien. Maladroite comme un jeune poulain et hargneuse comme un chien de garde, Linda souffrait de sa gaucherie et plus encore du fait qu'elle n'était ni une femme, ni une petite fille. Quand elle était en classe, ça pouvait aller encore. Mais elle avait quitté le collège et personne ne semblait avoir la moindre idée de ce qu'on allait faire d'elle. Son père parlait de l'envoyer à Paris, l'hiver prochain, mais le projet ne lui souriait guère. Il est vrai qu'elle ne tenait pas non plus à rester à la maison. Cela, il n'y a pas très longtemps qu'elle s'en rendait compte, mais c'était indiscutable, parce qu'elle détestait Arlena.

Ses traits se durcirent et elle dit à mi-voix :

— C'est une sale bête!... Une sale bête!

Tout le monde disait qu'il n'y avait rien de pire que d'avoir une belle-mère. Et c'était vrai! Sans doute, Arlena ne se montrait pas désagréable avec elle. Non, elle l'ignorait. Mais, quand elle paraissait s'apercevoir de l'existence de Linda, il y avait toujours, dans son regard, dans le timbre de sa voix, une sorte de mépris amusé. De toute sa grâce, de tout son chic, elle écrasait la pauvre Linda. Quand elle était là, impossible de ne pas se sentir gauche et ridicule!

Et puis, il y avait encore autre chose...

Quoi? C'était assez difficile à définir. Analyser ses émotions, les cataloguer, c'était un exercice où Linda n'excellait pas. Ses sourcils se fronçaient.

— Elle est mauvaise, voilà, dit-elle. Elle est mauvaise...

Mauvaise, oui, bien sûr. Mais cela ne suffisait pas. C'était autre chose. Quelque chose qu'elle faisait aux gens. Papa, par exemple. Eh bien, papa, maintenant, n'était plus comme autrefois...

Curieux problème. Elle revoyait des images d'hier : son père venant la chercher au collège, son père l'emmenant en croisière. Et puis, à la maison, avec Arlena. Il était là, pareil à ce qu'il avait toujours été. Et, pourtant, tout autre...

— Et ça continuera, songeait Linda. Des jours et des jours, des mois entiers... Non, je ne supporterai pas ça!

La vie s'étendait devant elle, interminable, et elle ne voyait que des jours noirs, empoisonnés par la présence d'Arlena. Elle était trop près encore de l'enfance pour avoir un sens exact de la durée et une année lui semblait une éternité.

Elle comprit qu'elle haïssait Arlena.

— Je la tuerai, pensa-t-elle. Je voudrais qu'elle soit morte!

Par-dessus la glace, elle regarda la mer.

L'endroit était décidément agréable. Ou plutôt, il pourrait l'être, avec ses plages, ses criques et ses gentils petits sentiers. Il y avait des tas de choses à explorer. Même des grottes. Elle ne les avait pas vues, mais les petites Cowan lui avaient dit qu'elles existaient.

— Si Arlena s'en allait, soupira-t-elle, ce qu'on pourrait être heureux ici!

Elle revoyait le soir de leur arrivée. La mer recouvrait la digue et il avait fallu venir en bateau. De loin, l'hôtel était merveilleux, extraordinaire. Et puis, sur la terrasse, une grande femme brune s'était précipitée vers eux, en s'écriant :

— Kenneth! Pas possible!

Et son père, très surpris, avait dit :

— Rosamund!

Linda avait examiné Rosamund Darnley avec toute la sévérité d'un juge de seize ans.

Finalement, elle avait décidé que Rosamund était une femme « très bien ». Une femme intelligente. D'abord, sa coiffure lui allait. Alors que la plupart des gens sont mal coiffés parce qu'ils ne savent pas ce qui leur convient. Ensuite, elle était bien habillée. Et puis, elle avait le visage gai. Enfin, elle s'était montrée très gentille avec Linda. Elle ne lui avait pas dit de ces choses désagréables qui viennent si facilement aux grandes personnes, elle ne l'avait pas traitée en gamine, elle l'avait considérée comme un être humain. C'était si rare qu'on pouvait bien lui en garder quelque reconnaissance!

Papa, de son côté, avait eu l'air très content de rencontrer Miss Darnley.

D'un seul coup, il avait été comme changé. On aurait dit qu'il rajeunissait. C'était exactement ça! Il s'était mis à rire, comme un gosse. Et, à la réflexion, Linda s'apercevait que c'était bien rarement qu'elle avait entendu rire son père.

— Je me demande, se dit-elle, comment était papa quand il avait mon âge?...

Le problème était trop difficile. Elle l'abandonna.

Une autre idée venait de la frapper. Que la vie aurait été agréable, ici, si l'on n'y avait été que tous les trois, papa, miss Darnley et elle! Des images heureuses passèrent devant ses yeux : papa et Miss Darnley se poursuivant en riant, le bain, les grottes...

Et puis, son visage s'assombrit de nouveau.

Il y avait Arlena. Pouvait-on être heureux quand elle était dans le voisinage! Impossible. Au moins pour Linda. On ne peut pas être heureux près de quelqu'un que l'on hait. Or, c'était indiscutable, elle haïssait Arlena.

Elle la haïssait.

Linda fut surprise de voir dans la glace son visage tout pâle, avec des yeux d'une fixité étrange.

Elle s'aperçut que ses ongles s'enfonçaient dans ses paumes...

III

Kenneth Marshall frappa à la porte de sa femme. Quand elle eut répondu, il ouvrit et entra.

Arlena finissait de s'habiller. Prise dans une robe verte aux reflets chatoyants, elle était assise devant sa coiffeuse, fort occupée à enduire ses cils de rimmel.

— C'est toi? fit-elle.

— Oui. Je viens voir si tu es prête.

— J'en ai pour une minute.

Il alla à la fenêtre et regarda la mer. Son visage, comme toujours, était impassible et calme.

— Arlena? dit-il, se retournant au bout d'un instant.

— Oui?

— Redfern, tu l'avais déjà rencontré?

— Bien sûr, répondit-elle avec infiniment de bonne grâce. A un cocktail, je ne sais plus où. Il m'avait paru très gentil.

— Tu savais qu'il était ici, avec sa femme?

Elle ouvrit de grands yeux.

— Bien sûr que non, chéri! J'ai été surprise de le voir!

— J'aurais cru, dit-il tranquillement, que c'était sa présence qui t'avait attirée ici. Tu avais tellement envie d'y venir!

Elle posa sa boîte de rimmel et, tournée vers lui, dit dans un sourire :

— Je ne sais plus qui m'a parlé de cette plage. Je crois bien que ce sont les Ryland. Ils disaient que le coin était merveilleux, pas gâté encore... Tu ne t'y plais pas?

— Je n'en suis pas bien sûr.

— Voyons, chéri, c'est de la folie! Tu adores te baigner, tu adores lézarder au soleil. Je suis sûre que tu te plais ici.

— Je vois surtout que tu es bien résolue à t'y plaire!

Elle ne répondit pas et posa sur lui de grands yeux étonnés.

— La vérité, reprit-il, c'est que tu as dit au jeune Redfern que tu venais ici.

Elle s'indigna :

— Mon petit Kenneth! Comment peux-tu dire des horreurs pareilles?

— Je te connais, Arlena, fit-il avec le plus grand calme, et je sais ce dont tu es capable. Les Redfern

38

forment un couple heureux. Il est très épris de sa femme. Est-il bien nécessaire que tu ailles brouiller leur ménage?

— Tu n'es pas juste, Kenneth, et je ne vois pas pourquoi tu t'en prends à moi. Je n'ai rien fait. Rien! Ce n'est pas ma faute si...

— Si quoi?

Ses paupières battirent et, embarrassée, elle dit :

— Eh bien, si les gens me courent après! Je n'y peux rien. Ils sont comme ça!

— Tu admets donc que le jeune Redfern te fait la cour?

— Il a bien tort!

Elle vint vers lui.

— Voyons, Kenneth, est-ce que tu ne sais pas que je n'aime que toi?

Elle le regardait et ses yeux, ombrés de cils immenses, étaient admirables. Des yeux auxquels peu d'hommes pouvaient résister.

Kenneth Marshall la considéra longuement. Son visage restait grave et c'est d'une voix posée qu'il dit :

— Je te connais bien, Arlena...

IV

Au sud de l'hôtel, des terrasses descendaient vers la plage. Là, s'amorçait également un sentier qui courait sur le haut de la falaise, sur toute la côte sud-ouest de l'île. De ce sentier partaient, à un certain endroit, des escaliers conduisant à des plates-formes taillées dans le roc, portées sur les cartes sous le nom de « Bancs de Soleil ». On trouvait là de petites niches naturelles, pourvues de sièges confortables.

C'est dans une de ces retraites que Patrick Redfern et sa femme étaient venus s'installer après le dîner. La nuit était claire et les reflets de la lune jouaient sur la mer.

— Quelle magnifique soirée! dit Patrick, au bout d'un instant. N'est-ce pas, Christine?

— Oui.

Le ton était tel qu'il se sentit mal à l'aise. Il se tut et regarda devant lui.

— Est-ce que tu savais que cette femme serait ici? demanda Christine.

— Je ne vois pas ce que tu veux dire.

— Tu le sais fort bien!

— Ecoute, Christine! Je ne sais pas ce qu'il t'est arrivé...

Elle lui coupa la parole. Sa voix tremblait très légèrement.

— Ce qui m'est arrivé? Disons, veux-tu, ce qu'il t'est arrivé, à toi!

— Il ne m'est rien arrivé.

— Si, Patrick. Tu voulais venir ici, tu as insisté tellement que j'ai cédé. Moi, je voulais retourner à Tintagel, où... où nous avons passé notre lune de miel. Tu t'es buté. Il fallait qu'on vienne ici...

— Est-ce que le coin n'est pas charmant?

— Peut-être. Mais c'est parce qu'elle venait ici que tu entendais y venir!

— Elle? Qui, elle?

— Mme Marshall... Tu es amoureux d'elle!

— Pour l'amour de Dieu, Christine, ne dis pas de pareilles sottises! Est-ce que ça te ressemble, de jouer les femmes jalouses?

Son indignation sonnait faux. Elle avait quelque chose de forcé.

— Nous avons été si heureux, dit Christine.

— Heureux? Bien sûr, que nous avons été heureux! Nous sommes heureux! Mais nous ne le serons plus longtemps si tu me fais des scènes chaque fois que j'adresse la parole à une femme!

— Tu sais bien qu'il n'est pas question de ça!

— Pardon! Il faut comprendre qu'on peut être marié et continuer à avoir de bonnes relations avec les gens. Il ne faut pas voir le mal partout. Si je ne puis plus parler à une jolie femme sans que tu bondisses à cette conclusion que je suis amoureux d'elle...

Il ne finit pas sa phrase, remplaçant le reste par un frémissement qui voulait être comique.

— Tu es amoureux d'elle, dit Christine simplement.

— Ne dis donc pas de bêtises! Je lui ai à peine parlé!

— C'est faux.

— Tu ne vas tout de même pas te mettre à être jalouse de n'importe quelle jolie femme que nous rencontrerons!

— Elle n'est pas n'importe quelle jolie femme!... Elle, c'est autre chose. C'est une créature dangereuse. Je sais ce que je dis. Elle te fera du mal, Patrick. Je t'en supplie, ne t'occupe plus d'elle et allons-nous-en!

Patrick serrait les dents.

— Ne sois pas ridicule, Christine, dit-il enfin. Et, ne nous querellons pas, veux-tu?

— Je ne tiens pas à me disputer.

— Alors, conduis-toi comme une personne raisonnable. Viens, nous allons rentrer.

Il se leva.

Après un instant d'hésitation, elle se décida à le suivre.

— Très bien, dit-elle, se mettant en route.

Sur la plate-forme voisine, Hercule Poirot hocha la tête, d'un air désolé.

Il avait tout entendu. Il y a des gens qui se seraient écartés pour ne pas écouter une conversation d'ordre intime, mais Hercule Poirot était imperméable à des scrupules de ce genre.

— Au surplus, devait-il expliquer plus tard à son ami Hastings, il s'agissait d'un meurtre.

— Mais, lui objecta ce jour-là Hastings, ce meurtre n'avait pas été commis encore.

— Non, avait admis Poirot. Mais déjà il était écrit.

— Alors, pourquoi ne l'avez-vous pas empêché?

Et Hercule Poirot, avec un soupir, avait dû expliquer, comme il l'avait déjà fait une fois en Egypte, que, lorsque quelqu'un est décidé à tuer, il n'est pas facile de le faire revenir sur sa résolution.

Sa conscience ne lui reprochait rien. On ne va pas contre l'inévitable.

CHAPITRE III

I

Rosamund Darnley et Kenneth Marshall étaient assis dans l'herbe, en haut de la falaise surplombant la Roche aux Mouettes. C'était sur la côte est de l'île, un coin où les gens venaient se baigner le matin, quand ils voulaient être tranquilles.

— On se sent loin de tout, dit Rosamund. C'est bien agréable!

— Oui, fit Kenneth, d'une voix à peine distincte.

Allongé sur le sol, il humait l'herbe rase.

— Ça sent bon, dit-il. Vous vous rappelez les dunes, à Shipley?

— Je pense bien!

— C'était le bon temps!

— Oui.

— Vous savez, Rosamund, que vous n'avez pas beaucoup changé?

— Oh! si, j'ai changé. Enormément.

— Vous avez réussi, vous avez fait fortune, vous êtes quelqu'un, mais vous êtes toujours la même Rosamund!

— Je voudrais bien!

— Que signifie ce soupir?

— Oh! rien. Simplement qu'il est dommage qu'on

43

perde ses illusions en cours de route et qu'on ne reste pas dans la vie les braves petites natures qu'on était quand on était gosse!

— Mais, ma chère enfant, vous n'étiez pas du tout, autant que je m'en souvienne, une bonne petite nature! Vous piquiez des colères terribles et, un jour, dans une crise de rage, vous m'avez à moitié étranglé!

Elle rit.

— Vous vous rappelez, demanda-t-elle, le jour où nous avons emmené Toby chercher des rats d'eau?

Pendant quelques minutes, ils évoquèrent le souvenir de leurs vieilles aventures, puis la conversation tomba. Les doigts de Rosamund jouaient avec la fermeture de son sac.

— Kenneth? dit-elle enfin.

Marshall, le visage de nouveau enfoui dans l'herbe, répondit par un grognement.

— Kenneth, reprit-elle, si je vous disais quelque chose de terriblement impertinent, est-ce que vous me parleriez encore?

Il se tourna sur le dos et s'assit avant de répondre.

— Je ne vois pas bien comment, venant de vous, quelque chose pourrait me paraître impertinent. Vous comprenez, nous sommes de vieux complices...

La phrase lui fit plaisir, mais elle n'en laissa rien voir.

— Kenneth, demanda-t-elle, pourquoi ne divorcez-vous pas?

Marshall changea de visage. Ses traits se durcirent, l'expression heureuse qu'il avait tout à l'heure disparut. Il tira sa pipe de sa poche et, sans répondre, commença à la bourrer.

— Je vous demande pardon de vous avoir blessé, dit-elle.

— Vous ne m'avez pas blessé, fit-il doucement.

— Alors?

— Alors, vous ne pouvez pas comprendre...

— Vous... Vous l'aimez tellement?

— Ce n'est pas ça. Mais... je l'ai épousée.

— Je sais. Mais... elle avait un passé.

Avec soin, il tassait le tabac dans le fourneau de sa pipe.

— Peut-être, fit-il.

— Vous pourriez divorcer facilement, Ken.

— Ma chère enfant, vous n'avez pas le droit de dire ça. Elle fait tourner les têtes, c'est possible. Ça ne prouve pas qu'elle perde la sienne!

Rosamund retint la réplique qui lui venait à l'esprit et dit seulement :

— Il vous serait facile, si vous préférez voir les choses autrement, de faire en sorte que ce soit elle qui demande le divorce.

— Je n'en doute pas.

— C'est ce que vous devriez faire, Ken. Vraiment... Il y a l'enfant.

— Linda?

— Oui, Linda.

— Qu'est-ce que Linda a à voir là-dedans?

— Réfléchissez, Ken. Une enfant *sent* bien des choses.

Kenneth approcha une allumette de sa pipe et aspira quelques bouffées avant de répondre.

— Oui, bien sûr, vous n'avez pas tout à fait tort. Il est possible que Linda et Arlena ne s'entendent pas très bien et j'admets que, pour Linda, j'aimerais peut-être une autre influence. Cela me tracasse depuis longtemps...

— J'aime beaucoup Linda, fit Rosamund. Il y a chez cette enfant quelque chose de très bien. Oui, de très bien.

— Elle ressemble à sa mère. Comme Ruth, quand elle entreprend quelque chose elle ne renonce pas.

Il y eut un nouveau silence.

— Alors, reprit Rosamund, vous ne croyez pas que vous devriez vous séparer d'Arlena?

— Arranger un divorce?

— Oui. Ça se fait tous les jours...

— Exactement, s'écria Kenneth Marshall, avec une soudaine violence. Et c'est justement de ça que j'ai horreur!

Elle le regarda, surprise.

— De ça, quoi?

— Eh bien, l'attitude des gens d'aujourd'hui. On entreprend quelque chose et, à la première occasion, on la laisse tomber pour tâter d'autre chose! C'est ça qui m'exaspère! Il y a une chose qui s'appelle la bonne foi. Quand on a épousé une femme, quand on s'est engagé à assurer son existence, il faut le faire! Jusqu'au bout! C'est une question d'honnêteté! Ce qui est commencé, il faut le finir! Des mariages bâclés et des divorces-express, nous en avons trop vu! Arlena est ma femme, un point, c'est tout!

Rosamund se pencha vers lui et dit à voix basse :

— Alors, avec vous, c'est « jusqu'à ce que la mort nous sépare »?

— Exactement.

Elle se leva et dit :

— J'ai compris..

II

Revenant vers la baie de Leathercombe par une petite route en lacet, M. Horace Blatt, à un détour du chemin, faillit écraser Mme Redfern.

Elle s'aplatit contre la haie, cependant que M. Blatt, donnant un vigoureux coup de frein, arrêtait sa voiture.

Il la salua d'un « allô! » cordial.

M. Blatt était un homme de forte corpulence, avec un visage rougeaud et une couronne de cheveux roux, autour d'une calvitie étincelante.

Il avait l'ambition avouée d'apporter la vie et la bonne humeur partout où il passait. Le Joyeux Roger, c'était son opinion et il n'en faisait pas mystère, manquait de gaieté. Il s'étonnait seulement de la façon curieuse dont les gens disparaissaient quand lui-même entrait en scène.

— Un peu plus, dit-il joyeusement, je vous mettais en marmelade!

— Il s'en est fallu de peu, fit Christine Redfern.

— Montez à côté de moi.

— Non, merci. Je préfère rentrer à pied.

— Vous voulez rire! A quoi serviraient les voitures?

Christine renonça à discuter et s'installa auprès de M. Blatt, qui, la voiture repartie, se tourna vers sa voisine.

— Et qu'est-ce que c'est, lui dit-il, que ce genre de se promener toute seule? Une jolie femme comme vous!

— J'aime la solitude...

M. Blatt lui donna dans les côtes un magistral coup de coude, rétablit en hâte la voiture qui s'en allait tout droit vers la haie et dit :

— Toutes les femmes disent ça, mais elles ne le pensent pas. Ce Joyeux Roger, voyez-vous, a besoin qu'on l'anime un peu. Il n'a rien de joyeux. Ce qu'il lui faudrait, c'est un peu de vie. La clientèle, d'ailleurs, n'a rien d'emballant. Il y a trop de gosses, pour commmencer, et trop de vieux jetons. Comme, par exemple, le vieux crampon anglo-hindou, le révérend père, ces Américains, qui nasillent tout le temps et cet autre étranger avec sa moustache... Celui-là, il fait ma joie, avec ses petites bacchantes. C'est un coiffeur, probable!

— Pas du tout, fit Christine. C'est un détective.

Une fois encore, M. Blatt faillit jeter la voiture dans la haie.

— Un détective? fit-il. C'est pour ça qu'il est déguisé!

Christine ne put s'empêcher de sourire.

— Mais il n'est pas déguisé du tout, rectifia-t-elle. Il est comme ça, au naturel. Il s'appelle Hercule Poirot et vous devez avoir entendu parler de lui.

— On m'avait dit son nom, mais je n'avais pas bien compris. Bien sûr, que je le connais! Mais je le croyais mort... Il devrait être mort. Qu'est-ce qu'il cherche par ici?

— Rien. Il est en vacances.

M. Blatt, sceptique, cligna de l'œil.

— Je le crois, puisque vous le dites. Il a assez l'air d'un faiseur d'embarras, hein?

— Non, répondit Christine, après une légère hésitation. Il est un peu original, voilà tout.

— Mon opinion là-dessus, fit M. Blatt, c'est que Scotland Yard vaut toutes les polices du monde. Ma devise, c'est : « Achetez anglais! »

On approchait de la mer et, accompagnée d'une triomphale fanfare de klaxon, la voiture entrait dans le garage du Joyeux Roger qui, pour des raisons en relations avec les hauteurs de marée, était située sur la terre ferme, juste en face de l'hôtel.

III

Linda Marshall se trouvait dans la petite boutique qui subvenait aux besoins variés des touristes en promenade aux alentours de la baie. Tout un de ses côtés était couvert de rayons supportant des livres qu'on pouvait emprunter pour quelques sous. Les plus récents étaient vieux de dix ans, mais d'autres avaient vingt ans, et même plus.

Linda prenait un livre, puis un autre, hésitant à fixer son choix. Elle décida qu'elle ne pouvait décemment pas lire *Les Quatre Plumes* ou *Vice versa*. Elle prit un petit volume, assez épais, relié en veau, et se mit à le parcourir.

Le temps passa...

Et, soudain, une voix — celle de Christine Redfern — la fit tressaillir. Elle remit vivement le livre à sa place.

— Qu'est-ce que tu lis, Linda? demandait Christine.

— Rien, répondit-elle vivement. Je cherche un livre...

Au hasard, elle en prit un sur les rayons et, *Le mariage de William Ashe* à la main, elle s'en fut au comptoir.

— M. Blatt m'a ramenée, lui dit Christine. Il m'avait presque passé dessus auparavant et je n'ai pas pu faire autrement que de revenir avec lui. Mais je ne me suis pas senti le courage de faire la digue avec lui. Alors, j'ai prétexté des achats... et me voici!

— Il est odieux, n'est-ce pas? dit Linda. Il faut qu'il étale son argent et qu'il fasse des calembours!

— Pauvre type! Je le plains un peu...

— Pas moi! fit Linda.

Elles sortirent de la boutique et se dirigèrent vers la digue.

Pendant un bon moment, elles ne parlèrent pas. Linda était perdue dans ses pensées. Elle aimait bien Christine Redfern. Avec Rosamund Darnley, c'était dans l'île la seule personne qu'on pût supporter. Elle était intelligente. La preuve, c'est qu'elle ne se croyait pas toujours obligée de parler quand on était à côté d'elle. A quoi bon jacasser quand on n'a rien à dire?

D'autres pensées lui venaient.

— Madame Redfern, demanda-t-elle tout à coup, il ne vous a jamais semblé que le monde était si méchant, si terrible, si effrayant qu'on voudrait... qu'on voudrait le voir éclater?

Les mots étaient comiques, mais le visage de Linda, tendu et anxieux, ne l'était pas. Christine la regarda longuement, lut dans ses yeux et n'y vit rien qui prêtât à rire.

Elle hésita avant de répondre.

Puis, gravement, elle dit :

— Oui, Linda. C'est une impression que j'ai déjà ressentie...

IV

— Alors, dit M. Blatt, c'est vous le fameux détective?

Ils étaient dans le bar américain, un des repaires favoris de M. Blatt.

Hercule Poirot inclina la tête en signe d'assentiment. L'adjectif ne froissait pas sa modestie.

— Et qu'est-ce que vous faites ici? reprit M. Blatt. Vous travaillez?

— Non. Je me repose. Je suis en vacances.

M. Blatt prit un air malin.

— Evidemment, fit-il, vous ne pouvez pas répondre autre chose!

Sur une protestation de Poirot, il ajouta :

— Notez qu'avec moi vous n'auriez rien à craindre. Je ne suis pas un de ces types qui répètent tout ce qu'on leur raconte. J'ai appris à tenir ma langue. Et il y a belle lurette! Je n'aurais pas fait le chemin que j'ai fait si je n'avais pas su me taire. Vous savez comment sont les gens — dès qu'il leur tombe quelque chose dans l'oreille, ils vont le claironner à tous leurs amis et connaissances — et, naturellement, vous vous méfiez. Et c'est pourquoi vous êtes bien forcé de prétendre que vous êtes ici en vacances!

— Mais pourquoi ne serait-ce pas vrai? demanda Poirot.

Un clin d'œil éluda la réponse.

— Voyez-vous, fit M. Blatt, j'ai beaucoup roulé et je sais lire les vêtements des gens. A ce moment-ci de l'année, un homme comme vous est à Deauville, au Touquet ou à Juan-les-Pins. C'est là qu'il trouve... comment dit-on? son « climat ».

Poirot alla jeter un coup d'œil par la fenêtre. Il pleuvait et l'île était noyée dans la brume.

— Vous avez peut-être raison, dit-il.

Il poussa un soupir et ajouta :

— Là-bas, au moins, par un temps pareil, j'aurais de quoi me distraire!

— Le casino, hein?... Je pense comme vous. Il a fallu que je travaille dur pendant une bonne partie de mon existence et je n'ai guère eu le temps de prendre des vacances et de faire la noce. Je voulais arriver et je suis arrivé. Mais, maintenant, je fais ce qu'il me plaît! Mon argent vaut celui de n'importe qui et je me suis payé du bon temps en ces dernières années, c'est moi qui vous le dis!

— Vraiment?

— C'est si vrai que je me demande bien ce que je suis venu faire ici!

— Ça m'étonnait aussi.

— Comment ça?

La main de Poirot s'agita dans l'espace.

— C'est que, moi aussi, dit-il, je suis assez observateur. Je vous verrais à Deauville ou à Biarritz bien plutôt qu'ici!

— Et, en fin de compte, nous sommes ici tous les deux!

Il rit, d'un rire de gorge épais, puis reprit :

— Ce qui m'a amené ici, je n'en sais rien, mais c'est peut-être tout bonnement le nom de l'hôtel. Hôtel du Joyeux Roger, île des Contrebandiers! C'est romantique, ça! Ça parle à l'imagination! On se rappelle le temps où on était môme, quand on jouait aux pirates, aux contrebandiers...

Ces souvenirs l'amusaient.

— Quand j'étais jeune, continua-t-il, j'ai beaucoup navigué à la voile. Pas par ici, d'ailleurs... Et, c'est curieux, cette passion-là ne m'a pas quitté. Je pourrais m'offrir un yacht qui vous en mettrait plein la vue, mais je n'en ai pas envie. Je préfère être secoué dans une petite yole de rien du tout. Redfern est comme moi : il adore la voile et nous sommes sortis ensemble une fois ou deux. Seulement, maintenant, on ne peut plus lui mettre la main dessus! Il est tout le temps fourré dans les jupes de la femme de Marshall...

Il baissa un peu la voix.

— Il est vrai que, dans cet hôtel où tout le monde est à peu près desséché, cette femme-là est la seule à avoir l'air vivant! J'ai même l'impression que Marshall doit avoir du travail pour la tenir en main. Elle a eu pas mal d'aventures, quand elle était au théâtre... et même après. Elle affole les hommes... et vous verrez qu'un de ces jours ça finira par faire du vilain!

— Du vilain, dans quel sens?

— Ça dépend. Je croirais volontiers, à voir Marshall, qu'il a un drôle de caractère. Et j'en suis même sûr, parce qu'on m'a parlé de lui. Tranquille, calme et tout. Mais les bonshommes de cette espèce-là, je les connais. Avec eux on ne sait jamais où on est... et, à la place de Redfern, je me méfierais!

Il changea brusquement de sujet : Redfern entrait dans le bar.

— Bref, la voile sur les côtes, c'est ce que je connais de plus épatant!

Il fit mine d'apercevoir Redfern.

— Allô, Redfern! Qu'est-ce que vous prenez? Un Martini sec? Parfait! Et vous, monsieur Poirot?

Le détective remercia, déclinant l'invitation.

— Je suis de votre avis, Blatt, dit Redfern en s'asseyant. La voile est le plus beau sport du monde et j'aimerais en faire plus! Mon grand plaisir, quand j'étais gosse, c'était de me promener sur la côte, tout près d'ici, avec mon petit canot...

— Alors, fit Poirot, nous sommes dans une région que vous connaissez bien?

— Plutôt! Je venais ici avant qu'il n'y eût un hôtel. Il n'y avait que quelques cabanes de pêcheurs, près de la baie de Leathercombe, et, dans l'île, une vieille maison décrépite, dont les portes et les fenêtres étaient toujours fermées.

— Elle occupait l'emplacement de l'hôtel?

— Oui, mais elle n'était plus habitée depuis des années et elle tombait en ruines. On racontait que, par des passages secrets, elle communiquait avec la Grotte aux Lutins. Ce que nous avons pu passer de temps à le chercher, ce souterrain!

Horace Blatt renversa son verre, jura et, tout en épongeant son pantalon, demanda :

— Qu'est-ce que c'est que cette Grotte aux Lutins?

— Comment, vous ne savez pas? répondit Patrick. Elle se trouve près de la Crique aux Lutins et l'entrée, cachée dans les rochers, est assez difficile à trouver. C'est une sorte de fissure étroite, par laquelle on peut tout juste se glisser. A l'intérieur, elle s'élargit et on se trouve dans une grotte de dimensions assez vastes. Vous imaginez la joie d'un gosse entrant làdedans! Cette grotte, c'est un vieux pêcheur qui me l'avait montrée, mais je crois qu'aujourd'hui les pêcheurs eux-mêmes ne la connaissent plus. L'autre jour, j'ai demandé à l'un d'eux, pourquoi l'endroit s'appelait la Crique aux Lutins, il n'a pas pu me le dire.

— Et qu'est-ce que c'est que ces lutins? demanda Poirot.

— N'oubliez pas, monsieur Poirot, répondit Patrick, que nous sommes dans le Devon. C'est un pays de légendes. Il y a une autre grotte aux Lutins à Sheepstor. Quand on y va, avant de partir, il faut y laisser une épingle, en hommage aux lutins, qui sont les petits génies de la lande.

— Très curieux, fit Poirot.

— Quant aux histoires de lutins et de farfadets, elles sont innombrables dans la région. On vous montrera les tertres où ils tiennent conseil et, quand les fermiers rentrent chez eux après une nuit trop bien employée, ils vous racontent sans rire qu'ils ont été taquinés en route par les lutins.

— Ce qui veut dire, je pense, corrigea Horace Blatt, qu'ils ont bu un coup de trop!

Patrick sourit et dit :

— C'est l'explication prosaïque.

Ayant regardé sa montre, Blatt se levait.

— Vous m'excuserez, dit-il, je vais dîner. Après tout, Redfern, ce qui m'intéresse, moi, c'est les pirates et pas les lutins!

— Allez! fit Redfern. J'espère que les lutins se vengeront et que, cette nuit, ils viendront vous tirer par les pieds!

Blatt parti, Poirot dit :

— Pour un homme en proie au démon des affaires, M. Blatt me paraît avoir une imagination bien romanesque.

— Cela tient sans doute, répondit Redfern avec le plus grand sérieux, à ce que son esprit n'est pas encore développé. C'est l'opinion de ma femme. Songez que voilà un homme qui ne lit que des romans policiers et des histoires du Wild West!

— Vous considérez qu'il a la mentalité d'un enfant de douze ans.

— Ce n'est pas votre avis?

— Je le connais si peu!

— Je dois dire, observa Redfern, que je ne le connais guère plus. Je suis sorti en mer avec lui une fois ou deux, mais je me suis aperçu que, sur l'eau, il n'aime pas avoir quelqu'un avec lui. Il préfère être seul.

— C'est assez curieux. A terre, il a des goûts tout différents!

— On peut le dire, fit Redfern en riant. Nous avons toutes les peines du monde à nous défendre contre ses entreprises. Si on l'écoutait, l'endroit deviendrait vite un compromis entre Margate et Le Touquet.

Poirot se tut un instant. Il étudiait le visage de son compagnon. C'était celui d'un homme heureux.

Et, soudain, de la façon la plus inattendue, il dit :

— J'ai l'impression, monsieur Redfern, que vous trouvez que la vie est belle!

Surpris, Patrick le regarda.

— Bien sûr, répondit-il ensuite. Est-ce qu'elle ne l'est pas?

— Si! Et vous avez bien raison d'en jouir. Je vous félicite.

— Merci, fit Patrick, avec un sourire.

Poirot prit un temps, puis dit :

— Ceci posé, étant un vieil homme, infiniment plus vieux que vous, je voudrais vous donner un conseil.

— Je vous écoute.

— Voici. Un de mes amis, un policier plein de sagesse et de bon sens, m'a dit un jour, il y a bien longtemps : « Mon cher Hercule, si tu veux vivre heureux, évite les femmes! »

— J'ai peur, fit Redfern, que la mise en garde n'arrive bien tard : je suis marié!

— Je sais. Vous avez une femme charmante, et qui vous aime beaucoup.

— Je le lui rends bien.

— Je suis ravi de vous l'entendre dire.

Patrick fronça les sourcils et dit :

— Mais où voulez-vous en venir, monsieur Poirot?

Renversé dans son fauteuil, le petit homme fermait les yeux.

— Les femmes, dit-il, je commence à les connaître. Elles sont capables de vous compliquer l'existence jusqu'à vous la rendre odieuse et, avec elles, les Anglais se conduisent comme des enfants. Monsieur Redfern, s'il fallait que vous veniez ici, pourquoi avez-vous amené votre femme?

— Je ne vous comprends pas, fit Patrick, d'un ton acerbe.

— Ça m'étonnerait, dit Poirot avec calme. Mais je n'insiste pas. Je ne suis pas assez fou pour discuter avec un homme amoureux. Je lui glisse un conseil, mais je m'en tiens là.

Patrick Redfern, cependant, se défendait.

— Je vois, monsieur Poirot, que vous avez écouté les ragots de Mme Gardener et de la Brewster! Faire marcher leur langue, fabriquer des scandales, c'est leur occupation favorite, d'un bout à l'autre de la journée. Des chipies qui déverseront des tombereaux d'ordures sur une femme, simplement parce qu'elle est jolie!

Poirot se leva et dit simplement :

— Il n'est pas possible que vous soyez si jeune que ça!

Puis, hochant la tête, il sortit.

Patrick le regarda partir. Il était furieux.

V

Hercule Poirot, quittant la salle à manger, s'arrêta dans le hall. Un souffle d'air frais entrait par les portes ouvertes. La pluie avait cessé, la brume s'était levée. La nuit était belle. Il sortit.

Sur la falaise, il trouva Mme Redfern assise sur son banc favori.

— Vous allez prendre froid, lui dit-il. Vous ne devriez pas rester ici. Vous allez attraper un rhume, c'est sûr.

— Mais non, fit-elle. Et, d'ailleurs, qu'est-ce que ça peut faire?

— Voyons, dit doucement Poirot. Vous n'êtes plus une enfant, vous portez des robes longues. Il faut essayer de raisonner comme une grande personne...

— Puisque je vous dis que je ne m'enrhume jamais!

— Ecoutez-moi, dit Poirot. La journée a été mouillée, nous avons eu du vent, de la pluie, du brouillard. Maintenant, la nuit est calme, le ciel est clair et étoilé. Eh bien, ça, c'est l'image de la vie.

A voix basse, avec une sorte de fureur contenue, elle dit :

— Savez-vous, monsieur Poirot, ce qui m'exaspère le plus ici?

— Non, madame.

— Eh bien, c'est la pitié!

Le mot claqua comme un coup de fouet.

— Croyez-vous que je ne me rends pas compte? poursuivit-elle. Que je ne vois rien? Les gens disent : « Pauvre Mme Redfern! Pauvre petite femme!... » Je ne suis ni pauvre, ni petite, mais ils disent ça parce qu'ils me plaignent! Eh bien, je n'en veux pas, de leur pitié, je n'en veux pas!

Poirot étendit avec soin son mouchoir sur le banc et s'assit.

— Il y a du vrai dans ce que vous dites, fit-il.

— Cette femme...

— Voulez-vous me permettre, dit Poirot, voyant qu'elle n'achevait pas la phrase commencée, voulez-vous me permettre de vous dire quelque chose? Une vérité qui est, comme on dit, une vérité du Bon Dieu. La voici : en ce monde, les Arlena Stuart, les Arlena Marshall ne comptent pas.

— On dit ça!

— C'est la pure vérité. Leur triomphe est éphémère, il ne dure pas. Pour compter, pour compter vraiment, il faut qu'une femme ait du cœur ou qu'elle soit intelligente.

— Vous croyez que les hommes s'occupent de ça?

— J'en suis sûr.

Elle eut un petit rire amer.

— Je ne suis pas de votre avis, dit-elle ensuite.

Poirot dit lentement.

— Votre mari vous aime, madame.

— Qu'en savez-vous?

— Je le sais. J'ai vu comment il vous regardait.

Soudain, elle fondit en larmes et sa tête vint se poser sur l'épaule accueillante de Poirot.

— Je n'en peux plus, dit-elle entre deux sanglots. Je n'en peux plus!

Poirot lui administra sur le bras de petites tapes gentilles, disant doucement :

— Soyez patiente, petite madame, soyez patiente!

Elle se ressaisit, pressa son mouchoir sur ses yeux et dit, d'une voix presque assurée :

— Ça va mieux maintenant. C'est fini. Je vais vous demander de me laisser. J'aimerais être seule...

Il se leva et, l'ayant saluée, s'éloigna par le petit sentier conduisant à l'hôtel.

Il était presque arrivé quand il entendit des voix,

très proches, de l'autre côté de la haie qui bordait le sentier.

Il s'arrêta et, par une brèche ouverte dans les arbustes, aperçut Arlena Marshall et, près d'elle, Patrick Redfern.

Il parlait, et sa voix trahissait une profonde émotion.

— Arlena, disait-il, je vous aime et cet amour me rend fou! Dites-moi que vous m'aimez un peu! Dites-le!

Poirot regardait le visage d'Arlena. L'expression d'un bonheur complet, « animal » plutôt qu'humain, se lisait sur ses traits.

— Mais oui, grand fou, dit-elle amoureusement, je vous aime. Vous le savez bien!

Poirot, pour une fois, n'écouta pas plus avant. Il se remit en route.

Bientôt, quelqu'un le rejoignait. C'était le capitaine Marshall.

— Belle soirée, dit Marshall, regardant le ciel. J'ai l'impression qu'il fera beau demain.

CHAPITRE IV

I

Le matin se leva sur le 25 août. Un ciel pur et sans nuages. Un de ces matins qui décident le paresseux le plus endurci à sortir de son lit.

Aussi bien, les pensionnaires du Joyeux Roger furent-ils nombreux à se lever tôt, ce matin-là.

Il était huit heures à peine quand Linda, assise devant sa coiffeuse, interrompit sa lecture et posa son livre sur la table. C'était un petit volume relié, assez épais.

Elle se regarda dans la glace.

Son visage était comme crispé. Elle serrait les lèvres et ses yeux ne bougeaient pas.

— Il faut le faire, murmura-t-elle, et je le ferai!

Elle quitta son pyjama, mit son maillot de bain, jeta un peignoir sur ses épaules, enfila ses sandales et sortit.

Au bout du couloir, un balcon conduisait à un escalier extérieur par lequel on descendait directement sur les rochers. Une petite échelle métallique s'accrochait dans le roc. La mer était en bas. Le chemin était familier aux hôtes du Joyeux Roger qui, le matin, pour le bain qui précédait leur petit déjeuner, préféraient cette petite plage, vite atteinte, à la plus grande, plus éloignée.

Linda s'engageait sur l'escalier quand elle vit son père qui montait.

— Déjà debout? fit-il. Tu vas te baigner?

Elle fit oui de la tête.

En fait, au lieu de descendre sur les rochers, elle prit sur la gauche, longeant l'hôtel pour gagner le petit sentier conduisant à la digue reliant l'île à la terre. La mer était haute et la digue disparaissait sous l'eau. Mais la barque réservée aux pensionnaires du Joyeux Roger était à sa place. En l'absence du passeur, Linda sauta dans l'embarcation, défit elle-même les amarres, puis se mit à ramer.

Arrivée de l'autre côté, elle monta la petite rampe passant devant le garage, et se rendit à la boutique.

La tenancière venait d'enlever ses volets et balayait le magasin.

— Vous êtes matinale, miss, dit-elle, en apercevant Linda.

La jeune fille fouillait dans la poche de son peignoir et prenait son argent...

II

Quand Linda regagna sa chambre, elle y trouva Christine Redfern.

— Vous voilà, fit la jeune femme. Je me disais bien que vous ne pouviez pas être déjà levée pour de bon!

— Non, répondit Linda. Je suis simplement allée me baigner.

Christine remarqua que la jeune fille tenait un paquet à la main.

— Tiens, fit-elle, le facteur est déjà passé?

Linda rougit. Et, dans son trouble, maladroite

comme toujours, elle laissa tomber le paquet, qui s'ouvrit en arrivant au sol.

— Pourquoi diable avez-vous acheté des bougies? demanda Christine.

Heureusement, elle posait la question sans attendre de réponse. Avant que Linda ait eu le temps de parler, elle ajoutait :

— Je venais vous demander si ça vous amuserait de m'accompagner ce matin à la Roche aux Mouettes. Je vais dessiner là-bas.

Linda accepta avec empressement.

Les jours précédents, elle avait plusieurs fois déjà suivi Christine dans ses expéditions picturales.

Christine était une artiste médiocre, mais la jeune fille avait de l'amitié pour elle. Et puis, absorbée par sa peinture, elle parlait peu. Linda avait soif de solitude, mais une compagnie silencieuse lui était agréable. Surtout celle de Christine. Elle ne soupçonnait pas qu'il y avait entre elles le lien subtil d'une sympathie basée sur une haine commune.

— Je joue au tennis à midi, dit Christine. Nous ferions bien de partir tôt. Dix heures et demie, ça vous va?

— Entendu, répondit Linda. Je serai prête. Je vous attendrai dans le hall.

III

Sortant de la salle à manger après un petit déjeuner tardif, Rosamund Darnley fut littéralement tamponnée par Linda, qui dévalait les escaliers en courant.

Linda s'excusa.

— Belle matinée, n'est-ce pas? fit Rosamund. Après

une journée comme celle d'hier, on a peine à y croire!

— C'est vrai, répondit Linda. Je vais à la Roche aux Mouettes, avec Mme Redfern. Nous avons rendez-vous à dix heures et demie. Je dois être en retard.

— Du tout. Il n'est pas plus de vingt-cinq.

— Tant mieux!

Elle soufflait un peu.

— Vous n'avez pas un peu de fièvre, Linda? lui demanda Rosamund, après l'avoir regardée avec attention.

— Non, répondit Linda. Je n'ai jamais de fièvre.

— Il fait si beau aujourd'hui, reprit Rosamund, que je me suis levée pour le petit déjeuner. Généralement, je le prends dans mon lit. Mais, aujourd'hui, je suis descendue et je me suis expliquée avec des œufs et du bacon, tout comme un homme!

Linda revenait à sa promenade :

— Je vais m'enduire d'huile et je rentrerai toute noire. Le matin, la Roche aux Mouettes est un coin merveilleux.

— C'est vrai. Et on y est tellement plus tranquille qu'à la plage!

— Venez avec nous, proposa Linda d'une voix timide.

— Je voudrais bien, mais, ce matin, j'ai autre chose à faire.

Christine Redfern descendait les escaliers.

Elle portait un pyjama de plage, d'un modèle très ample et très original, avec de vastes manches et un pantalon remarquablement large. Des motifs jaunes tranchaient sur le vert du tissu.

Rosamund se sentit des démangeaisons dans la langue. Elle aurait aimé dire à Christine que ce jaune et ce vert étaient les couleurs les moins indiquées pour une blonde.

— Si je m'occupais d'elle, songeait-elle, son mari ne serait pas long à se dire : « Mais, qu'est-ce qui se passe? » Arlena est ce qu'elle est, mais elle sait s'habiller. Tandis que cette pauvre Christine a l'air d'une laitue!

Elle garda tout cela pour elle et dit tout haut :

— Au revoir, amusez-vous bien! Moi, je vais lire sur la falaise de Roc-Soleil...

IV

C'est dans sa chambre, comme chaque matin, que Poirot prit son petit déjeuner : du café et des tartines.

Mais il faisait si beau que, contrairement à son habitude, il décida de sortir tôt. Il était en avance de près de trente minutes sur son horaire de tous les jours quand, sur le coup de dix heures, il descendit à la grande plage.

Elle était déserte.

Ou peu s'en fallait : il n'y avait là que la seule Arlena Marshall.

Arlena, moulée dans son costume de bain blanc, son étonnant chapeau de carton vert jade sur la tête, essayait de mettre à flot une petite périssoire blanche. Galamment, Poirot vint à son aide, au grand détriment de ses chaussures de daim blanc, qui sortirent de l'aventure complètement trempées.

Elle le remercia, avec un charmant sourire de coin.

Puis, comme l'embarcation s'éloignait, elle l'appela :

— Monsieur Poirot!

Il vint tout au bord de l'eau.

— Madame?

— Voulez-vous me faire plaisir?

— Je ne demande que ça!

— Eh bien, ne dites pas que vous m'avez vue. On va me chercher et, justement, j'ai envie d'être seule!

Elle lança à Poirot un dernier sourire et s'éloigna à grands coups d'aviron.

Poirot remonta sur la plage.

— Voilà vraiment, se dit-il à lui-même, quelque chose à quoi je ne m'attendais pas!

Il lui était difficile d'admettre qu'Arlena Stuart, pour lui donner son nom de théâtre, souhaitât être seule, fût-ce pour la première fois de sa vie.

Au surplus, il connaissait trop l'humanité pour être dupe : Arlena avait un rendez-vous et il savait bien avec qui.

En quoi il se trompait.

Car la périssoire était à peine hors de vue que Patrick Redfern faisait son apparition sur la plage, suivi à quelques pas de Kenneth Marshall.

— Bonjour, Poirot, dit Marshall. Vous n'avez pas aperçu ma femme?

La réponse de Poirot fut d'un diplomate.

— Mme Marshall serait déjà levée? fit-il.

— En tout cas, elle n'est plus dans sa chambre, répondit Marshall.

Il examina le ciel.

— Belle journée, décidément! Je vais prendre mon bain tout de suite. Après, j'irai taper à la machine. J'ai à répondre à du courrier urgent...

Moins expansif, Patrick Redfern inspectait la plage du regard. Il s'assit près de Poirot, qui comprit qu'il attendait la dame de ses pensées.

— Et Mme Redfern? fit Poirot au bout d'un instant. Elle n'est pas encore debout?

— Mais si, répondit Patrick. Elle est allée faire des croquis. Elle s'est découvert une âme d'artiste...

Sa voix était brève et il était évident qu'il avait l'esprit ailleurs. A mesure que le temps passait, son impatience devenait de plus en plus manifeste. Chaque fois qu'un pas s'entendait sur la plage, il se retournait pour voir qui venait de l'hôtel.

Et, chaque fois, il était déçu.

M. et Mme Gardener arrivèrent les premiers, avec leurs livres et l'ouvrage de madame.

Miss Brewster vint ensuite.

Sans perdre de temps, Mme Gardener s'installa. Deux minutes plus tard, tout en tricotant avec énergie, elle commençait à parler.

— Alors, monsieur Poirot? La plage a l'air bien vide, ce matin. Où sont les gens?

Poirot répondit que les Masterman et les Cowan, deux familles riches en enfants, étaient parties pour toute la journée. Elles faisaient un tour en mer.

— Ça explique tout, fit Mme Gardener. Ça fait bien du bruit en moins sur la plage! Et il n'y a qu'un baigneur, le capitaine Marshall!

Marshall sortait de l'eau. Il vint vers eux, sa serviette à la main.

— La mer est bonne, fit-il, et je regrette bien d'avoir tant à faire. J'aurais bien prolongé ma baignade.

— Je vous comprends, capitaine, fit Mme Gardener. Aller s'enfermer par une journée comme celle-ci, c'est bien dommage! Quel changement avec hier, hein?... Hier soir, je disais à M. Gardener que, si ce temps continuait, nous n'avions plus qu'une chose à faire : nous en aller. Il n'y a rien de triste comme une île dans le brouillard! Pour quelqu'un qui, comme moi, est très sensible à ces questions d'atmosphère, c'est terrible! Il me semble que je vais rencontrer des fantômes, des esprits et, pour un peu, je crierais! Je me souviens que, toute petite, j'étais déjà très impressionnable et que ça donnait beaucoup de tracas à mes parents. Heureusement, ma mère était une femme adorable, et elle disait à mon père : « Sinclair, si cette enfant est comme ça, c'est que c'est dans sa nature. Elle crie? Laissons-la crier! » Mon père, naturellement, disait oui. Il adorait ma mère et faisait ses quatre volontés. C'était un couple parfait et je suis sûre que c'est l'opinion de M. Gardener. N'est-ce pas, Odell, que c'était un ménage étonnant?

— Oui, chérie, fit M. Gardener.

— Et qu'est-ce que vous avez fait de votre fille, ce matin, capitaine?

— Linda? répondit Marshall. Je ne sais pas ce qu'elle est devenue. Je suppose qu'elle rôde quelque part dans l'île.

— Vous savez, capitaine, que cette enfant n'a pas l'air très bien portant? On dirait qu'elle ne mange pas assez et qu'elle a besoin d'affection.

— Linda se porte le mieux du monde, répondit Marshall d'un ton bref.

Ayant dit, il se leva et prit le chemin de l'hôtel.

Patrick Redfern, cependant, ne paraissait pas songer à son bain. Il restait là, taciturne et muet.

Miss Brewster, par contre, était d'excellente humeur.

La conversation ressemblait à ce qu'elle était toujours : un flot de paroles de Mme Gardener et de courtes interventions de miss Brewster.

Comme quelqu'un avait prononcé le mot d'« excursion », Mme Gardener dit :

— Pas plus tard que ce matin, je disais à mon mari que nous devrions aller faire un tour à Dartmoor. C'est tout près et le seul nom de Dartmoor est associé à tant d'aventures romanesques! J'aimerais tellement voir les forçats de près!... Si on arrangeait ça tout de suite et si on y allait demain? Qu'en pensez-vous, Odell?

— Tout à fait d'accord, dit M. Gardener.

S'adressant à Miss Brewster, Hercule Poirot lui demanda si elle se baignait.

— J'ai déjà pris un bain ce matin, répondit-elle, et,

en descendant à la plage, j'ai failli recevoir une bouteille sur la tête. Cadeau de quelqu'un qui la jetait par une fenêtre de l'hôtel!

— Voilà vraiment, dit Mme Gardener, quelque chose à ne pas faire! Je me souviens qu'un de mes amis a été très grièvement blessé par une brosse à dents. Il passait tranquillement dans la rue et la brosse tombait du trente-cinquième étage! Il a été très sérieusement touché et il a obtenu des dommages-intérêts importants...

Elle s'interrompit pour entreprendre d'urgentes recherches dans ses pelotons de laine.

— Dites-moi, Odell, fit-elle enfin, il me semble que je n'ai pas ma pelote rouge. Elle est dans le deuxième ou le troisième tiroir de la commode...

— Bien, chérie, fit M. Gardener.

Il se leva et partit en direction de l'hôtel.

Déjà, Mme Gardener abordait un nouveau sujet.

— Il y a des jours, disait-elle, où je me demande si nous n'allons pas un peu loin. Toutes ces grandes découvertes, est-ce qu'elles n'ont pas pour nous un côté dangereux? Ces ondes radio-électriques, tenez, qui courent dans l'atmosphère... Qui nous prouve qu'elles ne nous rendent pas nerveux? Pour moi, je le crois et il me semble que l'heure du nouveau Messie est arrivée. Vous êtes-vous jamais intéressé aux prophéties des Pyramides, monsieur Poirot?

— J'avoue que non.

— C'est dommage, car elles sont extrêmement curieuses. Moscou est exactement à un millier de milles au nord de... je ne suis pas sûre du nom de la ville, mais ce doit être Ninive. Convenez que c'est stupéfiant! Tracez autour des Pyramides un cercle qui a exactement un millier de milles de rayon et vous découvrez des choses surprenantes. C'est tout de même curieux! Il faut bien admettre que les habitants de l'ancienne Egypte avaient des connaissances qui nous échappent et, comme ils ne pouvaient pas les avoir trouvées tout seuls, on se demande d'où ils les tenaient. Ou de qui? La théorie des nombres et de leur répétition, c'est bouleversant. Et j'ajouterai que, pour moi, ces choses-là ne peuvent même pas se discuter!

Elle se tut, attendant, sûre d'elle-même, une réplique qui ne vint pas. Hercule Poirot et Miss Brewster n'étaient pas disposés à contester le point.

Poirot considérait d'un air navré ses chaussures maculées.

— Vous avez pataugé, monsieur Poirot, remarqua Miss Brewster.

— Que voulez-vous, répondit-il, je suis toujours trop pressé!

Elle se pencha vers lui et dit à mi-voix :

— Et notre « vamp », monsieur Poirot, où est-elle passée, ce matin? Elle est en retard...

Levant les yeux de son ouvrage pour un instant, Mme Gardener regardait Patrick Redfern, qui s'était levé pour faire quelques pas sur la plage.

— Il a l'air d'une humeur de dogue, dit-elle tout bas.

Et, sans élever la voix, elle ajouta :

— Toute cette histoire est bien triste. Je me demande ce qu'en pense le capitaine Marshall. C'est un homme si gentil! Très Anglais, très réservé... On ne sait jamais ce qu'il a dans la tête...

Patrick continuait à marcher de long en large.

— Un tigre en cage, murmura Mme Gardener.

Ils étaient trois à suivre du regard ses allées et venues, et cette triple surveillance agaçait Patrick, qui se sentait les nerfs à fleur de peau.

Dans le silence, un carillon tinta, très loin, du côté de la terre.

— Le vent vient de l'est, fit Miss Brewster. Quand on entend cette cloche, c'est bon signe. Il fera beau...

Personne ne parla plus jusqu'au retour de M. Gardener, qui revint porteur d'un gros écheveau de laine écarlate.

— Eh bien, dit Mme Gardener, tu as pris ton temps!

— Je suis navré, ma chérie, répondit-il, mais ce n'est pas de ma faute. Ta laine n'était pas du tout dans la commode, mais dans le placard!

— Ça, par exemple, c'est extraordinaire! J'aurais juré que je l'avais rangée dans le deuxième tiroir! Heureusement que je n'ai pas été appelée à témoigner en justice! Avec une mémoire aussi capricieuse, mon cas pourrait devenir vite pendable!

— Mme Gardener est une femme pleine de scrupules, dit M. Gardener.

V

Cinq minutes plus tard, Patrick Redfern demandait à Emily Brewster si elle verrait quelque inconvénient à ce qu'il l'accompagnât dans sa quotidienne partie de canot.

Elle accepta avec joie.

— Alors, fit-il, je vous propose de faire le tour de l'île.

— Aurons-nous le temps? demanda-t-elle.

Sa montre consultée, elle ajouta :

— On peut essayer. Il n'est pas encore onze heures et demie. Seulement, il faut partir tout de suite.

Ils descendirent ensemble vers la plage.

Patrick prit les avirons le premier. Sa nage était puissante et le canot filait rapidement.

— Reste à savoir, dit Emily en riant, si vous tiendrez cette allure-là longtemps!

Il était de meilleure humeur. Il rit, lui aussi, et répondit :

— J'aurai probablement récolté des ampoules au retour! Mais qu'est-ce que ça fait?

Tirant sur les rames, il se renversait en arrière.

— Quelle splendide journée! s'exclama-t-il. Une vraie journée d'été en Angleterre, on ne trouve mieux nulle part!

— Pour moi, il n'y a qu'un pays au monde où il soit possible de vivre : l'Angleterre!

— Pleinement d'accord.

Naviguant à l'ouest, ils contournèrent la pointe de la baie et passèrent le long des falaises.

— Je me demande, dit Patrick, s'il y a quelqu'un, ce matin, à Roc-Soleil.

Bientôt, la petite plage, dominée par la falaise, fut en vue.

— Oui, fit-il alors, répondant à sa propre question. J'aperçois un parasol. Qui ça peut-il bien être?

— Ne cherchez pas, répondit Emily. C'est Miss Darnley. Je reconnais son parasol japonais...

Ils passèrent devant la plage.

— Nous aurions dû faire le tour dans l'autre sens, dit Miss Brewster. Dans celui-ci, nous avons le courant contre nous.

— Il n'est pas fort, répondit Patrick. J'ai nagé par ici sans seulement m'apercevoir de son existence. D'ailleurs, nous ne pouvions pas prendre dans l'autre sens : la digue n'est pas recouverte...

— C'est vrai. J'oubliais l'heure de la marée. Nous approchons de la Crique aux Lutins. Il paraît qu'il est assez dangereux de se baigner par-là...

Patrick continuait à ramer vigoureusement, tout en scrutant la falaise des yeux.

— Il est en train de chercher Arlena Marshall, pensa Emily, et c'est pour ça qu'il a voulu venir avec moi. On ne l'a pas vue ce matin et il se demande ce qu'elle fabrique. Elle a sans doute fait exprès de ne pas se montrer. Un vieux truc, pour l'aguicher un peu...

Ils contournèrent la pointe qui s'avançait dans la mer au sud de la Crique aux Lutins. C'était, cette crique, une toute petite baie, une plage minuscule, prise dans un cadre de rochers aux formes fantastiques. La falaise s'avançait en surplomb sur un de ses côtés. L'endroit était de ceux où les hôtes du Joyeux Roger venaient volontiers prendre le thé, mais on y voyait rarement quelqu'un le matin : avant le milieu de l'après-midi, la plage, orientée au nord-ouest, manquait de soleil.

Pourtant, ce matin-là, il y avait quelqu'un.

— Qui est-ce qu'on aperçoit là-bas? demanda Patrick d'un ton qui voulait être indifférent.

— On dirait Mme Marshall, fit Emily Brewster, un peu sèchement.

— Mais, en effet, c'est bien elle!

En même temps, il se mettait à ramer vers la plage.

Emily protesta, mais il répondit qu'ils avaient bien le temps, et il la regarda bien en face. Et il y avait dans son regard une prière si ardente, il avait l'air si malheureux qu'elle ne se sentit pas le courage de discuter.

— Pauvre garçon, se dit-elle. Il est terriblement chipé!

Rapidement, le bateau approchait de la plage.

Arlena Marshall était couchée sur les galets, sur le ventre, et les bras allongés. Sa petite périssoire blanche était à quelques pas.

Quelque chose intriguait Miss Brewster. Il y avait, dans le spectacle qu'elle avait sous les yeux, quelque chose d'anormal. Quoi? Elle eût été incapable de le dire. Mais il y avait quelque chose, elle en était sûre.

72

Et, bientôt, elle comprit.

L'attitude d'Arlena n'avait rien d'extraordinaire. Bien souvent, on l'avait vue ainsi étendue sur la plage de l'hôtel, exposant aux rayons du soleil son beau corps bronzé, la tête et la nuque protégées par son immense chapeau.

Mais il n'y avait pas de soleil à la Crique aux Lutins, et il n'y en aurait pas avant plusieurs heures.

Emily se sentit vaguement inquiète.

La coque racla sur les galets.

Patrick appela Arlena.

Les appréhensions de Miss Brewster se transformèrent en angoisse : Arlena ne répondait pas et ne bougeait pas.

Ils sautèrent hors du canot, l'amenèrent sur le rivage et coururent vers le corps étendu au pied de la falaise.

Patrick, précédant de peu Emily, arriva le premier.

Comme en un rêve, elle vit les membres dorés, le costume de bain largement échancré dans le dos, les boucles d'acajou qui s'échappaient du chapeau vert jade.

Et elle remarqua la position curieuse de l'un des bras.

Elle comprit sur-le-champ que ce corps ne s'était pas allongé sur la plage, mais qu'on l'y avait jeté.

Elle entendit une voix blanche, qui murmurait quelque chose. Patrick, agenouillé, touchait un bras, une main...

— Elle est morte, dit-il dans un souffle.

Soulevant légèrement le grand chapeau de carton, il regarda la nuque.

— Mon Dieu! s'écria-t-il. Elle a été étranglée!... On l'a assassinée!

VI

Un moment suivit, de ceux durant lesquels le temps semble suspendre sa course.

Emily avait l'impression d'être hors du réel. Elle s'entendait dire des choses comme : « Il ne faut toucher à rien jusqu'à l'arrivée de la police! » A quoi, comme un automate, Patrick répondait : « Bien sûr! Bien sûr! »

— Qui a pu faire cela? dit-il enfin. Qui? Il n'est pas possible qu'on l'ait tuée! Dites-moi que ce n'est pas vrai!

Emily Brewster hochait la tête, ne sachant que répondre.

Sur un autre ton, il dit, d'une voix très basse, mais résolue :

— Si jamais je mets la main sur la crapule qui a fait ça!...

Elle eut le sentiment confus d'un danger. Elle imaginait le meurtrier aux aguets, quelque part dans le voisinage. Elle dit :

— Il faut prévenir la police.

Puis, après une hésitation, elle ajouta :

— Peut-être que l'un de nous devrait rester auprès... auprès du corps.

Il dit :

— Je resterai.

Emily se sentit soulagée. Elle n'était pas de celles qui admettent qu'il leur est arrivé d'avoir peur mais, au fond d'elle-même, elle se félicitait de ne pas avoir à demeurer sur la plage, avec peut-être un criminel rôdant dans les environs.

— Entendu, dit-elle. Je ferai aussi vite que possible. Je retournerai par la mer, car je ne tiens pas à grimper le long de cette échelle. J'irai tout droit à la police de Leathercombe...

L'esprit ailleurs, il dit :

— Oui... Oui... Faites ce que vous croirez bon!

Tandis que, tirant vigoureusement sur les avirons, elle s'éloignait du rivage, elle vit Patrick s'agenouiller auprès de la morte, la tête dans les mains. Il y avait dans son attitude une telle détresse que, malgré elle, elle eut pitié de lui.

Pourtant, son robuste bon sens lui disait que l'événement n'était pas tellement déplorable.

— C'est, songeait-elle, ce qui pouvait lui arriver de mieux, à lui, à sa femme et à l'enfant. Seulement, bien sûr, il ne voit pas ça comme ça!

Emily Brewster était de ces femmes qui ne perdent leur bon sens en aucune circonstance.

CHAPITRE V

I

Adossé à la falaise, l'inspecteur Colgate attendait que le médecin légiste en eût fini avec l'examen du corps. Patrick Redfern et Emily Brewster se tenaient non loin de là, un peu à l'écart.

D'un alerte mouvement, le docteur se remit sur ses pieds.

— Vilaine affaire! dit-il. Elle a été étranglée, et par une paire de mains puissantes! Il ne semble pas qu'elle se soit débattue. Elle a dû être prise par surprise.

Emily Brewster, après un rapide coup d'œil sur la morte, avait détourné son regard. Le visage d'Arlena, pourpre, boursouflé, était horrible à voir.

— La mort remonte à quelle heure? demanda l'inspecteur.

— Pour se prononcer avec certitude, répondit le médecin, avec un soupçon d'agacement dans la voix, il faudrait mieux connaître la victime. Toutes sortes de facteurs entrent en ligne de compte. Voyons... Il est une heure moins le quart. A quelle heure avez-vous trouvé le corps?

Patrick Redfern, à qui la question s'adressait, répondit :

— Un peu avant midi, c'est tout ce que je peux dire.

Emily Brewster donna la précision demandée :

— Il était exactement midi moins le quart.

— Quelle heure était-il, quand, de votre canot, vous avez aperçu le corps?

Emily réfléchit.

— Nous avons dû passer l'éperon de rochers, au sud de la crique, cinq ou six minutes plus tôt. Vous êtes d'accord, Redfern?

— Oui, fit-il d'un ton las. Ça doit être ça!

Le docteur Neasdon s'approcha de l'inspecteur pour lui demander à voix basse « si c'était là le mari ».

Renseigné, il murmura :

— On pouvait s'y tromper! Il a l'air tellement désemparé!

Puis, à haute voix, reprenant un ton officiel, il dit :

— Disons, voulez-vous, qu'il était midi moins vingt. Elle ne peut pas avoir été tuée beaucoup plus tôt. Disons donc entre onze heures, onze heures moins le quart, extrême limite, et midi moins vingt.

L'inspecteur ferma son carnet.

— Merci, dit-il. Voilà qui devrait nous aider considérablement, car ces limites ne nous donnent pas beaucoup de battement. Une heure, en somme...

Il se tourna vers Miss Brewster.

— Résumons-nous, fit-il. Vous êtes Miss Brewster et monsieur est M. Patrick Redfern. Vous résidez tous deux à l'hôtel du Joyeux Roger et vous identifiez la victime comme étant une des pensionnaires de l'hôtel, la femme d'un certain capitaine Marshall?

Emily Brewster fit un signe d'approbation.

— Eh bien, c'est parfait, conclut l'inspecteur. Il ne nous reste plus qu'à aller à l'hôtel.

Il appela un agent :

— Hawkes, vous resterez ici et vous empêcherez qui que ce soit de venir dans cette crique. Philipps viendra vous relever...

II

— Mais je ne me trompe pas, s'écria le colonel Weston, c'est Poirot! Quelle surprise de vous rencontrer ici!

Hercule Poirot répondit au chef de la police du comté sur le ton qui convenait.

— Des années que nous ne nous sommes vus! dit-il. En fait, depuis l'affaire de Saint-Loo!

— Je ne l'ai pas oubliée, fit Weston. Vous m'avez donné là la plus grande surprise de ma vie et je me souviendrai toujours de la façon dont vous êtes venu à bout de cette énigme. Ah! vos méthodes n'avaient rien d'orthodoxe!

— D'accord, mon colonel. Mais convenez qu'elles se sont révélées efficaces!

— Euh... Peut-être... mais sans doute serions-nous arrivés au même résultat par des procédés plus classiques.

— C'est très possible, fit Poirot avec diplomatie.

— Et nous re-voici embarqués dans un nouveau crime! Vous avez des idées sur cette nouvelle affaire?

— Non, rien de précis, dit lentement Poirot. Mais elle me semble intéressante.

— Vous allez nous donner un coup de main?

— Vous me le permettriez?

— Mais, mon cher ami, je serais ravi de travailler avec vous! Je n'en sais pas encore assez pour dire si l'affaire est du ressort de Scotland Yard ou non. A première vue, il semble que le meurtrier ne peut être cherché que dans un domaine très limité. Mais, d'un autre côté, tous les gens qui sont ici sont étrangers à la région et des renseignements sur eux, et sur leurs mobiles possibles, nous ne pouvons les avoir qu'à Londres.

— C'est exact, dit Poirot.

— Pour commencer, poursuivit Weston, il nous faut établir quelle est la dernière personne qui a vu Arlena Marshall vivante. La femme de chambre lui a porté son petit déjeuner à neuf heures. La jeune fille du bureau l'a vue traverser le hall de l'hôtel et sortir vers dix heures.

— Ne vous fatiguez pas, fit Poirot. J'ai idée que je suis l'homme que vous cherchez.

— Vous l'avez vue ce matin? A quelle heure?

— A dix heures cinq. J'étais sur la plage de l'hôtel et je l'ai aidée à mettre à l'eau sa périssoire.

— Elle est partie avec?

— Oui.

— Seule?

— Seule.

— Avez-vous vu dans quelle direction?

— Je l'ai vue contourner les rochers, au bout de la plage.

— Elle allait dans la direction de la Crique aux Lutins?

— C'est bien ça.

— Et il était quelle heure, alors?

— Disons que, quand je l'ai perdue de vue, il pouvait être dix heures et quart.

— Les heures concorderaient, dit Weston, après un temps de réflexion. Combien de temps estimez-vous qu'elle a pu mettre pour aller jusqu'à la crique?

— Mon cher ami, je ne suis pas compétent. Je ne vais pas en bateau et je ne me risque pas en périssoire. Une demi-heure, peut-être?

— C'est ce que je pensais. Rien ne la pressait,

j'imagine. Si elle est arrivée là-bas vers onze heures moins le quart, nos heures collent!

— Quelle aurait été l'heure de la mort, d'après le médecin légiste?

— Neasdon est un homme prudent, qui ne se compromet pas. Onze heures moins le quart, au plus tôt.

— Un point que je dois mentionner, fit Poirot, c'est celui-ci : en s'éloignant, Mme Marshall m'a demandé de ne dire à personne que je l'avais vue.

— Curieux, fit Weston, surpris. C'est une indication, vous ne trouvez pas?

— C'est ce que je crois.

Le colonel tirailla sa moustache.

— Dites-moi, Poirot, fit-il enfin. Vous connaissez la vie... et les gens. Mme Marshall, quel genre de femme était-ce?

Un léger sourire passa sur les lèvres de Poirot.

— On ne vous l'a pas encore dit? fit-il.

— Je sais ce que les femmes disent d'elle, répondit Weston, mais je me méfie. Qu'y a-t-il de vrai dans tout ça? Est-ce qu'il y avait réellement quelque chose entre elle et ce jeune Redfern?

— Je crois qu'on peut répondre oui, sans hésiter.

— Il était venu pour elle?

— On a des raisons de le supposer.

— Et le mari? Il était au courant? Quels étaient ses sentiments vis-à-vis de sa femme?

— Il est bien difficile, dit Poirot, de savoir ce que pense, ou ce que ressent, le capitaine Marshall. C'est un homme qui ne se livre pas.

— Ça ne l'empêche pas d'avoir des sentiments, fit Weston.

— En effet, dit Poirot, approuvant du chef. Il est très possible qu'il en ait.

Le colonel Weston faisait appel à toutes les ressources de sa diplomatie pour interroger Mme Castle.

Directrice et propriétaire de l'hôtel du Joyeux Roger, Mme Castle était une dame distinguée, un peu au-delà de la quarantaine, avec une poitrine généreuse, des cheveux teints au henné et une élocution d'un raffinement quasi provocant.

— Il est inconcevable, disait-elle, qu'une chose pareille ait pu se produire dans mon hôtel! Songez, colonel, que cette île est l'endroit le plus tranquille de la terre. Nous n'avons ici que des gens bien, si vous voyez ce que je veux dire. La clientèle, ici, n'est pas mélangée comme elle l'est dans les grands hôtels de Saint-Loo.

— Je sais, déclara le colonel. Mais, que voulez-vous, un accident peut arriver dans l'établissement le mieux tenu!

— Je suis sûre que l'inspecteur Colgate confirmera mes dires, reprit Mme Castle, avec un coup d'œil vers le policier, qui conservait une impassibilité très professionnelle. Je me montre très scrupuleuse quant au respect des règlements de police et je me flatte de n'avoir jamais toléré la moindre irrégularité.

— Je n'en doute pas, fit Weston. Et, d'ailleurs, nous ne vous reprochons absolument rien.

— Non, bien sûr, dit Mme Castle. Mais une histoire de ce genre est toujours très fâcheuse pour un établissement. Je ne puis songer sans appréhensions à la bruyante curiosité de la foule. Sans doute, nul n'est autorisé à venir dans l'île, à l'exception des pensionnaires de l'hôtel. Mais cela n'empêchera rien : ils resteront sur la côte et jacasseront de là-bas...

Son buste imposant se gonfla pour un puissant soupir.

L'inspecteur Colgate profita de l'occasion pour entrer dans la conversation.

— A propos de ce point que vous venez de soulever, madame, dit-il, une petite question. Comment vous y prenez-vous pour empêcher les gens de venir sur l'île?

— C'est une chose à quoi je fais très, très attention.

— D'accord. Mais quelles mesures avez-vous prises pour interdire l'accès de l'île? Je sais ce que c'est que les foules du dimanche. Elles se glissent partout...

— C'est la faute des cars. Songez que j'en ai vu jusqu'à dix-huit garés sur la place de Leathercombe! Dix-huit!

— C'est beaucoup, en effet. Mais qu'est-ce qui empêche les gens de venir sur l'île?

— Il y a des écriteaux. D'autre part, quand la mer est haute, nous sommes coupés de la terre.

— Oui, mais à marée basse?

Mme Castle expliqua qu'il y avait une grille au bout de la digue, du côté de l'île. Une pancarte avisait les promeneurs que cette voie privée était réservée aux pensionnaires de l'hôtel. C'était là le seul chemin possible et il ne serait venu à l'idée de personne d'escalader les rochers qui, à droite et à gauche, plongeaient, abrupts, dans la mer.

— Mais, objecta l'inspecteur, est-ce qu'on ne peut pas prendre un bateau et aller atterrir sur une des plages? Vous ne pouvez pas vous y opposer. Les abords de la côte sont propriété de l'Etat et tout le monde a le droit de se promener sur les plages à marée basse...

Mme Castle en convint, ajoutant toutefois qu'il était rare qu'il y eût dans l'île des visiteurs indésirables. On louait bien des barques à Leathercombe, mais du port à l'île le trajet était assez long et rendu difficile par un courant assez fort qui passait juste à l'extrémité de la baie.

Enfin, il y avait des écriteaux à la Roche aux Mouettes et à la Crique des Lutins et, à la grande plage, George et William étaient toujours sur le qui-vive.

— Qui sont George et William?

— George est le maître baigneur. C'est lui qui s'occupe des plongeoirs et des radeaux. William est mon jardinier. Il entretient les sentiers, nettoie et marque les tennis...

Le colonel Weston commençait à s'impatienter.

— Tout cela me paraît très clair, dit-il. On ne peut pas affirmer que personne n'est venu de l'extérieur, mais, si quelqu'un l'a fait, c'est certainement au risque d'être vu. Nous interrogerons George et William tout à l'heure.

— Voyez-vous, colonel, dit Mme Castle, j'ai horreur de la foule du dimanche. Elle se compose de gens bruyants et sans soin, qui laissent des peaux d'orange et des papiers gras sur la digue et sur les rochers. Pourtant, je ne crois pas qu'on y rencontre des assassins! Vraiment, tout cela me passe. Une dame comme Mme Marshall assassinée, et, ce qui est plus horrible encore, c'est... c'est...

Les mots lui manquaient. Elle les remplaça par un soupir plein d'éloquence.

— Il faut reconnaître, dit l'inspecteur, que c'est une bien fâcheuse affaire.

— Sans compter que les journaux vont s'en emparer et qu'ils parleront de l'hôtel!

Colgate grimaça une sorte de sourire.

— Bah! Dans un sens, ça vous fera de la publicité!

Mme Castle sursauta, avec un mouvement du buste si violent qu'on entendit crier les baleines de son corset.

— Sachez, monsieur Colgate, lâcha-t-elle d'un ton glacé, que je ne veux pas de cette publicité-là!

Le colonel Weston jugea le moment propice pour intervenir :

— Madame Castle, pourrais-je jeter un coup d'œil sur la liste de vos pensionnaires?

— Mais certainement, colonel.

Elle se fit apporter le registre de l'hôtel et le remit à Weston, qui l'ouvrit, disant à Poirot, qui avait assisté sans mot dire à la conversation, tenue dans le bureau directorial :

— C'est ici, Poirot, que vous allez pouvoir nous être utile.

Il lut quelques noms, puis dit :

— Avez-vous un état du personnel?

Mme Castle lui tendit une liste toute préparée.

— Nous avons ici, dit-elle, quatre femmes de chambre, un maître d'hôtel et trois garçons. Il y a le barman, Henry, une cuisinière, avec deux femmes pour l'aider, et William, qui fait les chaussures.

— D'où viennent les garçons?

— Avant de servir ici, Albert, le maître d'hôtel, était au Vincent, à Plymouth, où il est resté pendant plusieurs années. Deux des garçons sont ici depuis trois ans, le troisième depuis quatre. Ils sont tous très bien, sous tous les rapports. Quant à Henry, il est là depuis l'ouverture de l'hôtel. C'est un peu une institution.

— Parfait, fit Weston. Naturellement, Colgate vérifiera tout ça. Je vous remercie, madame Castle.

— Vous n'avez plus besoin de moi?

— Non, madame, pas pour le moment.

Mme Castle quitta la pièce en faisant crier ses bottines.

— La première chose à faire, maintenant, dit Weston, c'est de voir le capitaine Marshall.

IV

Le capitaine Marshall répondait d'une voix tranquille aux questions qu'on lui posait. Son visage était gravé et tendu, mais il ne manifestait aucune nervosité. C'était un homme distingué et sympathique, avec des traits réguliers, une bouche ferme et bien dessinée, et des yeux d'un bleu limpide. Sa voix était grave et agréable.

— Je me rends très bien compte, dit le colonel Weston, du coup terrible que le destin vient de vous porter, mais vous comprenez, je pense, que je tienne à faire toute la lumière sur cette tragique affaire...

— Je comprends parfaitement. Continuez!

— Mme Marshall était votre seconde femme?

— Oui.

— Vous étiez mariés depuis combien de temps?

— Un peu plus de quatre ans.

— Et, avant son mariage, Mme Marshall s'appelait?

— Helena Start. Au théâtre, Arlena Stuart.

— C'était une actrice?

— Elle jouait dans les revues et au music-hall.

— Avait-elle abandonné la scène après son mariage?

— Non. Elle a continué à jouer et c'est seulement il y a un an et demi qu'elle a quitté le théâtre.

— Avait-elle, pour renoncer à la scène, quelque raison particulière?

Kenneth réfléchit un instant avant de répondre :

— Non. Le théâtre ne l'amusait plus, voilà tout.

— Ce n'est pas pour répondre à vos vœux qu'elle l'abandonnait?

— Nullement.

— Il ne vous déplaisait pas qu'elle eût continué de jouer après votre mariage?

— Sans doute, dit-il, j'aurais préféré qu'elle quittât la scène, mais je n'accordais pas à la chose une importance essentielle.

— Vous n'aviez point de discussion avec elle à ce sujet?

— Du tout. Ma femme était libre et faisait ce qu'il lui plaisait.

— Et... votre union était heureuse?

— Certainement.

Le ton était froid. Le colonel Weston attendit un instant, puis dit :

— Capitaine Marshall, soupçonnez-vous quelqu'un de l'assassinat de votre femme?

La réponse vint, immédiate et catégorique :

— Non.

— Avait-elle des ennemis?

— Peut-être...

— Ah! fit Weston.

— Comprenez-moi bien, colonel, reprit Marshall avec vivacité. Arlena était une actrice et une très jolie femme. Deux raisons d'être enviée et jalousée. Ses rôles lui faisaient des ennemies, sa beauté également. Les femmes, entre elles, sont rarement charitables et je croirais volontiers que certaines haïssaient Arlena cordialement. Ce qui ne signifie pas qu'elles fussent allées jusqu'à la tuer.

— En somme, monsieur, dit Poirot, qui parlait pour la première fois, vous considérez que Mme Marshall n'avait que des *ennemies*. Des femmes, uniquement.

— C'est bien cela, dit Marshall.

— Vous ne voyez pas, demanda Weston, aucun homme qui eût eu quelque raison d'en vouloir à Mme Marshall?

— Aucun.

— Avant de venir ici, connaissait-elle quelqu'un parmi les pensionnaires de cet hôtel?

— Je crois qu'elle avait rencontré M. Redfern à une « cocktail-party ». A ma connaissance, c'est la seule personne de l'hôtel qu'elle avait vue avant d'arriver ici.

Weston hésita un moment, se demandant s'il allait poursuivre sur ce sujet. Il y renonça et, passant à autre chose, dit :

— Parlons maintenant de ce matin. A quel moment avez-vous vu Mme Marshall pour la dernière fois.

— Je suis entré dans sa chambre avant de descendre prendre mon petit déjeuner...

— Je vous demande pardon. Vous occupiez des chambres séparées ?

— Oui.

— Et vous êtes entré dans la sienne à quelle heure ?

— Il devait être autour de neuf heures.

— Que faisait-elle ?

— Elle ouvrait son courrier.

— Vous a-t-elle dit quelque chose ?

— Rien de spécial. Nous nous sommes dit bonjour, elle a remarqué qu'il faisait un temps magnifique... Enfin, rien de particulier.

— Son attitude vous a paru normale ?

— Absolument normale.

— Elle ne vous a pas semblé nerveuse ? Ou déprimée ?

— Pas le moins du monde.

— A-t-elle fait allusion, demanda Poirot, au contenu des lettres qu'elle était en train d'ouvrir ?

— Autant que je me souvienne, répondit Marshall, avec un pauvre sourire, elle m'a dit qu'il s'agissait uniquement de factures.

— Mme Marshall prenait son petit déjeuner au lit ?

— Oui.

— Toujours ?

— Toujours.

— Et, demanda Poirot, à quelle heure descendait-elle, d'ordinaire?

— Entre dix et onze. Généralement, plutôt vers onze heures.

— Si elle était descendue à dix heures juste, reprit Poirot, la chose vous eût paru surprenante?

— Sans aucun doute. Elle descendait rarement si tôt que cela.

— C'est pourtant ce qu'elle a fait ce matin. Pourquoi? Pouvez-vous nous le dire?

Marshall répondit sans émotion apparente :

— Je n'en ai pas la moindre idée. Peut-être avait-elle voulu profiter de cette belle journée...

— Vous êtes-vous aperçu de son absence?

— Mon petit déjeuner pris, je suis remonté chez elle. J'ai été surpris de trouver la chambre vide.

— Ensuite, vous êtes descendu sur la plage et vous m'avez demandé si je l'avais vue?

— Exactement.

Puis, détachant les mots pour leur donner de l'importance, Marshall ajouta :

— Et vous m'avez dit que vous ne l'aviez pas vue.

Poirot ne broncha pas. Un air de parfaite innocence répandu sur son visage, il caressait d'une main douce sa jolie moustache.

— Aviez-vous, demanda Weston, quelque raison particulière de chercher votre femme, ce matin?

— Non. Je me demandais ce qu'elle était devenue, voilà tout...

Weston déplaça légèrement sa chaise, se rassit, puis, d'un ton légèrement différent, dit :

— Il y a un instant, capitaine, vous nous avez dit que votre femme connaissait M. Redfern avant de venir ici. Pouvez-vous nous donner à ce sujet quelques précisions?

— Vous permettez que je fume? demanda Marshall.

Il fouilla dans ses poches, constata avec ennui qu'il avait égaré sa pipe, accepta de Poirot une cigarette, qu'il alluma, puis répondit :

— Vous parliez de Redfern. Ma femme m'a dit l'avoir rencontré dans une « cocktail-party ».

— Il semble, cependant, reprit Weston avec un léger embarras, qu'ils étaient devenus assez liés.

La voix de Marshall se fit coupante.

— Il vous semble? dit-il. Et peut-on savoir sur quoi se fonde cette impression?

— Disons, si vous voulez, que c'est une rumeur qui court l'hôtel.

Kenneth Marshall tourna vers Poirot des yeux chargés de reproches muets.

— Les cancans qu'on entend dans les halls d'hôtel sont généralement de vulgaires mensonges, dit-il.

— C'est possible. Il semble, cependant, que M. Redfern et Mme Marshall donnaient aux langues quelques raisons de marcher.

— Comment cela?

— N'étaient-ils pas tout le temps ensemble?

— Et après?

— Vous ne niez pas le fait?

— C'est possible. Je n'ai pas fait attention...

— Je m'excuse, capitaine, mais il faut que je pose la question. Vous ne trouviez rien à redire à cette amitié de M. Redfern pour votre femme?

— Il n'entrait pas dans mes habitudes de critiquer la conduite d'Arlena.

— Vous ne lui aviez jamais fait d'observations à ce sujet?

— Certainement pas.

— Et il vous était indifférent que les relations de votre femme et de M. Redfern devinssent un sujet de scandale?

— Je m'occupe de ce qui me regarde, dit froidement Kenneth Marshall et je souhaite que tout le monde fasse comme moi. Je ne me soucie pas des ra-gots.

— Vous ne contestez pas que M. Redfern eût beau-coup d'admiration pour votre femme?

— Je n'y songe pas. Beaucoup d'hommes étaient dans son cas. Arlena, je le répète, était une très jolie femme.

— Cette amitié ne vous a jamais paru... excessive, suspecte?

— Je ne puis que vous redire que je ne me suis jamais posé la question.

— Et si un témoin certifiait que les relations de Mme Marshall et de M. Redfern avaient un caractère d'intimité très accentué?

Le visage de Marshall se départit de son impassibi-lité ordinaire. De nouveau, ses yeux bleus se posèrent sur Poirot, hostiles et un peu méprisants.

— Si vous voulez écouter ces histoires, dit-il enfin, écoutez-les! Ma femme est morte, elle ne se défendra pas!

— Vous voulez dire que, pour vous, vous n'y croyez pas!

De petites perles de sueur apparaissaient sur le front de Marshall.

— Non, je n'y crois pas, dit-il. Et j'ai l'impression que vous êtes bien loin de l'affaire. Vous êtes là, à me demander ce que je crois ou ne crois pas! Qu'est-ce que cela a à voir avec l'assassinat de ma femme? Ar-lena a été tuée, voilà le fait! »

Avant que les autres eussent pu répondre, Hercule Poirot prenait la parole.

— Vous ne nous comprenez pas, capitaine Mar-shall, déclara-t-il. On ne peut pas considérer un assas-sinat comme un fait en soi. Un meurtre s'explique, neuf fois sur dix, par le caractère de la victime, par sa personnalité. *C'est parce qu'elle était tel ou tel genre de personne qu'elle est devenue la victime.*

Aussi longtemps que nous ne saurons pas très exactement qui était Arlena Marshall, *quel genre de personne elle était*, nous resterons incapables de définir
exactement *le genre de personne qui a pu la tuer*, incapables de situer l'assassin. D'où les questions, indispensables, que nous vous posons.

Marshall se tourna vers le chef de la police.

— C'est également votre opinion?

Weston hésita légèrement.

— C'est-à-dire, fit-il, que... jusqu'à un certain
point...

Marshall émit un petit rire.

— Je me doutais bien, dit-il, que vous ne seriez pas
tout à fait d'accord. J'imagine que cette histoire de
personnalités, de caractères, est une spécialité personnelle de M. Poirot.

— En tout cas, fit Poirot, avec un sourire, vous
pourrez vous flatter de n'avoir rien fait pour m'aider!

— Que voulez-vous dire?

— Qu'est-ce que vous nous avez appris, concernant
votre femme? Exactement rien. Vous nous avez dit ce
que tout le monde sait, qu'elle était belle et admirée.
Rien d'autre!

Kenneth Marshall haussa les épaules et dit :

— Vous déraisonnez!

Puis, se tournant vers Weston, il dit, appuyant avec
intention sur le « vous » :

— Y a-t-il encore, colonel, quelque chose que je
puisse *vous* dire?

— Certainement, capitaine. J'aimerais que vous me
parliez de votre matinée.

Marshall attendait la question depuis le début de
l'entretien.

— J'ai, répondit-il, pris mon petit déjeuner en bas
vers neuf heures, comme d'habitude. Après, j'ai lu les
journaux, puis, comme je vous l'ai dit, je suis monté
à la chambre de ma femme, pour m'apercevoir qu'elle

était sortie. Je suis allé à la plage, j'ai vu M. Poirot et je lui ai demandé s'il avait vu Arlena. J'ai pris un bain, assez court, et je suis rentré à l'hôtel. Il devait être, à ce moment, onze heures moins vingt... Réflexion faite, il était onze heures moins vingt. J'ai remarqué l'heure à la pendule du hall. Je suis monté à ma chambre, mais la femme de chambre était en train de la faire. Je lui ai demandé d'en finir rapidement, car j'avais quelques lettres à taper et je ne voulais pas manquer la levée. Je suis redescendu, j'ai échangé quelques mots au bar avec Henry, puis j'ai regagné ma chambre. Il était onze heures moins dix. J'ai tapé mes lettres et je suis resté à ma machine à écrire jusqu'à midi moins dix. J'ai changé de vêtements, pour mettre un costume de tennis. J'avais rendez-vous pour jouer à midi. Nous avions retenu le court...

— « Nous », qui, s'il vous plaît?

— Mme Redfern, Miss Darnley, M. Gardener et moi. Je suis descendu à midi juste. Au tennis, j'ai retrouvé Miss Darnley et M. Gardener. Mme Redfern est arrivée quelques minutes plus tard. Nous avons joué pendant une heure. Quand nous sommes revenus à l'hôtel, j'ai... j'ai appris l'horrible nouvelle.

— Je vous remercie, capitaine Marshall. Puis-je, simple formalité, vous demander si quelqu'un peut certifier le fait que vous avez tapé à la machine dans votre chambre de... onze heures moins dix à midi moins dix?

— Vous vous imaginez, peut-être, dit Kenneth Marshall avec un sourire ironique, que j'ai tué ma femme?... Voyons... La femme de chambre travaillait à l'étage. Elle a dû entendre le cliquetis de ma machine. D'autre part, il y a les lettres elles-mêmes. J'ai été si bouleversé que je ne les ai pas mises à la boîte. Elles constituent, je pense, un témoignage qui en vaut un autre...

Tirant de sa poche trois lettres non timbrées, il ajouta :

— Leur contenu est assez confidentiel, mais je suppose que je dois m'en remettre à la discrétion de la police. Vous trouverez à l'intérieur de longues listes de chiffres, avec quelques notes financières, et je pense que, si vous chargez un de vos hommes d'en prendre copie, il ne lui faudra pas loin d'une heure pour le faire.

Il se tut quelques secondes et dit :

— J'espère que vous êtes satisfaits?

— Dites-vous bien, répondit le colonel Weston de son ton le plus aimable, que nous ne vous soupçonnons nullement. Tous les habitants de l'île, devront, comme vous venez de le faire, justifier de ce qu'ils ont fait, ce matin, entre onze heures moins le quart et midi moins vingt.

— Je comprends, fit Kenneth Marshall.

— Une chose encore, capitaine, dit Weston. Savez-vous si votre femme a disposé des biens qu'elle pouvait posséder, et comment?

— Je ne crois pas qu'elle ait fait de testament.

— Vous n'en êtes pas sûr?

— Vous aurez une certitude en vous adressant à ses hommes d'affaires : Barkett, Markett et Appleton, Bedford Square. Ils s'occupaient de ses contrats et de tous ses intérêts. Mais je suis à peu près certain qu'elle n'a pas fait de testament. Je me souviens qu'elle m'a dit un jour que la seule idée de rédiger ses dernières volontés lui donnait froid dans le dos!

— S'il n'y a pas de testament, c'est vous, son mari, qui hériterez de ses biens?

— Je le crois.

— Elle n'avait pas de proches parents?

— Je ne pense pas. En tout cas, si elle en avait, elle ne parlait jamais d'eux. Je sais que son père et sa mère sont morts quand elle était enfant et qu'elle n'avait ni frères, ni sœurs.

— Au surplus, elle n'avait peut-être pas grand-chose à laisser?

— Bien au contraire, fit Kenneth Marshall, avec flegme. Il y a deux ans, Sir Robert Erskine, qui était un vieil ami à elle, lui a légué en mourant la plus grande partie de sa fortune. Quelque chose, je crois, comme cinquante mille livres.

L'inspecteur Colgate, qui n'avait pas soufflé mot durant toute la conversation, parut se réveiller.

— Mais alors, capitaine Marshall, demanda-t-il, votre femme était réellement riche.

— C'est bien mon avis.

— Et, si riche que ça, vous nous dites qu'elle n'aurait pas fait de testament?

— Elle était superstitieuse et je vous dis ce que je crois, mais c'est à ses hommes d'affaires qu'il faut poser la question.

Il y eut un long silence.

— Vous ne voyez plus rien à me demander? s'enquit-il.

Weston secoua la tête et consulta Colgate du regard avant de répondre non.

Puis, se levant, il dit :

— Permettez-moi, capitaine, de vous renouveler l'expression de mes très sincères condoléances.

Un peu surpris, Marshall remercia d'un mot et sortit.

V

Après son départ, les trois hommes s'entre-regardèrent.

— Drôle de client, dit Weston. Il ne se livre pas. Qu'en pensez-vous, Colgate?

— Difficile à dire, répondit l'inspecteur. Il est du genre flegmatique. Ces gens-là font toujours mauvaise impression quand ils déposent et on n'est pas toujours juste avec eux. Ils auraient des choses à dire, mais elles ne sortent pas. C'est plus fort qu'eux. C'est comme ça que Wallace s'est fait condamner. Il n'y avait pas de preuves, mais les jurés n'ont jamais voulu admettre qu'un homme puisse perdre sa femme et parler de la chose aussi calmement qu'il le faisait.

Weston se tourna vers Poirot, sollicitant son opinion.

— Que vous dire? fit Poirot, écartant les mains dans un geste d'impuissance. On se croirait devant un coffre-fort. Il a choisi son rôle : il n'a rien vu, rien entendu et il ne sait rien!

— Pour les mobiles, dit Colgate, nous avons le choix. La jalousie, d'une part, l'argent de l'autre. Evidemment, le mari est suspect. C'est forcément à lui qu'on pense d'abord. S'il est prouvé qu'il était au courant des relations de sa femme avec l'autre type...

Poirot ne le laissa pas achever.

— Je crois, dit-il, qu'il était au courant.

— Qu'est-ce qui vous fait croire ça?

— Eh bien, voilà. Hier soir, après avoir bavardé sur la falaise avec Mme Redfern, je revenais vers l'hôtel quand j'ai aperçu Mme Marshall et Patrick Redfern. Deux minutes plus tard, Marshall m'a rejoint. Il ne m'a rien dit et il avait, comme toujours son visage de bois. Mais il était d'une pâleur significative. Soyez-en sûr, il savait.

Colgate laissa entendre un grognement qui prouvait qu'il n'était pas convaincu.

— Si vous le croyez...

— Je ne crois pas, je suis sûr. Mais qu'est-ce que ça nous donne? Rien. Ce qu'il faudrait connaître, ce sont les sentiments de Kenneth Marshall pour sa femme.

— Sa mort ne semble pas l'avoir trop affecté, dit le colonel.

Poirot hocha la tête, en signe de doute.

— Ces gens très calmes, dit l'inspecteur, sont quelquefois, en dessous, des passionnés. Il se peut fort bien que cet homme-là ait été follement amoureux de sa femme et follement jaloux. Seulement, il n'est pas de l'espèce de ceux qui le laissent voir!

— C'est possible, fit Poirot. En tout cas, sa personnalité m'intéresse beaucoup. Et son alibi également.

— L'alibi par la machine à écrire, dit Weston, avec un gros rire. Qu'est-ce que vous en pensez, Colgate?

— Eh bien, répondit l'inspecteur, c'est un alibi qui ne me déplaît pas. Ce qu'il a de sympathique, à mon sens, c'est qu'il n'est pas trop bon. Il est... comment dire? Il est *naturel*. Il fait vrai, pas fabriqué. Si nous trouvons que la femme de chambre était bien dans le voisinage et qu'elle a entendu la machine, je crois bien que nous serons là en présence d'un alibi indiscutable et qu'il nous faudra chercher ailleurs.

— Ailleurs, oui, fit le colonel Weston, mais où?

VI

La question les tint tous trois silencieux pendant quelques instants.

L'inspecteur Colgate fut le premier à parler.

— Le problème, dit-il, se résume à ceci : l'assassin est-il venu du dehors ou est-ce un des pensionnaires de l'hôtel? Je ne mets pas absolument les domestiques hors de cause, bien entendu, mais je suis persuadé que l'affaire s'est passée en dehors d'eux. Non, c'est un pensionnaire de l'hôtel ou quelqu'un de l'extérieur. Cela posé, les mobiles. Il y a l'argent. La seule personne qui se trouve bénéficier de la mort de la dame, c'est son mari. Au moins, à ce qu'il semble. Autres mobiles possibles? Je n'en vois guère qu'un : la jalousie. J'ai idée que, si nous nous sommes jamais trouvés en présence d'un crime passionnel, c'est aujourd'hui.

Poirot, les yeux au plafond, dit à mi-voix :

— Il y a tant de passions différentes en ce bas monde!

L'inspecteur Colgate poursuivit :

— Le mari ne veut pas admettre qu'elle ait eu des ennemis, j'entends de vrais ennemis. C'est un point sur lequel je ne peux pas être d'accord avec lui : une femme comme ça a nécessairement beaucoup d'ennemis. Vous ne croyez pas?

La question s'adressait à Weston, mais ce fut Poirot qui répondit :

— Ça ne fait aucun doute : il y a des gens qui détestaient Arlena Marshall. Seulement, à mon avis, ça ne nous avance pas de le savoir. Car ces gens qui détestaient Arlena Marshall, ce sont des femmes. Ce qu'elle avait, c'était des *ennemies!*

Le colonel Weston grogna et dit :

— Il y a du vrai là-dedans. J'ai bien l'impression qu'elle avait toutes les femmes contre elle.

— Or, poursuivit Poirot, il est à peu près impossible que le crime ait été commis par une femme. Que dit le rapport médical?

Un nouveau grognement de Weston préluda à la réponse.

— Neasdon, dit-il, est à peu près sûr qu'elle a été étranglée par un homme. De larges mains qui ont serré avec une étonnante vigueur... Il faut compter avec l'hypothèse possible de la femme athlète, mais elle est bien invraisemblable.

Poirot approuva.

— Parfaitement, fit-il. Un peu d'arsenic dans une tasse de thé, une boîte de chocolats empoisonnés, voilà des crimes féminins. J'admets encore, à la rigueur, le couteau ou le revolver, mais pas la strangulation. Non, c'est un homme que nous cherchons et c'est ce qui complique le problème. Car, s'il y a ici deux personnes qui avaient de sérieuses raisons de souhaiter la disparition d'Arlena Marshall, ce sont deux femmes...

— Dont, je pense, Mme Redfern, dit Weston.

— Oui, Mme Redfern aurait fort bien pu se mettre en tête de tuer Arlena Marshall. Elle avait pour cela de très bonnes raisons et je la crois très capable de commettre un meurtre. Seulement, pas un meurtre comme celui-là. Elle est malheureuse, elle est jalouse, mais elle ne se laisse pas emporter par ses passions. En amour, elle doit être sincère, loyale, mais un peu froide. Et puis, comme je le disais, il y a un instant, quelques gouttes d'arsenic, d'accord, mais la strangulation, non. De plus, physiquement, elle est incapable d'avoir étranglé Arlena Marshall. Elle a les mains très petites, d'une taille sensiblement au-dessous de la moyenne.

Weston acquiesça.

— Il ne s'agit pas d'un crime de femme. Le coupable est un homme.

L'inspecteur Colgate toussota, puis dit :

— Je voudrais vous proposer une hypothèse. Supposons qu'avant de rencontrer ce M. Redfern, la dame ait eu une autre aventure avec un inconnu que nous appellerons X. Elle lâche ledit X pour Redfern. X, ivre de rage et de jalousie, la suit ici, s'installe quelque part sur la côte, s'introduit dans l'île en douce et lui fait son affaire. Tout ça, je crois, n'a rien d'impossible.

— C'est possible, en effet, admit Weston. Et si vous avez deviné juste, la preuve doit être facile. Votre homme est-il venu dans l'île à pied ou en bateau? Je penche pour le bateau. Ce bateau, il a bien fallu qu'il le loue quelque part. Une enquête rapide doit nous apprendre où.

Poirot se taisait. Weston se décida à lui demander ce qu'il pensait de la théorie de Colgate.

— A mon avis, dit lentement Poirot, elle laisse une trop grande part au hasard : l'assassin aurait pris trop de risques. Et puis, il y a là-dedans quelque chose qui ne colle pas! J'ai beau faire, je ne vois pas l'homme... cet homme ivre de rage et de jalousie...

— Ce ne serait pas le premier qu'elle aurait rendu maboul, dit Colgate. Regardez Redfern...

— Je sais, fit Poirot. Pourtant...

— Pourtant?

Poirot fit la grimace, fronça le sourcil et dit :

— Il y a dans tout ça quelque chose qui nous échappe...

CHAPITRE VI

I

Le colonel Weston donnait à haute voix lecture à ses deux compagnons de la liste des noms portés sur le registre de l'hôtel :

« Le major Cowan et Madame, Miss Pamela Cowan, M. Robert Cowan, M. Evan Cowan, Rydal's Mount, Leatherhead.

« M. et Mme Masterman, M. Edward Masterman, Miss Jennifer Masterman, M. Roy Masterman, M. Frédérik Masterman, 5, Marlborough Avenue, Londres, N. W.

« M. et Mme Redfern, Crossgates, Seldon, Princes Risborough.

« Le major Barry, 18, Cardon Street, Saint-James Londres, S. W. 1

« M. Horace Blatt, 5, Pickersgill Street, Londres, E. C. 2.

« M. Hercule Poirot, Whitehaven Mansions, Londres, W. 1.

« Miss Rosamund Darnley, 8, Cardigan Court, Londres, W. 1.

« Miss Emily Brewster, Southgates, Sunbury-on-Thames.

« Le révérend Stephen Lane, Londres.

« Le capitaine Marshall, et Madame, Miss Linda Marshall, 73, Upcott Mansions, Londres, S. W. 7. »

La lecture terminée, il attendit.

Colgate parla le premier.

— Je crois, dit-il, que nous pouvons liquider tout de suite les deux familles du début. D'après Mme Castle, les Masterman et les Cowan viennent ici chaque été, avec leur ribambelle d'enfants. Ce matin, ils ont emporté leurs repas et sont partis en mer pour une excursion qui doit durer toute la journée. Leur départ a eu lieu vers neuf heures. Leur pilote s'appelle Andrew Baston. Nous pourrons l'interroger, mais je suis sûr que nous pouvons dès à présent les laisser de côté.

— D'accord, fit Weston. Eliminons tout ce que nous pouvons! Voudriez-vous, Poirot, nous donner quelques renseignements sur les autres?

— Volontiers, répondit Poirot. Nous commencerons, dans l'ordre, par les Gardener. Ce sont des gens rassis, pas désagréables, et qui voyagent beaucoup. C'est la dame qui fait la conversation. Le mari se contente d'approuver ce qu'elle dit. Il joue au tennis et au golf et il témoigne, lorsqu'il est seul — je veux dire sans sa femme — d'un humour à froid qui n'est pas dépourvu de charme.

— Très bien!

— Ensuite, viennent les Redfern. Le mari est jeune et séduisant. Nageur magnifique, bon joueur de tennis et danseur accompli. De la femme, je vous ai déjà parlé. Elle ne fait pas de bruit et elle est assez jolie, d'un genre effacé. Je crois qu'elle aime son mari. J'ajoute qu'elle a quelque chose qui manquait à Arlena.

— Et quoi donc?

— Elle est intelligente.

— En amour, fit Colgate, l'intelligence ne compte guère!

— C'est une opinion, répliqua Poirot. Pourtant, je crois que, si épris qu'il ait pu être de Mme Marshall, Redfern aime sa femme.

— Ça se peut fort bien! J'ai déjà vu des cas analogues...

— L'ennui, observa Poirot, c'est que vous pouvez aller raconter ça à une femme : elle ne vous croira pas!

Il jeta un coup d'œil sur le registre et reprit :

— Le major Barry. Ancien officier de l'armée des Indes. Grand admirateur des dames. Raconte des histoires longues et ennuyeuses.

— N'insistez pas, dit Colgate. Nous connaissons le modèle.

— M. Horace Blatt. C'est, selon toute vraisemblance, un homme riche. Il parle beaucoup... et surtout de M. Blatt. Il veut être l'ami de tout le monde et c'est assez fâcheux, car personne ne recherche sa compagnie. Autre point à signaler : M. Blatt, hier soir, m'a posé un tas de questions. Il avait l'air ennuyé et, de son côté, il y a certainement quelque chose qui ne va pas.

Il prit un temps, puis, d'une voix très différente, continua :

— Passons à Miss Rosamund Darnley. Elle dirige une grande maison de couture : « Rose Mond Ltd. » Que vous dire d'elle? Elle est célèbre, elle est intelligente, elle a autant de charme que de chic et elle n'est pas du tout désagréable à regarder. C'est une très vieille amie du capitaine Marshall.

— Tiens, tiens! fit Weston, intéressé.

— Oui. Ils se sont retrouvés ici après s'être perdus de vue pendant des années.

— Savait-elle qu'elle le rencontrerait ici?

— Elle dit que non.

Il jeta un nouveau regard sur le registre.

— Vient ensuite Miss Brewster. C'est une femme

un peu bizarre. Au moins, à mon avis... Elle a une voix d'homme, ses manières sont assez rudes, mais je lui crois un cœur excellent. Elle fait du canot et, au golf, son handicap est de quatre.

— Reste le révérend Stephen Lane, fit Weston. Qui est le révérend Stephen Lane?

— Tout ce que je puis vous dire, c'est qu'il est d'une nervosité presque maladive. Pour le reste, je ne sais rien de lui. Je dirai pourtant que je le crois très sectaire.

— Encore une espèce connue, dit Colgate.

Weston ferma le registre.

— Ainsi donc, fit-il, voilà tout notre monde!... Qu'est-ce qu'il se passe, Poirot? Vous paraissez songeur?

— C'est vrai, reconnut Poirot, et voici pourquoi. Ce matin, lorsque Mme Marshall me demanda de ne pas dire que je l'avais vue, j'avais immédiatement bondi sur quelques conclusions. Je pensais que ses relations avec Patrick Redfern lui avaient valu quelque scène avec son mari, qu'elle allait retrouver Redfern quelque part, ce pour quoi elle me demandait de ne pas parler à son mari de notre rencontre.

« Or, je me trompais. En effet, le mari est bien arrivé sur la plage quelques minutes après son départ, mais il était suivi de peu par Patrick Redfern, qui très visiblement était à la recherche d'Arlena. Alors, je me pose la question : *qui Mme Marshall allait-elle retrouver?*

L'inspecteur Colgate triomphait.

— Voilà, dit-il, qui confirme ma théorie. Elle allait retrouver mon M. X..., venu de Londres ou d'ailleurs.

Poirot fit non de la tête.

— Mon cher ami, fit-il, dans votre hypothèse, Arlena a rompu avec votre M. X... Pourquoi, dans ces conditions, prendrait-elle la peine d'aller le retrouver?

— Alors, comment expliquez-vous...

— Justement! s'exclama Poirot, je ne m'explique pas! Nous venons de passer en revue les pensionnaires de l'hôtel. Tous sont des gens d'un certain âge et pas particulièrement amusants. Y en a-t-il un, dans le nombre, que Mme Marshall pouvait préférer à Patrick Redfern? Réponse : non, certainement pas. Et pourtant, il n'y a pas à dire, elle est allée retrouver quelqu'un... et quelqu'un qui n'était pas Patrick Redfern!

— Peut-être avait-elle l'intention de passer la matinée toute seule? suggéra Weston.

Poirot balaya l'hypothèse d'un grand geste de la main.

— On voit bien, répliqua-t-il, que vous n'avez jamais vu Arlena Marshall. Un de vos compatriotes a écrit un jour un essai dans lequel il montrait combien une peine d'emprisonnement dans une cellule individuelle eût été plus cruelle pour un Brummel que pour un Newton. Enfermée seule, mon cher ami, Arlena Marshall aurait cessé d'exister. Elle ne pouvait vivre qu'entourée d'une cour d'admirateurs. C'est pourquoi je suis sûr que, ce matin, Arlena Marshall allait retrouver quelqu'un. Le problème est de savoir *qui était ce quelqu'un*...

II

— Laissons cela, dit le colonel Weston, après un moment de réflexion, nous construirons des théories plus tard. Il faut en finir avec nos interrogatoires. Il faut absolument que ces gens-là me disent — et pas à peu près, mais exactement — où ils étaient, ce matin, aux heures qui nous intéressent. Il me semble que nous pourrions commencer par la petite Marshall.

Elle peut avoir à nous raconter des choses qui peuvent nous être utiles.

Linda buta dans l'encadrement de la porte et fit dans la pièce une entrée timide et gauche. Très émue, rougissante, elle ouvrait de grands yeux et semblait à peine oser respirer.

Plein de paternelle sympathie pour cette enfant — car ce n'était qu'une enfant — qu'il lui fallait bien entendre, si pénible que cela fût, le colonel Weston, qui s'était levé pour l'accueillir, lui avança un siège et s'efforça de la rassurer.

— Je suis navré, dit-il, de vous imposer cette épreuve, Miss Linda. C'est bien Linda, n'est-ce pas?

— Oui, Linda.

La voix était fraîche et mal posée. Une voix d'écolière, songea Weston, qui regardait les mains de Linda, de grosses mains, rouges et osseuses. Des mains d'écolière, elles aussi.

— Il ne faut pas avoir peur, dit-il avec douceur. Je voudrais simplement vous demander quelques petits renseignements.

— A propos... A propos d'Arlena?

— Oui. Est-ce que vous l'avez vue, ce matin?

— Non, fit-elle, secouant la tête. Arlena descendait toujours très tard. Elle prenait son petit déjeuner au lit.

— Et vous, Miss Linda? demanda Poirot.

— Oh! moi, je me lève toujours! Le petit déjeuner au lit, ça vous gonfle!

Réprimant un sourire, Weston dit :

— Voulez-vous me dire ce que vous avez fait ce matin?

— Pour commencer, j'ai pris un bain. Après, j'ai déjeuné. Puis, je suis allée à la Roche aux Mouettes, avec Mme Redfern.

— A quelle heure avez-vous quitté l'hôtel?

— Nous avions rendez-vous dans le hall à dix heures et demie. J'avais peur d'être en retard, mais, en fin de compte, je suis arrivée un peu en avance. Mme Redfern était déjà là et nous nous sommes mises en route deux ou trois minutes avant la demie.

— Et, demanda Poirot, qu'avez-vous fait à la Roche aux Mouettes?

— Mme Redfern a dessiné. Moi, je me suis enduite d'huile et j'ai pris un bain de soleil. Après, je me suis mise à l'eau, tandis que Christine s'en allait pour rentrer à l'hôtel. Elle devait se changer pour aller jouer au tennis.

— Quelle heure pouvait-il être? demanda Weston, avec une indifférence affectée.

— Quand Mme Redfern est repartie pour l'hôtel? Midi moins le quart.

— Midi moins le quart, vous êtes sûre?

— Absolument sûre. J'ai regardé ma montre.

— Celle que vous avez là?

Linda avança le poignet.

— Celle-là.

— Vous voudriez me la faire voir?

Linda tendit le bras au-dessus du bureau. Weston constata que sa montre-bracelet marquait très exactement la même heure que sa propre montre, la même heure également que l'horloge de l'hôtel.

Il sourit, remercia Linda et reprit ses questions.

— Donc, vous avez pris un bain?

— Oui.

— Ensuite, vous êtes revenue à l'hôtel. Vers quelle heure?

— Il était à peu près une heure... et c'est en arrivant que j'ai appris... pour Arlena...

Sa voix s'altérait.

— Est-ce que vous vous entendiez bien avec votre belle-mère? demanda Weston, non sans quelque embarras.

La réponse tarda.

— Oui, fit-elle enfin.

Poirot insista :

— L'aimiez-vous?

— Oui. Elle était très gentille avec moi.

— En somme, fit Weston avec une bonne humeur forcée, ce n'était pas l'odieuse belle-mère des journaux illustrés?

— Non, dit-elle sans sourire.

— Parfait, reprit le colonel. Je vous demande ça, voyez-vous, parce qu'il y a parfois, dans les familles, de petites rivalités, souvent inconscientes, des frictions qui rendent la vie difficile. Un père, par exemple, est le camarade de sa fille. Elle peut très bien être un peu jalouse de sa nouvelle maman... C'est un sentiment que vous n'avez pas éprouvé?

Linda l'écoutait avec une visible surprise et le « non » qu'elle prononça avait l'accent de la sincérité.

Weston ne se sentait pas à l'aise. Cet interrogatoire lui était pénible. Son devoir lui commandait de poser des questions. Il les posait. Mais c'est dans des moments comme ceux-là qu'il se demandait pourquoi diable il était entré dans la police! Le métier le dégoûtait.

Sans enthousiasme, il poursuivit :

— Naturellement, votre père ne voyait que par Mme Marshall?

— Je ne sais pas.

— Voyons... Comme je le disais tout de suite, il peut y avoir, dans les familles, des discussions, des querelles... Et, quand les parents ne vivent pas en bonne intelligence, la situation des enfants n'est pas toujours facile. Vous n'avez jamais eu cette impression?

— Est-ce que vous voulez dire par là, demanda Linda, que papa et Arlena se disputaient?

— Euh... oui!

— Eh bien, non! fit-elle nettement. Papa, d'ailleurs,

ne se dispute avec personne. Ce n'est pas son genre.

— Maintenant, Miss Linda, dit Weston, je vais vous prier de faire bien attention. Soupçonnez-vous quelqu'un d'avoir tué votre belle-mère? Avez-vous vu ou entendu quelque chose qui pourrait nous donner une indication utile sur le meurtrier?

Linda garda le silence une bonne minute. Elle réfléchissait, soucieuse de ne pas répondre trop vite à une question délicate.

— Non, finit-elle par dire, je ne vois pas qui pouvait avoir eu envie de tuer Arlena. Sauf, bien entendu, Mme Redfern.

— Vous croyez que Mme Redfern voulait tuer Mme Marshall? Pourquoi?

— Parce que son mari était amoureux d'Arlena. Je ne crois pas qu'elle voulait vraiment la tuer, mais elle aurait été contente de la voir morte. Ce n'est pas la même chose...

— Il y a plus qu'une nuance, dit doucement Poirot.

— Et, de toute façon, continuait Linda, Mme Redfern ne pourrait tuer personne. Elle a horreur de la violence. Vous voyez ce que je veux dire?

— Certainement, fit Poirot, et je suis tout à fait de votre avis. Mme Redfern n'est pas de ces gens qui sont susceptibles de « voir rouge » comme on dit...

Il se renversa en arrière, fermant les yeux comme pour mieux choisir ses mots.

— Non, poursuivit-il, je ne la vois pas remuée par une tornade de sentiments passionnés... effrayée devant sa vie gâchée, à l'horizon bouché... Je ne la vois pas non plus regardant avec des yeux de haine un visage détesté... une nuque blanche... serrer les poings jusqu'à s'en faire mal aux ongles... et se répéter que, ces ongles, il serait bien doux de les sentir s'enfoncer dans de la chair...

Il se tut.

Linda s'agitait nerveusement sur sa chaise et, d'une

108

voix qui tremblait un peu, demanda « si c'était fini et si elle pouvait s'en aller ».

Weston répondit qu'ils en avaient terminé, la remercia et, se levant, la reconduisit jusqu'à la porte.

Revenu à la table, il alluma une cigarette et soupira avec ostentation.

— Drôle de métier, que celui qu'on nous fait faire! dit-il. Je ne vous cacherai pas que, durant tout cet interrogatoire, je me suis fait l'effet d'un mufle de la plus belle espèce. Joli travail, vraiment, que de demander à une gamine ce qu'elle sait des relations de son père et de sa belle-mère! En somme, j'ai fait ce que j'ai pu pour que cette petite passe elle-même la corde autour du cou de son papa! Fichu boulot! Et, pourtant, il faut le faire! Un crime est un crime... et cette enfant est mieux placée que personne pour savoir quelque chose. Ce qui n'empêche que je suis assez content qu'elle n'ait rien eu à nous apprendre!

— Je me doutais que ça vous ferait plaisir, fit Poirot.

Weston dit, après avoir toussoté pour dissimuler son embarras :

— A ce propos, je trouve, Poirot, que vous avez été un peu fort, avec votre histoire d'ongles qu'on aimerait sentir s'enfoncer dans la chair! Est-ce que ce sont là des idées à mettre dans la tête d'une fillette?

— Ah! fit Poirot, avec un demi-sourire. Vous croyez que j'ai cherché à lui mettre des idées dans la tête?

— C'est bien ce que vous avez fait. Non?

Poirot allait répliquer, mais Weston passait à autre chose.

— Au total, fit-il, cette enfant ne nous a rien appris, sinon que Mme Redfern possède un alibi plus ou moins valable. Si elles sont vraiment restées ensemble de dix heures et demie à midi moins le quart, Christine Redfern est hors de cause. Sortie de femme jalouse...

— Il y a de meilleures raisons de la tenir pour innocente, fit Poirot. Je suis convaincu qu'il lui serait physiquement et moralement impossible d'étrangler qui que ce soit. Son tempérament, calme et froid, s'y oppose. Elle est capable d'aimer profondément, capable de s'attacher, mais il ne faut pas attendre d'elle un coup de passion, non plus qu'une action commise sous l'empire de la colère. Et puis, je vous l'ai déjà dit, ses mains sont trop petites et trop frêles.

— Je suis d'accord avec M. Poirot, fit l'inspecteur Colgate. Elle est sûrement hors du coup. Le docteur Neasdon est formel : la dame a été étranglée par une paire de battoirs, grand modèle.

— Eh bien, dit Weston, nous allons continuer. Il me semble que nous pourrions maintenant prendre les Redfern. J'espère qu'il est un peu remis de ses émotions...

III

Patrick Redfern était redevenu lui-même. Il était un peu pâle, peut-être, mais il avait retrouvé une parfaite maîtrise de soi et paraissait très calme.

— Vous êtes, dit Weston, M. Patrick Redfern, de Crossgates, Seldon, Princes Risborough?

— Oui.

— Depuis combien de temps connaissiez-vous Mme Marshall?

Patrick hésita et dit :

— Trois mois.

— Le capitaine Marshall nous a dit que vous avez fait la connaissance de Mme Marshall par hasard, au cours d'une « cocktail-party ». C'est exact?

— C'est exact.

110

— Le capitaine Marshall nous a donné à entendre que, jusqu'à ce que vous veniez ici, Mme Marshall et vous, vous vous connaissiez assez peu. Est-ce la vérité?

De nouveau, Patrick Redfern hésita.

— Pas tout à fait, dit-il enfin. Au vrai, Mme Marshall et moi, nous nous étions rencontrés assez souvent.

— Sans que le capitaine Marshall en fût averti?

— Je ne saurais le dire.

Il avait rougi légèrement.

— Et, demanda vivement Poirot, est-ce que Mme Redfern était au courant de ces rencontres?

— Je crois que je lui ai dit que j'avais rencontré la célèbre Arlena Stuart.

— Oui, fit Poirot, conciliant, mais tenace. Mais lui avez-vous dit que vous la voyiez souvent?

— Peut-être que non...

Ce résultat acquis, Weston reprit son interrogatoire.

— Est-ce que vous vous étiez arrangés, Mme Marshall et vous, pour vous retrouver ici?

Redfern, cette fois, ne répondit pas. Il attendit un bon moment. Puis, après un long débat intérieur, il se décida.

— Après tout, dit-il d'une voix lasse, il faudra que ça se sache! Alors, inutile de jouer au plus fin avec vous! Vous le savez sans doute, j'aimais cette femme. Quand je dis que je l'aimais, je suis au-dessous de la vérité. Je l'adorais, j'étais fou d'elle... Elle m'a demandé de venir ici. J'ai résisté un peu... Et puis, j'ai accepté!... Que voulez-vous? Elle m'aurait demandé n'importe quoi, je l'aurais fait! C'est idiot, je veux bien, mais c'est comme ça!

— Circé, dit Poirot à mi-voix.

— Eh oui! Circé. Je suis bien obligé de le reconnaître! Je n'en suis pas fier, mais qu'est-ce que vous voulez que j'y fasse?

111

Après un moment de silence, il reprit :

— Je veux être franc avec vous, messieurs. A quoi bon vous cacher quelque chose? J'étais éperdument amoureux de cette femme. M'aimait-elle? Je n'en sais rien. Elle le prétendait, mais je crois qu'elle appartenait à cette catégorie de femmes qui cessent de s'intéresser à l'homme qu'elles ont conquis. J'étais à elle corps et âme. Et elle le savait! Ce matin, quand je l'ai trouvée morte sur les galets, ce fut comme si je recevais un coup de poing entre les deux yeux. Tout s'est mis à tourner autour de moi... Un véritable knock-out!

— Et maintenant? fit Poirot.

Le regard de Patrick ne se déroba pas.

— Maintenant? dit-il. Je vous ai dit toute la vérité et ce que je voudrais savoir, *c'est dans quelle mesure tout cela doit être rendu public?* Tout cela est sans rapport aucun avec la mort d'Arlena. Est-il bien nécessaire de le publier? Si je le demande, c'est moins pour moi que pour ma femme. Pour elle, le coup sera terrible...

Les yeux au sol, il poursuivit :

— Oh! je sais, vous me direz que j'aurais pu penser à elle plus tôt! Vous aurez raison. Vous me traiterez d'hypocrite, et pourtant, c'est la vérité vraie, j'aime ma femme. Je l'aime énormément. Arlena, c'était une aventure, un de ces coups de folie comme les hommes en ont quelquefois!... Christine, c'est autre chose, *c'est ma vraie femme!* Je me suis mal conduit avec elle, mais, même dans les pires moments, il n'y a jamais eu qu'elle qui comptait!

Il soupira et dit :

— Je dis la vérité... et je voudrais pouvoir vous convaincre!

Il y avait dans le ton, dans toute son attitude, une sincérité évidente.

— Je tiens à vous dire, fit Poirot, que je vous crois.

112

Patrick mit son regard droit dans les yeux du petit homme et dit simplement :

— Merci.

Cependant, après s'être laborieusement éclairci la voix, le colonel Weston expliquait la situation :

— Tenez pour assuré, monsieur Redfern, que nous ne retiendrons que ce qui peut intéresser la cause. Si les sentiments que vous portiez à Mme Marshall n'ont joué aucun rôle dans l'affaire, nous les laisserons de côté et il n'en sera pas parlé. Malheureusement, ce dont vous ne paraissez pas vous rendre compte, c'est que... l'intimité de vos relations avec Mme Marshall a probablement eu une influence directe sur sa destinée. Peut-être, en effet, explique-t-elle le *mobile* du crime.

— Le mobile?

— Mais oui, monsieur Redfern, le mobile. Le capitaine Marshall, dites-vous, ne savait rien. Supposez que, d'un seul coup, il ait tout découvert...

— Vous ne voulez pas dire qu'averti de mes relations avec elle, il aurait tué sa femme?

— L'hypothèse ne vous était pas venue à l'esprit?

Le ton était sévère. Redfern baissa la tête.

— Non, répondit-il, ça ne m'est pas venu à l'idée. Marshall est un homme d'un calme si extraordinaire que... Non, voyez-vous, ça ne me paraît pas possible!

Weston posait une nouvelle question.

— Quelle était, demanda-t-il, l'attitude de Mme Marshall vis-à-vis de son mari? Redoutait-elle qu'il vînt à entendre parler de vos relations? Ou la chose lui était-elle indifférente?

— Elle tenait beaucoup à ce qu'il ne se doutât de rien.

— Avait-elle peur de lui?

— Peur?... Certainement pas!

Poirot intervint :

— Je vous demande pardon, monsieur Redfern. La

113

question est un peu indiscrète, mais elle est utile. Vous n'avez jamais songé au divorce?

— Jamais. Comme je vous l'ai dit, j'aime Christine. Quant à Arlena, c'est une idée, j'en suis sûr, qui ne l'a jamais effleurée. Son mariage lui avait apporté des satisfactions auxquelles elle n'eût pas voulu renoncer. Marshall est... comment dire?... « quelqu'un ». Il est noble et il a de l'argent...

Un sourire amer passa sur son visage.

— Moi, je n'étais pour elle qu'un pantin qui venait après beaucoup d'autres... Un moyen d'occuper agréablement quelques heures, pas autre chose! Je l'ai compris dès le premier jour et, pourtant, c'est étrange, ça n'a rien changé à mes sentiments...

Il se tut, songeur...

Weston, bientôt, le rappela à la réalité.

— Monsieur Redfern, aviez-vous ce matin un rendez-vous avec Mme Marshall?

La question surprit Patrick.

— Non, répondit-il, se ressaisissant. Généralement, nous nous retrouvions sur la plage, à l'heure du bain.

— Vous avez été étonné, ce matin, de ne pas la voir?

— Très étonné, en effet. Je ne comprenais pas.

— Comment vous êtes-vous expliqué son absence?

— Je ne savais que penser. Je suis resté là, m'imaginant sans cesse qu'elle allait venir...

— Si elle avait rendez-vous ailleurs avec quelqu'un d'autre, voyez-vous qui pouvait être ce quelqu'un?

Il fit non de la tête.

— Quand vous aviez rendez-vous avec Mme Marshall, où vous retrouviez-vous?

— Le plus souvent, à la Roche aux Mouettes. L'endroit est tranquille et, l'après-midi, il y a de l'ombre

— Jamais ailleurs? A la Crique aux Lutins, par exemple?

— Non. La plage de la Crique aux Lutins est... très

indiscrète : on la voit admirablement quand on se promène en barque. Or, nous cherchions à ne pas attirer l'attention. Le matin, nous n'avions jamais de rendez-vous. L'après-midi, c'est un peu différent. Les gens font la sieste, ils s'égaillent de droite et de gauche, nul ne sait où sont les autres, ni ce qu'ils font. Après dîner, quand la nuit était belle, il nous arrivait d'aller nous promener dans différents coins de l'île...

— Je sais, fit Poirot, presque malgré lui.

— Bref, conclut Weston, vous ne pouvez rien nous dire des raisons qui, ce matin, ont conduit Mme Marshall à la Crique aux Lutins.

— Je n'en ai pas la moindre idée. Cette sortie matinale, c'était si peu dans ses habitudes!

— Avait-elle des amis dans la région?

— Pas que je sache. Je suis même sûr que non.

— Maintenant, monsieur Redfern, je vous demande de rappeler vos souvenirs. Vous avez fréquenté Mme Marshall à Londres. Vous avez donc rencontré quelques-uns de ses amis. Savez-vous si l'un d'eux avait contre elle quelque grief? Quelqu'un, par exemple, que vous auriez supplanté dans ses bonnes grâces?

Patrick réfléchit un instant.

— Honnêtement, dit-il enfin, je ne vois personne.

Les doigts du colonel tambourinaient sur le bureau.

— Eh bien, voilà, fit-il. Nous restons, semble-t-il, en présence de trois possibilités. Celle d'un assassin inconnu... un maniaque, peut-être... qui s'est trouvé dans le voisinage... Evidemment, c'est un peu dur à admettre...

— Et pourtant, dit vivement Redfern, c'est l'explication la plus plausible!

— Je l'envisage, sans toutefois croire au crime crapuleux. L'endroit est d'accès assez difficile. Ou l'homme est arrivé par la digue, passant devant l'hôtel, traversant l'île et descendant à la crique par l'échelle. Ou bien il est venu en bateau. Mais, d'une façon ou de l'autre, il ne s'est pas trouvé là par hasard, il y a eu préméditation.

— Vous parliez, dit Redfern, de trois possibilités?

— Euh... oui. Parce que, n'est-ce pas, il y avait deux personnes dans l'île qui pouvaient avoir une raison de tuer Arlena Marshall. Son mari, d'abord. Et puis, votre femme...

Redfern sursauta sur sa chaise.

— Ma femme? s'écria-t-il. Vous ne voulez pas dire que Christine serait mêlée à l'affaire?

Il s'était levé. L'émotion le faisait bégayer.

— C'est... c'est de la folie!... Christine! Mais c'est impossible! C'est inimaginable! Plus exactement, c'est risible!

— Pourtant, dit Weston, la jalousie est un mobile sérieux. Les femmes jalouses ne se dominent plus...

Avec chaleur Redfern prenait la défense de sa femme.

— Les autres, peut-être, mais pas Christine! Si malheureuse qu'elle soit, elle n'est pas femme à... Non, elle n'est pas femme à commettre un acte de violence!

Hercule Poirot nota avec satisfaction que ce mot de « violence » tout à l'heure venu tout naturellement aux lèvres de Linda pour parler de Christine, Redfern l'employait, lui aussi. Et, comme tout à l'heure, il trouva qu'il était bien choisi.

— Non, poursuivait Redfern, avec une ardente conviction, la supposition est absurde. Arlena était physiquement deux fois plus forte que Christine. Je ne crois pas que Christine réussirait à étrangler un petit chat et je suis bien sûr qu'elle n'a pu étrangler une créature comme Arlena, qui était vigoureuse et tout en nerfs! D'autre part, jamais Christine n'aurait pu descendre l'échelle menant à la crique. La tête lui aurait tourné au deuxième échelon. Non, tout ça ne tient pas debout!

D'un geste machinal, le colonel Weston se tirait sur le lobe de l'oreille.

— En effet, dit-il, vue sous cet angle, l'hypothèse, je vous l'accorde, se heurte à de sérieuses difficultés. Mais, n'est-ce pas, le mobile est la première chose que nous devons considérer...

Se levant pour reconduire Redfern, il ajouta :

— Le mobile et la possibilité matérielle.

IV

Redfern sorti, Weston sourit et dit :

— Je n'ai pas cru devoir lui dire que sa femme avait un alibi. Je voulais voir sa réaction. Il était plutôt secoué, hein?

— Les arguments qu'il a fait valoir, répondit Poirot, me paraissent plus convaincants que le meilleur des alibis.

— Oh! fit Weston, je ne crois pas à la culpabilité de la femme! Elle ne peut pas avoir tué. Impossibilité physique, vous l'avez dit. Marshall, lui, *pourrait* être coupable. Mais, apparemment, il ne l'est pas.

L'inspecteur Colgate toussa pour attirer l'attention.

— J'ai réfléchi à son alibi, dit-il. S'il avait préparé son coup n'est-il pas possible que ses lettres aient été tapées *à l'avance?*

— L'idée n'est pas mauvaise, fit Weston. Il faudra voir ça...

Il s'interrompit brusquement : on faisait entrer Christine Redfern.

Elle était, comme toujours, très calme, avec un rien d'affectation. Elle portait une jupe de tennis blanche, avec une veste bleu ciel qui soulignait la pâleur de son teint de blonde. Elle paraissait frêle, mais ses traits étaient ceux d'une femme décidée, pleine de courage et de bon sens.

— Une gentille petite femme, pensa le colonel. Un peu fade, peut-être, mais en tout cas bien trop bonne pour son coureur de mari. Enfin, il est jeune, il s'amendera. On a bien le droit de faire l'imbécile une fois dans sa vie!

Il pria Mme Redfern de s'asseoir et dit :

— Nous sommes obligés, madame, de nous conformer à une certaine routine policière et les exigences de l'enquête veulent que nous demandions à chacun ce qu'il a fait ce matin. Je m'en excuse...

— Je comprends fort bien, fit Christine, d'une voix douce et posée. Où faut-il commencer?

Ce fut Poirot qui répondit.

— Aussi tôt que possible, dit-il. Qu'avez-vous fait ce matin, en vous levant?

— Voyons, fit-elle. Avant de descendre pour prendre mon petit déjeuner, je me suis arrêtée dans la chambre de Linda Marshall et nous avons pris rendez-vous pour aller ensemble dans la matinée à la Roche aux Mouettes. Nous décidâmes de nous retrouver dans le hall à dix heures et demie.

— Vous ne vous êtes pas baignée avant le petit déjeuner? demanda Poirot.

— Non, je ne le fais que par rare exception.

Souriante, elle expliqua :

— J'aime que la mer soit bien chauffée quand j'entre dans l'eau. Je suis plutôt frileuse.

— Votre mari, lui, prend un bain dès qu'il sort de son lit?

— Oui, presque toujours.

— Est-ce aussi l'habitude de Mme Marshall?

— Oh! non, Mme Marshall était de ces gens qui ne font leur apparition que vers le milieu de la matinée!

La voix était devenue froide et acide. Poirot, simulant la confusion, s'excusait :

— Pardonnez-moi de vous avoir interrompue, madame. Vous disiez que vous étiez allée dans la chambre de Linda Marshall. Quelle heure était-il?

— Voyons... Huit heures et demie... Non, un peu plus tard...

— Miss Marshall était debout?

— Oui. Elle rentrait.

— Comment cela? demanda Weston.

— Elle m'a dit qu'elle était allée se baigner.

Hercule Poirot remarqua que la réponse avait été donnée avec une certaine hésitation.

— Ensuite? fit Weston.

— J'ai pris en bas mon petit déjeuner.

— Puis?

— Je suis remontée, j'ai préparé mes affaires de dessin, mon carnet de croquis. Puis, nous sommes parties.

— Linda Marshall et vous?

— Oui.

— Quelle heure était-il?

— Il devait être dix heures et demie.

— Et où êtes-vous allées?

— A la Roche aux Mouettes. C'est une petite plage sur la côte est de l'île. Nous nous sommes installées là. J'ai dessiné et Linda a pris un bain de soleil.

— A quelle heure avez-vous quitté la Roche aux Mouettes?

— A midi moins le quart. Je jouais au tennis à midi et il fallait que je me change.

— Vous aviez votre montre?

— Non. J'ai demandé l'heure à Linda.

— Et ensuite?

— Eh bien, j'ai plié bagage et je suis rentrée à l'hôtel.

— Et Miss Linda? demanda Poirot.

— Linda? Elle est allée se mettre à l'eau.

— Vous étiez-vous installées loin de la mer?

— Nous étions très au-dessus du niveau de l'eau, au pied de la falaise. Je m'étais mise à l'ombre et Linda en plein soleil.

— Miss Linda était-elle dans l'eau quand vous avez quitté la plage? demanda Poirot.

Christine plissa le front, faisant effort pour se rappeler.

— Voyons... Elle courait sur la plage tandis que je fermais ma boîte à dessin... Oui, je l'ai entendue se jeter dans les vagues au moment où je prenais le sentier qui monte sur la falaise.

— Vous en êtes sûre, madame? Vous l'avez bien vue dans l'eau?

— Oui, fit-elle.

L'insistance de Poirot sur ce point de détail l'étonnait, comme elle étonnait Weston.

— Continuez, madame Redfern, dit le colonel.

— Je suis revenue à l'hôtel, je me suis changée et j'ai rejoint les autres au tennis.

— Les autres, qui étaient?

— Le capitaine Marshall, M. Gardener et Miss Darnley. Nous avons joué deux sets. Nous allions commencer le troisième quand nous avons appris la nouvelle de... de la mort de Mme Marshall.

De nouveau, Poirot intervint :

— Et qu'avez-vous pensé, madame, en apprenant cette nouvelle?

— Ce que j'ai pensé?

Son visage disait clairement que la question lui déplaisait. Poirot insistait :

— Oui, qu'avez-vous pensé?

— Mon Dieu! dit lentement Christine, j'ai pensé que... que c'était une mort horrible!

— Oui, bien entendu... Mais, cela, c'est la réaction commune... Une mort pareille, ça révolte tout le monde!... Ce que je souhaiterais connaître, c'est votre réaction personnelle, votre réaction à *vous*.

120

Comme elle ne semblait pas comprendre, la regardant bien face, il ajouta :

— Je fais appel, madame, à votre intelligence, à votre bon sens et à votre jugement. Durant votre séjour ici, vous vous êtes certainement formé une opinion sur Mme Marshall, sur le genre de femme qu'elle pouvait être?

Elle répondit avec prudence :

— Mon Dieu, quand on vit dans le même hôtel...

— C'est tout à fait naturel, dit Poirot. Et c'est pourquoi je vous demande, madame, si la façon même dont est morte Arlena Marshall vous a réellement surprise?

— Je crois, dit lentement Christine, que je vois ce que vous désirez savoir. Eh bien, non, je n'ai pas été vraiment surprise. J'ai éprouvé comme un sentiment de dégoût. Mais elle était de ces femmes qui...

Poirot finit la phrase pour elle :

— Elle était de ces femmes qui peuvent rencontrer un tel destin. C'est là, madame, la chose la plus vraie qui ait été dite ce matin dans cette pièce. Ceci posé, pouvez-vous, faisant abstraction de vos sentiments personnels, nous dire ce que vous pensiez de Mme Marshall?

— Est-ce bien nécessaire, maintenant?

— Peut-être...

— Alors, que vous dirais-je?

Elle restait calme, mais ses joues se coloraient d'un rose léger et il y avait dans son allure quelque chose de changé. Une sorte de détente. Elle était moins « femme du monde » et beaucoup plus « femme ».

— Eh bien, dit-elle, c'était pour moi une créature méprisable. Elle n'avait aucune raison d'être. Pas de cœur, pas de cerveau! Elle ne pensait à rien, sinon à sa toilette, aux hommes et à l'admiration dont ils l'entouraient. Elle était inutile, totalement. Séduisante, bien sûr, très séduisante, mais menant une vie creuse, une vie sans objet, une de ces vies qui peuvent mal finir... et c'est pourquoi sa fin ne m'a pas surprise! Chez tous ceux qu'elle approchait, elle réveillait les pires instincts. Elle était de ces femmes qui n'aiment dans la vie que ce qu'il y a de vil et de bas, de ces femmes qu'on trouve toujours mêlées à de sordides histoires de chantage, de jalousie et de crimes...

Elle se tut, un peu hors d'haleine, ses lèvres pincées exprimant son dégoût et son écœurement. Le colonel pensait qu'il eût été difficile de trouver femme plus différente d'Arlena, mais aussi que, marié à une Christine Redfern, il aurait sans doute vite éprouvé le besoin de changer d'air et qu'à ce moment une Arlena Marshall lui serait apparue parée de mille séductions.

Cependant, dans tout ce qu'avait dit Christine, un mot l'avait frappé.

Il posa les coudes sur le bureau et dit :

— Madame Redfern, comment se fait-il qu'à propos d'Arlena Marshall vous ayez prononcé le mot de *chantage*?

CHAPITRE VII

I

Un peu surprise, Christine regarda Weston, comme si elle n'avait pas compris du premier coup le sens de sa question.

— Je suppose, répondit-elle après quelques secondes, que c'est parce qu'on la faisait chanter. Ce qui n'a rien de bien étonnant, d'ailleurs.

— Précisons, dit Weston. Cela, vous le savez de façon certaine?

Elle rougit légèrement et répondit, d'un ton assez embarrassé :

— En fait, il se trouve que oui. J'ai entendu une conversation.

— Voudriez-vous nous donner quelques détails?

Les joues de Christine tournèrent carrément au rouge.

— Cette conversation, dit-elle, je ne l'ai pas surprise exprès et c'est tout à fait par hasard que je l'ai entendue. C'était il y a deux jours... Non, il y a trois jours, dans la soirée. Nous jouions au bridge. Vous vous souvenez, monsieur Poirot? J'étais associée à mon mari et vous étiez le partenaire de Miss Darnley. Il faisait dans la pièce une chaleur étouffante et, à un certain moment, comme j'étais le mort, je suis sortie pour prendre l'air. J'ai fait quelques pas vers la plage et, tout à coup, j'ai entendu des voix. La première — c'était celle d'Arlena Marshall, je l'ai reconnue tout de suite — disait : « Inutile d'insister! Je ne peux pas « me procurer plus d'argent maintenant. Mon mari se « douterait de quelque chose. » L'autre voix, une voix d'homme, répondit : « Pas d'histoires! Il faut les lâ- « cher! » Alors, Arlena a dit : « Sale maître chan- « teur! » Et l'homme a répondu : « Maître chanteur ou « pas, il faut payer, ma petite dame! » Un peu plus tard Arlena m'a dépassée. Elle marchait très vite et avait l'air bouleversé!

— Et l'homme? Qui était-ce?

— Je l'ignore. Il parlait si bas que je l'entendais à peine.

— Sa voix ne vous a rappelé aucune voix que vous connaissiez?

— Non. Elle m'a semblé rude et profonde... Elle n'avait rien de très caractéristique.

— Je vous remercie, dit le colonel Weston.

II

Quand la porte se fut refermée sur Christine Redfern, l'inspecteur Colgate dit, d'un ton satisfait :

— Enfin, maintenant, nous allons quelque part!

— Vous croyez? fit Weston.

— Ça ne fait pas de doute, répondit l'inspecteur, il me semble difficile de dire le contraire. Il y a dans l'hôtel quelqu'un qui faisait chanter la dame!

— Mais, dit doucement Poirot, ce n'est pas le maître chanteur qui est mort, c'est sa victime.

— Je reconnais que c'est assez gênant, admit Colgate. Les maîtres chanteurs n'ont pas l'habitude de trucider ceux qui les engraissent. Quoi qu'il en soit, nous savons maintenant pourquoi Mme Marshall est sortie ce matin et pourquoi elle tenait à se cacher de son mari et de Redfern. Elle avait rendez-vous avec le type qui la faisait chanter.

— Je crois, dit Poirot, que nous pouvons considérer ça comme acquis.

— Réfléchissez d'ailleurs à l'endroit du rendez-vous, reprit Colgate. Un coin idéal pour une entrevue de ce genre. La dame s'en va en périssoire. Ça n'a rien de suspect. Elle le fait tous les jours. Et elle va à la Crique aux Lutins, où le matin, il n'y a jamais personne. C'est magnifique : on sera tranquille pour parler...

— Oui, fit Poirot, ça m'avait frappé, moi aussi. Le lieu est vraiment bien choisi pour une conversation qui n'a pas besoin de publicité. Il n'y a jamais un chat et, du côté des terres, on ne peut y accéder qu'en descendant une échelle métallique qui se dresse à la verticale et c'est une gymnastique qui n'est pas à la portée de tout le monde. De plus, la falaise étant en surplomb, une grande partie de la plage est invisible. Enfin, autre avantage, il y a là une espèce de grotte, dont l'entrée est assez difficile à trouver mais où on peut attendre sans être vu.

— Oui, fit Weston, la Grotte aux Lutins, je me souviens d'avoir entendu parler de ça!

— Moi aussi, dit Colgate, mais il y a bien longtemps. Il sera peut-être bon d'aller y faire un tour. On ne sait jamais!

— Bref, conclut Weston, vous avez raison, Colgate : nous avons résolu la moitié du problème, *nous savons pourquoi Mme Marshall est allée à la Crique aux Lutins*. Reste la seconde moitié : *Qui allait-elle y retrouver?* Probablement quelqu'un de l'hôtel. Comme amoureux, aucun pensionnaire ne pouvait être notre homme. Comme maître chanteur, c'est autre chose et il faut voir!

Il reprit le registre de l'hôtel.

— Laissons de côté les domestiques, que je ne vois pas bien dans une affaire comme celle-là, qui avons-nous? L'Américain Gardener, le major Barry, M. Horace Blatt et le révérend Stephen Lane.

— Je crois, dit Colgate, que nous pouvons encore restreindre le champ. On peut retirer l'Américain. Il a été sur la plage toute la matinée. C'est exact, n'est-ce pas, monsieur Poirot?

— Oui. Il ne s'est absenté que quelques instants, pour aller chercher une pelote de laine pour sa femme.

— *Quid* des trois autres? demanda Weston.

— Le major Barry est sorti ce matin à dix heures et n'est revenu qu'à une heure et demie. Le révérend Lane a été plus matinal : il a déjeuné à huit heures, en annonçant qu'il allait faire une longue promenade. Quant à M. Blatt, il est parti en bateau à neuf heures et demie, comme tous les jours, ou presque. Ils ne sont encore rentrés, ni l'un ni l'autre.

Weston réfléchissait.

— Vous dites, fit-il, qu'il est parti en bateau?

— Oui. Peut-être que ça pourrait coller...

Weston approuva du menton et dit :

— Eh bien, nous verrons ce que ces gens-là ont dans le ventre!... Qui reste-t-il encore?... Ah! Rosamund Darnley! Et puis, cette Miss Brewster, qui a trouvé le corps avec Redfern... A quoi ressemble-t-elle, Colgate?

— Ça a l'air d'une femme intelligente et qui ne dit pas de bêtises.

— Elle vous a dit ce qu'elle pensait du crime?

— Non. Et je ne crois pas qu'elle ait grand-chose à nous apprendre. Il faut tout de même s'en assurer... On pourrait commencer par les Américains, je sais qu'ils sont là.

— Allons-y! fit Weston. Il faut que nous voyions tout le monde, et le plus tôt possible. On ne sait jamais, ils nous apprendront peut-être quelque chose. Quand ce ne serait que sur cette histoire de chantage...

III

M. et Mme Gardener comparurent ensemble.

Mme Gardener était à peine assise qu'elle parlait.

— J'espère, colonel Weston... C'est bien Weston, n'est-ce pas?

Rassurée sur ce point, elle reprit :

— J'espère, colonel, que vous comprendrez pourquoi mon mari m'accompagne. Cette histoire m'a bouleversée et M. Gardener, qui veille de très près sur ma santé...

— Mme Gardener est très impressionnable, glissa rapidement M. Gardener.

— M. Gardener m'a dit : « Naturellement, Carrie, j'irai avec toi! » Ce n'est pas, croyez-le bien, que je n'aie pas la plus grande admiration pour les méthodes de la police britannique. Au contraire! J'ai toujours entendu dire qu'elle agissait avec tact et délicatesse et je sais que c'est vrai. Quand mon bracelet a disparu, au Savoy, le jeune homme qui a fait l'enquête a été tout simplement adorable. Remarquez que mon bracelet, en fin de compte, ne m'avait pas été volé. Je l'avais égaré. Ce qui n'a rien de surprenant. On est quelquefois tellement bousculé qu'on est bien excusable de manquer de mémoire...

Elle s'interrompit pour souffler un peu et repartit :

— Ce que je veux dire, et M. Gardener est pleinement d'accord avec moi, c'est que nous ferons tout ce que nous pourrons pour aider la police britannique dans sa tâche. Posez-moi toutes les questions que vous voudrez, j'y répondrai volontiers...

Le colonel Weston ouvrit la bouche pour parler, mais il dut différer de quelques secondes sa première question. Mme Gardener s'était tournée vers son mari pour solliciter son indispensable témoignage :

— C'est bien là ce que nous pensons, n'est-ce pas, Odell?

— Oui, ma chérie, dit M. Gardener.

Le colonel Weston ne perdit pas de temps :

— Je crois, madame Gardener, que vous étiez sur la plage, ce matin, avec M. Gardener?

Par exception, M. Gardener répondit le premier.

— C'est exact.

— Parfaitement exact, précisa Mme Gardener. La matinée était délicieuse. Une matinée comme toutes les autres et rien, vraiment, ne permettait de supposer qu'un horrible drame se déroulait si près de nous!

— Aviez-vous vu Mme Marshall ce matin?

— Non. J'avais même dit à Odell : « Mais comment se fait-il qu'on ne voie pas Mme Marshall? » D'autant plus que son mari la cherchait, et aussi ce jeune M. Redfern, qui est si distingué et qui ne tenait pas en place! Il était là, guettant de tous les côtés, l'air très ennuyé et je me disais que c'était vraiment dommage de voir un homme qui a une épouse si charmante, une si gentille petite femme, courir après une horrible créature comme celle-là. Car, en ce qui concerne Mme Marshall, c'est mon opinion, et depuis le premier jour. N'est-ce pas, Odell?

— Oui, chérie.

— Comment un homme aussi bien que le capitaine Marshall a pu épouser une femme pareille, c'est ce que je ne comprendrai jamais! Surtout étant donné qu'il a une charmante fillette, qui commence à grandir et qui est à l'âge où il est important d'être placé sous de bonnes influences! Mme Marshall, qui n'avait aucune éducation et qui était d'une nature vulgaire, était la dernière personne à qui le capitaine aurait dû songer. S'il avait eu un peu de bon sens, il aurait épousé Miss Darnley, qui est une femme délicieuse et d'une distinction exceptionnelle! Je dois dire que j'admire beaucoup la façon dont elle s'est lancée dans les affaires pour construire de ses mains, c'est le mot, une maison de tout premier ordre. Pour réussir ça, il faut un cerveau... Mais il n'y a qu'à regarder Miss Darnley pour se rendre compte qu'elle est furieusement intelligente... C'est une femme qui pourrait mettre sur pied n'importe quoi!... Vraiment, j'ai pour elle plus d'admiration que je ne puis dire. Et, si je dis que M. Marshall aurait dû l'épouser, c'est que, comme je le disais l'autre jour à M. Gardener, elle a pour lui une profonde affection. J'irai plus loin : elle est amoureuse de lui, ça se voit! N'est-ce pas, Odell?

— Oui, ma chérie.

— Je crois qu'ils se sont connus étant enfants... Et, en somme, maintenant que cette femme n'est plus là, ça pourrait fort bien finir le mieux du monde! Voyez-vous, colonel Weston, j'ai l'esprit large et je n'ai rien contre les gens de théâtre. J'ai de très bonnes amies qui sont comédiennes. Mais, comme je l'ai toujours dit à M. Gardener, il y avait dans cette femme quelque chose de mauvais. Et, vous le voyez, les événements m'ont donné raison!

Elle se tut, triomphante et contente d'elle-même.

Poirot, qui s'amusait, échangea un sourire malicieux avec M. Gardener.

Un peu abasourdi, le colonel Weston remerciait Mme Gardener.

— Je pense, fit-il, que vous n'avez rien remarqué d'autre qui puisse nous intéresser. Vous non plus, monsieur Gardener?

— Non, répondit l'Américain. Je sais que

Mme Marshall passait le plus clair de son temps avec le jeune Redfern, mais cela, c'est de notoriété publique.

— Que pensez-vous du mari? Croyez-vous qu'il fermait les yeux volontairement?

M. Gardener s'en tint à une réponse pleine de circonspection.

— Le capitaine Marshall, dit-il, est un homme très réservé.

Jugement immédiatement confirmé par Mme Gardener, qui dit :

— Oui, le capitaine Marshall est terriblement Anglais.

IV

Des sentiments divers et contradictoires se laissaient deviner sur le visage légèrement apoplectique du major Barry. Il essayait de paraître écœuré, mais il était clair que cette affaire passionnante lui procurait des joies secrètes dont il avait un peu honte.

— Je serais heureux de vous être utile, commença-t-il, de sa voie rauque et enrouée. Evidemment, je ne sais pas grand-chose... Et même, rien du tout!... Je ne connais pas les intéressés. Mais j'ai pas mal roulé ma bosse, en mon temps... J'ai longtemps vécu en Orient et je peux vous dire que, quand on a passé des années aux Indes, dans un poste perdu dans les collines, on en sait assez long sur la nature des hommes pour pouvoir affirmer que ce qu'on ne sait pas ne vaut pas la peine d'être connu!

Après une courte pause, qui lui permit de reprendre haleine, il poursuivit :

— Cette histoire me rappelle une affaire analogue

130

qui s'est déroulée à Simla. Le type s'appelait Robinson... A moins que ce ne soit Falconer... En tout cas, il était de Manchester... Ou de Belfast, je ne sais plus bien... D'ailleurs, ça ne change rien à l'affaire. C'était un bonhomme du genre tranquille et qui lisait beaucoup. La crème des hommes... Un beau soir, il est rentré chez lui... Il habitait un petit « bungalow »... Et il a essayé d'étrangler sa femme! Il avait entendu dire qu'elle couraillait un peu, de droite et de gauche... et un peu plus elle y passait! Il s'en est fallu d'un rien... Nous en avons tous été extrêmement surpris! Jamais nous n'aurions cru ça de ce petit bonhomme!

— Et, demanda Poirot, vous voyez quelque analogie entre cette tentative d'assassinat et la mort de Mme Marshall?

— Dame! C'est la même chose!... Il a cherché à l'étrangler... L'intention y était... Le type, tout d'un coup, avait vu rouge...

— Vous croyez donc, dit Poirot, qu'il en est allé de même avec le capitaine Marshall?

La rouge figure du major tourna à l'écarlate.

— Je n'ai pas dit ça. Je n'ai pas parlé de Marshall, que je tiens pour un type très bien. Comprenez bien que je ne voudrais rien dire contre lui!

— Pardon, fit Poirot, est-ce que vous ne venez pas de faire allusion aux réactions naturelles d'un mari?

— Ce que je voulais surtout montrer, répliqua le major avec plus de chaleur que de bonne foi, c'est que cette femme jouait avec le feu! Elle avait complètement affolé le jeune Redfern! Et il n'était sans doute pas le premier! Le curieux, c'est que les maris ne voient rien. C'est stupéfiant, mais c'est comme ça et je l'ai remarqué bien souvent. Ils se rendent bien compte qu'un homme est amoureux de leur femme, mais ils ne s'aperçoivent jamais qu'elle est amoureuse de lui! J'ai vu un cas comme ça à Poona. La femme était très, très jolie. Elle menait son mari par le bout du nez et...

Le colonel Weston, que l'agacement gagnait, intervint :

— Excusez-moi, major Barry, mais pour le moment ce sont les faits que nous voudrions établir. Savez-vous quelque chose de l'affaire? Avez-vous personnellement vu ou remarqué quelque chose qui pourrait nous être utile?

Le major cligna de l'œil et ricana.

— Un après-midi, dit-il, je les ai aperçus tous les deux, Arlena Marshall et le jeune Redfern, à la Roche aux Mouettes. Ils n'étaient pas autrement désagréables à regarder, mais ce n'est pas là-dessus que vous recherchez des témoignages, n'est-ce pas?

— Vous n'avez pas vu Mme Marshall, ce matin?

— Ce matin, je n'ai vu personne. Je suis allé à Saint-Loo. C'est d'ailleurs bien ma veine! Je suis dans un trou où il ne se passe jamais rien, et, le jour où il se passe quelque chose, je ne suis pas là!

Il y avait dans sa voix comme un regret.

— Donc, vous êtes allé à Saint-Loo?

— Oui, j'avais quelques coups de téléphone à donner. L'hôtel n'a pas le téléphone et la cabine publique de Leathercombe est terriblement indiscrète!

— Vos communications exigeaient un tel secret?

— Oui et non, répondit le major avec bonne humeur. Je voulais appeler un de mes amis pour le prier de mettre de l'argent sur un cheval. Par un coup de malchance, je n'ai, du reste, pas pu le joindre...

— D'où l'avez-vous demandé?

— Du bureau de poste de Saint-Loo. En revenant, je me suis égaré dans leurs satanées petites routes, qui font trente-six tours sur elles-mêmes, et j'ai bien perdu une heure! Le réseau routier de la région, je m'en souviendrai! Grâce à lui, je ne suis rentré qu'il y a une demi-heure!

— A Saint-Loo, avez-vous rencontré quelqu'un? Parlé à quelqu'un?

— Si je vous comprends bien, vous me demandez si j'ai un alibi, fit le major avec un rire un peu forcé. Ma foi, je n'en suis pas sûr! J'ai vu cinquante mille personnes à Saint-Loo mais ça ne veut pas dire qu'elles se rappelleraient m'avoir vu!

Le colonel s'excusa.

— Ce sont, dit-il, des questions que nous sommes obligés de poser.

— C'est tout naturel, répondit le major, et je reste à votre disposition. Faites-moi signe à n'importe quel moment, j'accours, heureux si je peux vous rendre service! La victime était une femme très captivante et je serais content de vous aider à coffrer l'assassin. « Le meurtre de la crique », je vous parie que c'est comme ça que les journaux appelleront l'affaire! Quand j'étais aux Indes...

Cette fois, ce fut l'inspecteur Colgate qui, d'une brève remarque, trancha net le fil de souvenirs que le vieux bavard s'apprêtait à dévider. Il intervint avec fermeté et, deux minutes plus tard, il refermait lui-même la porte sur le major Barry.

— Difficile, au beau milieu de la saison, de vérifier quoi que ce soit à Saint-Loo! dit-il en regagnant son siège.

— C'est malheureusement vrai, fit Weston. Nous attendrons pour rayer le major de notre liste. Encore que je ne le croie pas coupable!... De vieux crampons comme lui, il y en a des douzaines en circulation et j'en ai connu pas mal, quand j'étais dans l'armée. Ils sont plus bêtes que méchants. Quoi qu'il en soit, il faudra vous occuper de lui, Colgate. Voir à quelle heure il a sorti sa voiture, combien il avait d'essence, etc... Il peut fort bien avoir garé son auto dans un coin désert et être revenu à la crique. Matériellement, c'est possible. Mais c'est peu probable. Les risques d'être vu auraient été trop grands.

— D'accord, dit Colgate. Pourtant, par ce beau temps, il y a beaucoup d'autocars dans la région. Ils commencent à arriver vers onze heures et demie. La marée, ce matin, était à sept heures. La mer était donc basse vers une heure de l'après-midi. A ce moment-là, il devait y avoir pas mal de monde sur la digue et sur la plage...

— Evidemment, admit Weston, avec la foule, les risques sont moindres. Mais il lui eût fallu passer devant l'hôtel...

— Pas exactement. En prenant par le petit sentier qui grimpe vers le haut de l'île...

— Je ne prétends pas, reprit Weston, précisant sa pensée, qu'il ne peut pas être revenu sans être vu. Pratiquement, tous les pensionnaires de l'hôtel se trouvaient sur la grande plage, à l'exception de Mme Redfern et de la petite Linda qui étaient à la Roche aux Mouettes. Le sentier commence près de l'hôtel, mais il y a peu de chances pour que quelqu'un se mette à la fenêtre au bon moment. J'irai plus loin : je crois qu'un homme peut très bien, à l'heure qui nous intéresse, monter à l'hôtel, traverser le hall et sortir de l'autre côté sans être vu. Mais, ce que je dis *c'est que cet homme ne peut pas compter qu'il ne sera pas vu.*

— Et si le major était allé là-bas par mer? suggéra l'inspecteur.

— Ça serait plus plausible. S'il tenait son bateau prêt quelque part, il pouvait quitter sa voiture, gagner la Crique aux Lutins à la rame ou à la voile, tuer Arlena Marshall, retourner à son auto et revenir ici pour nous raconter qu'il est allé à Saint Loo et qu'il s'est égaré au retour. Une histoire dont il sait bien que nous aurons toutes les peines du monde à prouver qu'elle est fausse...

— C'est indiscutable.

— Donc, Colgate, conclut le chef de la police, vous voyez tout ça de près. Passez le secteur au peigne fin! Vous savez aussi bien que moi ce qu'il y a à faire! En attendant, nous allons entendre Miss Brewster.

V

Emily Brewster répéta ce qu'elle savait. Elle ne devait rien leur apprendre qu'ils ne connussent déjà.

— Vous ne voyez rien à ajouter qui pourrait nous être de quelque utilité? demanda Weston quand elle eut terminé.

— Il me semble que non, répondit-elle. C'est une vilaine affaire et j'espère simplement que vous l'aurez vite tirée au clair.

— Croyez bien que je l'espère aussi, dit Weston.

— Ça ne doit pas être tellement difficile!

Le colonel tiqua sur cette affirmation, dont le ton lui avait paru un peu sec.

— Que voulez-vous dire, miss?

— Pardonnez-moi, colonel, fit-elle vivement. Je ne songeais nullement à critiquer vos méthodes et je n'ai pas l'intention de vous apprendre votre métier! Je voulais simplement dire qu'avec une femme de cette espèce l'enquête doit être assez facile.

— C'est votre avis, miss? dit Poirot.

— Certainement. Il ne faut pas dire du mal des morts, c'est entendu. Mais tout de même, les faits sont les faits. Cette femme ne valait absolument rien. C'est peu engageant, sans doute, mais il n'y a qu'à fouiller dans son passé!

— Vous ne l'aimiez pas? demanda Poirot de sa voix la plus douce.

— Je la connaissais trop.

Répondant à la question muette de trois paires d'yeux, elle expliqua :

— Un de mes cousins a épousé une Erskine. Vous savez probablement que cette femme avait réussi à persuader le vieux Sir Robert, à peu près tombé en enfance, de lui léguer la plus grosse partie de sa fortune, au détriment de sa famille...

— Laquelle, ajouta Weston, a trouvé la chose plutôt saumâtre.

— Naturellement. Leur liaison était déjà un scandale. Par là-dessus, il lui laisse cinquante mille livres ! Voilà, je crois, qui en dit long sur la moralité de la dame. Je manque peut-être de charité, mais j'estime que les Arlena Stuart ne méritent aucune sympathie.

Après une courte pause, elle reprit :

— Et ce n'est pas tout ! Je connais un garçon — un peu « tête brûlée », mais pas mauvais — qu'elle a rendu complètement fou et qui, par sa faute, a accumulé les bêtises. Parce qu'il lui fallait de l'argent pour le gaspiller en son honneur, il a fait en Bourse des opérations assez louches et ce n'est que de justesse qu'il a échappé aux poursuites ! Cette femme salissait tout ce qu'elle touchait, abaissait tous ceux qu'elle rencontrait ! Regardez sur quelle pente elle poussait le jeune Redfern ! Non, sincèrement, je ne peux pas regretter sa mort. Tout ce que je peux admettre, c'est qu'il eût mieux valu qu'elle se noyât ou qu'elle tombât du haut de la falaise ! Mourir étranglée, c'est tellement horrible !

— Et vous croiriez, demanda Weston, que le meurtrier serait quelqu'un qu'elle a connu autrefois ?

— Je le crois.

— Quelqu'un qui serait venu dans l'île sans qu'on le voie ?

— Pourquoi l'aurait-on vu ? Nous étions tous sur la plage, sauf la petite Marshall et Christine Redfern, qui étaient à la Roche aux Mouettes, et le capitaine

Marshall, enfermé dans sa chambre. Personne ne pouvait le voir. Excepté, peut-être, Miss Darnley...

— Où se trouvait-elle?

— Elle était assise, dans la brèche de la falaise, à Roc-Soleil. Nous l'avons aperçue, M. Redfern et moi, en partant pour le tour de l'île.

— Vous avez peut-être raison, Miss Brewster, déclara le colonel, sans trop de conviction.

Elle rectifia, et son ton était définitif :

— J'ai sûrement raison. Quand une femme est ce qu'était Mme Marshall, les meilleures indications qu'on puisse trouver sur les causes de sa mort, c'est elle-même qui les donne! Ce n'est pas votre avis, monsieur Poirot?

Les yeux d'Hercule Poirot rencontrèrent le regard gris d'Émily Brewster.

— C'est mon avis, dit-il. Je suis pleinement d'accord avec vous là-dessus. Le meilleur indice que nous puissions recueillir, le seul peut-être, c'est Arlena Marshall elle-même.

— Vous voyez! dit Miss Brewster, tournée vers Weston.

— Soyez sûre, miss, dit le colonel, que nous ferons dans le passé de Mme Marshall toutes les investigations nécessaires.

VI

Après le départ de Miss Brewster, Colgate dit, songeur :

— Elle a plutôt l'air de savoir ce qu'elle veut! Et elle ne peut pas sentir la victime!

Après quelques secondes de méditation, il ajouta :

— Dommage qu'elle ait un alibi incontestable! Vous avez vu ses mains? Des mains d'homme!... Avec ça, elle est taillée! Le genre costaud... plus solide que bien des hommes, même!

Il tourna vers Poirot des yeux qui imploraient.

— Vous êtes vraiment sûr, monsieur Poirot, qu'elle n'a pas quitté la plage ce matin?

Poirot eut un geste désolé.

— Mon cher inspecteur, elle était sur la plage bien avant que Mme Marshall ne fût arrivée à la Crique aux Lutins, et je l'ai eue sous les yeux jusqu'à ce qu'elle parte en bateau avec Redfern.

— Oui, dit Colgate, elle ne peut pas être dans le coup.

Visiblement, il le regrettait.

VII

C'est comme toujours avec un vif plaisir que Poirot vit apparaître Miss Darnley.

Dans cette enquête, où il n'était question que des circonstances d'un crime horrible, elle apportait une note de distinction particulièrement sympathique.

Elle s'assit en face du colonel Weston, tournant vers lui son fin visage grave.

— Vous voulez, dit-elle, mon nom et mon adresse? Rosamund Anne Darnley. Je dirige une maison de couture, connue sous le nom de « Rose Mond Ltd », 622, Brook Street à Londres.

— Merci, Miss Darnley. Pouvez-vous nous donner quelque renseignement qui pourrait nous servir?

— Je ne le pense pas.

— Voyons... Qu'avez-vous fait ce matin?

— J'ai déjeuné vers neuf heures, je suis remontée à ma chambre, j'ai pris des livres et mon parasol et je suis allée m'installer à Roc-Soleil. Il devait être environ dix heures vingt-cinq. Je suis rentrée à l'hôtel à midi moins dix, je suis allée dans ma chambre chercher ma raquette et j'ai été au court de tennis, où j'ai joué jusqu'à l'heure du déjeuner.

— Vous êtes restée à Roc-Soleil de dix heures et demie environ à midi moins vingt?

— Oui.

— Aviez-vous vu Mme Marshall ce matin?

— Non.

— Avez-vous aperçu son canot en mer, se dirigeant vers la Crique aux Lutins?

— Non. Elle devait déjà être passée quand je suis arrivée à Roc-Soleil.

— Avez-vous vu un bateau quelconque?

— Il ne me semble pas, mais je ne puis rien affirmer. Je lisais, ne levant les yeux de mon livre que de temps en temps. Autant que je me souvienne, chaque fois que j'ai regardé la mer, il n'y avait rien en vue.

— Vous n'avez pas vu passer non plus Miss Brewster et M. Redfern?

— Non.

— Vous connaissiez Mme Marshall?

— Le capitaine Marshall est un vieil ami de ma famille, qui habitait auprès de la sienne. Nous nous sommes retrouvés ici. Nous nous étions perdus de vue depuis très longtemps, depuis quelque chose comme une douzaine d'années.

— Et Mme Marshall?

— Avant de la rencontrer ici, je n'avais pas échangé dix mots avec elle.

— Autant que vous sachiez, le ménage était uni?

— Ils s'entendaient assez bien, je pense.

— Le capitaine aimait sa femme?

— C'est possible, mais je ne saurais en jurer. Le capitaine ne se flatte pas d'avoir des idées... modernes. Le mariage est pour lui quelque chose de sérieux. Il a le respect des engagements pris, de la parole donnée...

— Aviez-vous de la sympathie pour Mme Marshall?

— Aucune.

Le mot fut dit sans animosité, mais avec une tranquille assurance. C'était la constatation d'un fait, sans plus.

— Et pourquoi?

L'ombre d'un sourire courut sur les lèvres de Rosamund.

— Vous avez déjà découvert, j'imagine, que les femmes en général n'aimaient pas Arlena Marshall. Pour sa part, elle les détestait et ne s'en cachait pas. Malgré ça, j'aurais eu plaisir à l'habiller, car elle avait du goût et savait mettre ses toilettes en valeur. Oui, j'aurais aimé l'avoir comme cliente.

— Elle dépensait beaucoup d'argent pour sa toilette?

— C'est possible. Elle en avait personnellement les moyens et le capitaine a de la fortune.

— Avez-vous entendu dire — ou savez-vous — que Mme Marshall était victime d'un maître chanteur?

Une expression de stupeur se peignit sur le visage de la jeune femme.

— On la faisait chanter? Arlena?

— La chose paraît vous étonner?

— Mon Dieu, oui!... C'est tellement inattendu!

— Mais, cependant possible?

— Tout est possible, n'est-ce pas? La vie nous l'enseigne. Mais je me demande sous quel prétexte on pouvait faire chanter Arlena!

— Il y avait peut-être des choses dont Mme Marshall préférait qu'elles ne vinssent pas aux oreilles de son mari.

— Oui, fit-elle.

Le ton manquait de conviction. Avec un demi-sourire, elle expliqua pourquoi :

— Je suis sceptique, dit-elle, parce que la conduite d'Arlena était assez connue. Elle ne posait pas à l'honnête femme.

— Vous croyez que son mari n'ignorait rien de... de son comportement?

Il y eut un silence. Rosamund, sourcils froncés, réfléchissait. Elle dit enfin, d'une voix lente, avec des hésitations :

— A la vérité, je ne sais que penser. J'ai toujours cru que Kenneth Marshall prenait sa femme pour ce qu'elle était, sans se faire beaucoup d'illusions sur son compte. Mais peut-être en allait-il autrement...

— Ce qui voudrait dire qu'il aurait eu en elle la plus entière confiance?

Rosamund Darnley s'anima.

— Les hommes sont si bêtes! s'exclama-t-elle. Kenneth, sous ses dehors avertis, ne connaît rien de la vie! Il est très possible qu'il ait eu en elle une confiance aveugle. Il peut avoir pensé que les... adorateurs de sa femme se contentaient de l'admirer!

— Connaissiez-vous quelqu'un qui aurait pu en vouloir à Arlena Marshall?

Elle sourit.

— Je ne pourrais guère citer que des femmes jalouses. Or, comme elle a été étranglée, je présume que c'est un homme qui l'a tuée.

— C'est exact.

Elle réfléchit encore et dit :

— Non, décidément, je ne vois personne. Mais j'étais mal placée pour être au courant. Il faudrait demander à ceux qui l'ont beaucoup fréquentée...

— Je vous remercie, Miss Darnley.

Elle se tourna un peu sur sa chaise, pour s'adresser à Poirot :

— Monsieur Poirot n'a pas de questions à me poser?

Elle lui dédiait un sourire légèrement ironique.

Il fit non de la tête et lui retourna son sourire, disant :

— Je n'en vois pas.

Rosamund Darnley se leva et quitta la pièce.

CHAPITRE VIII

I

Ils étaient dans la chambre qui avait été celle d'Arlena Marshall.

Deux larges baies ouvraient sur un balcon, d'où l'on apercevait la grande plage et, plus loin, la mer. Le soleil inondait la pièce, faisait scintiller l'étonnant assortiment qui s'entassait sur la coiffeuse. Il y avait là toutes sortes de variétés de crèmes, de fards et d'onguents qui font la fortune des instituts de beauté. Décor féminin où trois hommes s'activaient de leur mieux...

L'inspecteur Colgate ouvrait et fermait des tiroirs. Un grognement annonça qu'il venait de découvrir quelque chose : un paquet de lettres, dont il entreprit l'examen avec le colonel Weston.

Hercule Poirot, cependant, étudiait l'armoire aux vêtements. Après avoir passé en revue un lot impressionnant de robes diverses et de costumes de sport, il consacra quelques instants à des rayons sur lesquels s'empilaient de soyeuses lingeries. Il passa ensuite au compartiment des chapeaux. Il y avait là deux immenses chapeaux de plage en carton, l'un d'un beau rouge laqué, l'autre d'un jaune pâle, un grand chapeau de paille hawaïen, un chapeau de feutre bleu marine, trois ou quatre petits « bibis » absurdes, dont chacun représentait un nombre appréciable de guinées, une sorte de béret bleu foncé, un coussin de velours violet — impossible de l'appeler autrement — et, enfin, un turban d'un gris tendre.

Poirot examina avec soin tout cet arsenal et ses lèvres s'entrouvrirent pour un vague sourire, tandis qu'il murmurait :

— Ah! les femmes!

Le colonel Weston remettait en liasse les lettres trouvées par Colgate.

— Il y en a trois du jeune Redfern, annonça-t-il. Ce pauvre écervelé apprendra peut-être un jour qu'il ne faut pas écrire aux femmes. Elles gardent vos lettres, tout en jurant qu'elles les ont brûlées! Et puis, il y a cette lettre, qui me paraît provenir d'un jeune crétin de la même couvée!

Il tendit la lettre à Poirot, qui lut :

        « Mon Arlena adorée,

« Dieu, que j'ai le cafard! S'en aller en Chine et se
« dire qu'on ne se verra peut-être pendant des an-
« nées! Je ne savais pas, vois-tu, qu'il fût possible
« d'aimer une femme comme je t'aime! Merci pour le
« chèque. Je ne serai pas poursuivi, mais je l'aurai
« échappé belle!... Que veux-tu? Il me fallait de l'ar-
« gent, beaucoup d'argent... et c'est pour toi, mon
« amour, qu'il me le fallait! Pourras-tu me pardon-
« ner? J'aurais voulu mettre des diamants à tes oreil-
« les — tes adorables petites oreilles que j'aime — et
« glisser autour de ton cou un collier de perles ma-
« gnifiques. Ou, plutôt, puisqu'il paraît qu'il n'y a
« plus de belles perles en ce monde, t'offrir quelque
« émeraude fabuleuse... C'est cela! Une émeraude!
« Verte, froide et brûlant d'un feu caché... Je te de-

« mande de ne pas m'oublier, mais je sais que tu ne
« m'oublieras pas. Tu es mienne pour toujours!
    « Au revoir! Au revoir! Au revoir!

                                                    « J. N.

    — Il serait intéressant de savoir, dit l'inspecteur
Colgate, si J. N. est réellement allé en Chine. Sinon, il
pourrait bien être celui que nous cherchons. Il est
éperdument amoureux de la dame, il se fait d'elle une
image idéale et puis, un beau jour, il s'aperçoit
qu'elle se moque de lui! Est-ce que ce ne serait pas le
type dont nous parlait Miss Brewster? Oui, j'ai nettement l'impression que cette lettre nous sera utile.
    — Elle est certainement importante, dit Poirot.
Très importante.
    Il promena de nouveau les yeux autour de la pièce,
son regard s'arrêtant successivement sur les flacons
de la coiffeuse, sur l'armoire ouverte et sur une poupée de chiffon — un Pierrot — qui s'étalait insolem-
ment sur le lit.
    Ils passèrent dans la chambre voisine, celle de Mar-
shall.
    Les deux pièces ne communiquaient pas. Les fenêtres
étaient plus petites que dans l'autre chambre, avec la
même vue, et il n'y avait pas de balcon. Un miroir au
cadre doré était accroché au mur entre les deux fenêtres. Près de celle de droite, on remarquait une table de
coin, avec des brosses à cheveux à garniture d'ivoire,
une brosse à habit et un flacon de lotion capillaire.
Près de l'autre fenêtre, une table servait de bureau. A
côté de la machine à écrire, découverte, des papiers
bien rangés s'entassaient.
    Colgate les parcourut rapidement et dit :
    — Rien de suspect dans tout cela. Voici la lettre
dont il a parlé ce matin. Datée du 24, donc d'hier. Et
voici l'enveloppe, oblitérée à Leathercombe aujourd'hui. Tout ça me paraît régulier. Nous verrons à

144

la lecture s'il lui était possible de préparer sa réponse à l'avance...

— Nous vous laisserons pour un instant à cette intéressante occupation, décida Weston. Nous allons jeter un coup d'œil dans les autres chambres. J'ai fait interdire l'accès du couloir jusqu'à maintenant, mais la mesure est assez impopulaire : on commence à protester...

Le colonel entra, avec Poirot, dans la chambre de Linda. Orientée à l'est, elle dominait les rochers descendant dans la mer.

— Je ne pense pas qu'il y ait grand-chose à voir ici, dit Weston, mais, si Marshall avait quelque chose à cacher, il n'est pas impossible qu'il l'ait mis dans la chambre de sa fille. Ce n'est pas comme s'il s'agissait d'une arme dont il aurait fallu se débarrasser...

Tandis que Weston conduisait de rapides recherches, Poirot, resté en arrière, portait son attention sur le foyer de la cheminée. On y avait récemment brûlé quelque chose. Il s'agenouilla et aligna ses trouvailles sur une feuille de papier. C'étaient une assez grosse plaque de cire de bougie fondue, de forme irrégulière, des morceaux de papier et de carton, épargnés par le feu et semblant provenir d'un calendrier — sur une feuille, il y avait un gros 5 et, sur une autre, un bout de ligne imprimée, où se lisaient les mots « ...*nobles actions* » — une épingle ordinaire et quelque chose qui ressemblait à des cheveux consumés.

Poirot considéra le tout longuement et murmura :

— « Tes nobles actions, accomplis-les, ne te contente pas de les rêver. »Est-ce que ce serait ça? Possible. Mais que conclure de cet assortiment extraordinaire? Il est plutôt décevant!

Il ramassa l'épingle et l'examina de ses yeux aigus. Un éclair s'alluma dans son regard.

— Sacrédié! fit-il. Est-ce que ce serait possible?

Il se remit debout. Son visage avait pris une expression grave et sévère.

Il y avait, à gauche de la cheminée, un rayon chargé de livres. Il s'approcha et lut les titres : une bible, un exemplaire fatigué du théâtre de Shakespeare, *Le mariage de William Ashe*, de Mme Humphry Ward; *La jeune belle-mère*, par Charlotte Young; *Le gars du Shrospshire, Meurtre dans la cathédrale*, d'Eliot; *La Sainte-Jeanne*, de Bernard Shaw; *Autant en emporte le vent*, de Margaret Mitchell, et un roman policier de John Dickson Carr.

Il prit deux de ces livres, *La jeune belle-mère* et *Le mariage de William Ashe*, et examina les tampons apposés sur les pages de garde. Il se disposait à les remettre en place quand il aperçut un volume dissimulé derrière les autres. C'était un petit livre relié, presque aussi large que haut et assez épais.

Ile le prit et, l'ayant ouvert, hocha lentement la tête.

— *Ainsi, j'avais raison*, murmura-t-il. J'avais raison. Mais, l'autre, alors?... Ce serait possible aussi? Non, ça ne se peut pas!... A moins que...

Il restait là, immobile, tiraillant sa moustache, tandis que son esprit retournait le problème en tous sens.

A mi-voix, il répéta :
— *A moins que*...

II

Le colonel Weston apparut dans l'encadrement de la porte.
— Alors, Poirot, toujours là?
— J'arrive, cria Poirot, j'arrive!

146

Il se hâta vers le couloir et rejoignit Weston dans la chambre voisine, celle des Redfern. ·

Il l'examina des yeux, relevant presque inconsciemment les traces de deux tempéraments différents : une netteté soigneuse évidemment imputable à Christine et un désordre pittoresque, dont Patrick portait seul la responsabilité. Exception faite de ces aperçus originaux sur la personnalité de ses occupants, la pièce ne l'intéressa pas.

Dans la chambre qu'ils visitèrent ensuite, Hercule Poirot s'attarda presque par plaisir : c'était celle de Rosamund Darnley et, là encore, les choses reflétaient une personnalité. Il nota les livres posés sur la table de chevet, la sobriété élégante des objets de toilette et ses narines furent agréablement chatouillées par le parfum subtil et coûteux dont usait Rosamund Darnley.

Près de la chambre de la jeune femme, à l'extrémité nord du couloir, une porte-fenêtre ouvrait sur un balcon, d'où un escalier extérieur descendait sur les rochers.

— C'est par là, dit Weston, que les pensionnaires de l'hôtel vont à la mer avant le petit déjeuner... Quand ils vont se baigner là, en bas, comme ils le font presque tous.

Poirot, intéressé, s'avança sur le balcon et se pencha sur le vide.

Au pied de l'escalier s'amorçait un sentier, conduisant à des marches taillées dans le roc, descendant en zigzag vers la mer. Un autre sentier contournait l'hôtel, sur la gauche.

— On pourrait, observa Poirot, descendre cet escalier, prendre à gauche et rejoindre le chemin qui part de la digue pour aller dans l'île.

Weston ne se contenta pas d'approuver.

— On pourrait même, dit-il, filer vers l'île sans passer par l'hôtel. C'est tout au plus si on risquerait d'être vu des fenêtres...

— Quelles fenêtres?

— Les deux fenêtres des salles de bains réservées aux pensionnaires de l'hôtel — elles donnent sur le nord — la fenêtre de la salle de bain du personnel et, au rez-de-chaussée, celles du vestiaire et de la salle de billard.

— Oui, fit Poirot, mais, à l'exception de la dernière, elles ont toutes des vitres de verre dépoli. Et, par ce beau temps, on ne joue guère au billard le matin.

— C'est juste, admit Weston.

Après un temps, il dit :

— S'il a fait le coup, c'est par là qu'il est parti.

— Qui? Marshall?

— Oui. Chantage ou pas chantage, je continue à trouver que tout le désigne comme le coupable. D'autre part, son attitude... Non, son attitude n'est pas très heureuse.

— Peut-être, fit Poirot un peu sèchement. Mais on peut se comporter de façon bizarre sans être pour autant un criminel!

— Alors, vous croyez à son innocence?

— Je ne voudrais pas l'affirmer.

— Nous verrons, conclut Weston, ce qu'il restera de son alibi dactylographique quand Colgate l'aura examiné de près. En attendant, nous pourrions entendre la femme de chambre. Bien des choses peuvent dépendre de son témoignage.

La soubrette était une femme d'une trentaine d'années, à l'intelligence assez vive. Ses réponses venaient facilement.

Le capitaine Marshall était remonté un petit peu après dix heures et demie. Elle finissait de faire sa chambre et il lui avait demandé d'en terminer aussi vite que possible. Elle ne l'avait pas vu revenir ensuite, mais elle avait un peu plus tard entendu le tac-tac-tac de la machine à écrire. Il devait être environ onze heures moins cinq et elle se trouvait à ce moment-là dans la chambre de M. et Mme Redfern. Ensuite, elle était allée dans celle de Miss Darnley, au bout du couloir. De là-bas, elle ne pouvait pas entendre le bruit de la machine. Autant qu'elle pouvait être sûre, elle était chez Miss Darnley tout de suite après onze heures; Elle se souvenait d'être entrée dans la chambre juste comme l'église de Leathercombe sonnait onze heures. A onze heures et quart, elle était descendue pour prendre une tasse de thé et manger un morceau. Ensuite, elle était allée reprendre son travail dans l'autre aile du bâtiment.

Sur une question de Weston, elle précisa qu'elle avait fait les chambres de l'étage dans l'ordre suivant : celle de Miss Linda d'abord, puis les deux salles de bains communes, puis la chambre de Mme Marshall, celle du capitaine, celle de M. et Mme Redfern et, enfin, celle de Miss Darnley. Toutes ces chambres comportaient des salles de bains; sauf celles du capitaine Marshall et de sa fille Naturellement, elle les avait faites aussi.

Non, pendant qu'elle était dans la chambre de Miss Darnley, elle n'avait entendu personne passer dans le couloir ou descendre l'escalier extérieur. Mais elle ne pensait pas qu'elle aurait entendu quelqu'un marchant doucement.

Les questions de Weston portèrent ensuite sur Mme Marshall.

Non, elle n'avait pas l'habitude de se lever tôt et Gladys Narracott — ainsi s'appelait la soubrette — avait été surprise de trouver sa porte ouverte et de constater que Mme Marshall était descendue un tout petit peu après dix heures. C'était tout à fait exceptionnel.

— Mme Marshall, demanda Weston, prenait toujours son petit déjeuner au lit?

— Oui, monsieur, toujours. Et il n'était pas très « conséquent » : une tasse de thé, un peu de jus d'orange et une biscotte. Comme beaucoup de dames, elle suivait un régime pour maigrir...

Non, elle n'avait rien remarqué d'anormal dans les manières de Mme Marshall. Elle était comme les autres jours.

Poirot intervint :

— Qu'est-ce que vous pensiez d'elle? demanda-t-il d'une voix insinuante.

Elle le regarda, étonnée et gênée.

— Mais, monsieur, dit-elle d'un ton embarrassé, est-ce bien à moi de le dire?

— Certainement, il faut le dire. Nous sommes curieux, très curieux, d'avoir votre impression.

Gladys tourna des yeux suppliants vers le chef de la police, qui s'efforça d'avoir l'air d'approuver, encore qu'il trouvât assez singulières les méthodes d'approche de son collègue étranger.

— Mais oui, Gladys, fit-il, ça nous intéresse. Allez-y!

Pour la première fois, Gladys Narracott semblait intimidée. Ses doigts tripotant nerveusement le tissu de sa robe imprimée, elle dit :

— Eh bien, Mme Marshall... n'était pas vraiment une dame, si vous voyez ce que je veux dire. Elle ressemblait plutôt à une actrice.

— Mais, fit Weston, c'était une actrice.

— C'est ce que je dis, monsieur. Elle faisait toujours ce dont elle avait envie. Si ça ne lui disait rien d'être polie, eh bien, elle ne se donnait pas la peine de l'être. Ça ne l'empêchait pas d'être tout sourires deux minutes après! Mais, si quelque chose n'allait pas, si on n'avait pas répondu tout de suite à son coup de sonnette, si son linge n'était pas revenu du blanchissage, elle devenait mauvaise et mal embouchée. On ne peut pas dire que les domestiques l'aimaient. Mais elle avait de belles toilettes et elle était très jolie. Alors, on l'admirait...

— Je regrette d'avoir à vous le demander, mais il

s'agit d'une chose importante : comment s'entendait-elle avec son mari?

Gladys Narracott hésita et répondit par une question :

— Vous ne pensez pas... que c'est *lui* qui l'a tuée?

— Et vous? dit vivement Poirot.

— Oh! jamais de la vie! C'est un monsieur tellement bien! Le capitaine Marshall? Faire un coup comme ça? Il ne pourrait jamais! Ça, j'en suis sûre!

— Oui, mais vous n'en êtes pas *absolument* sûre! Je l'entends à votre voix...

— Je sais bien, dit-elle avec embarras, qu'on voit des choses comme ça dans les journaux. Les drames de la jalousie, qu'on appelle... Il y avait quelque chose, bien sûr, entre elle et M. Redfern, ça faisait jaser! Mme Redfern est une si bonne personne qu'on peut bien dire que c'était bien malheureux. Sans compter que M. Redfern est bien gentil lui aussi!... Seulement, voilà! On dirait que les hommes ne se connaissent plus quand ils rencontrent une dame comme Mme Marshall!... Ah! elle savait ce qu'elle voulait! Les femmes, elles, passent sur beaucoup de choses...

Elle soupira, hésita et dit enfin :

— Mais si le capitaine Marshall a découvert ce qu'il en était...

— Eh bien?

— J'ai, en effet, souvent pensé que Mme Marshall avait peur qu'il n'apprenne.

— Quest-ce qui vous fait dire ça?

— Oh! rien de précis! C'est une impression, voilà tout! Il m'a quelquefois semblé qu'elle avait... oui, qu'elle avait peur de lui. C'était un homme très doux, mais il n'est pas... il n'est pas, comme on dit, facile à conduire!

— C'est une impression. Mais elle n'est pas fondée sur des faits déterminés.

Elle secoua la tête négativement.

— Venons-en, dit Weston, après un soupir, venons-en aux lettres que Mme Marshall a reçues ce matin. Combien y en avait-il?

— Cinq ou six, monsieur, je ne peux pas dire au juste.

— C'est vous qui les lui avez remises?

— Oui, monsieur. On me les avait données au bureau, comme d'habitude, et je les avais posées sur le plateau du petit déjeuner.

— Avez-vous vu à quoi elles ressemblaient?

— C'étaient des lettres ordinaires. Il devait y avoir dedans des factures. Et aussi des prospectus, car j'en ai retrouvé, roulés en boule sur le plateau.

— Que sont-ils devenus?

— Je les ai jetés dans la boîte à ordures. Un de ces messieurs de la police était en train d'y regarder tout à l'heure.

— Au fait, demanda Weston, qu'est-ce qu'on a fait du contenu des corbeilles à papier?

— Il a dû aller aussi dans la boîte à ordures.

— Bon.

Il réfléchit et dit, interrogeant Poirot du regard :

— Eh bien, il me semble que je ne vois plus rien à vous demander...

Poirot fit un pas.

— Quand vous avez fait la chambre de Miss Linda, ce matin, vous êtes-vous occupée du foyer de la cheminée?

— Ça n'était pas la peine monsieur. On n'y avait pas fait de feu.

— Et il n'y avait rien dans ce foyer?

— Non, monsieur, il était propre.

— A quelle heure avez-vous fait cette chambre?

— Vers neuf heures un quart, monsieur, pendant que Miss Linda prenait son petit déjeuner dans la salle à manger.

— Est-elle remontée aussitôt après?

— Il me semble, monsieur. En tout cas, je l'ai vue ressortir un petit peu avant dix heures et demie. Même qu'elle avait l'air pressé!

— Vous n'êtes pas retournée dans sa chambre?

— Non, monsieur. Je n'avais plus rien à y faire.

Poirot réfléchit quelques secondes.

— Il y a, dit-il, autre chose que je voudrais vous demander. Quels sont les pensionnaires de l'hôtel qui se sont baignés ce matin, avant leur petit déjeuner?

— Pour ceux de l'autre aile et de l'étage au-dessus, je ne sais pas. Je ne suis au courant que pour ceux de cet étage-ci.

— Ça me suffira.

— Eh bien, monsieur, je crois que, ce matin, il n'ont été que deux : le capitaine Marshall et M. Redfern. C'est un bain qu'ils ne manquent jamais...

— Vous les avez vus?

— Non, monsieur, mais leurs affaires de bain étaient à sécher sur la rampe du balcon, comme d'habitude.

— Miss Linda ne s'est pas baignée ce matin?

— Non, monsieur. J'ai vu ses maillots, ils n'étaient pas mouillés.

— Ah! fit Poirot. C'est ce que je voulais savoir.

— Pourtant, ajoutait Gladys Narracott, elle prend son bain tous les matins.

— Et les trois autres, Miss Darnley, Mme Redfern et Mme Marshall?

— Mme Marshall ne s'est jamais baignée à cette heure-là. Miss Darnley une fois ou deux. Quant à Mme Redfern, elle ne se baignait pas souvent avant le déjeuner. Il fallait qu'il fasse très chaud. En tout cas, elle n'a pas pris de bain ce matin.

Poirot approuva du chef.

— Encore autre chose, fit-il. Je me demande si, dans une des chambres dont vous vous occupez dans cette aile de l'hôtel, il ne manque pas une bouteille.

— Une bouteille, monsieur? Quel genre?

— Malheureusement, je n'en sais rien. Mais, si elle manquait, vous l'auriez remarqué ou vous seriez susceptible de le remarquer?

— Je crois...

Mais, soucieuse de franchise, elle ajouta tout de suite :

— Sauf, bien entendu, dans la chambre de Mme Marshall. Il y en a tellement!

— Mais dans les autres chambres?

— Chez Miss Darnley, je n'en suis pas tout à fait sûre non plus, car elle en a pas mal aussi. Mais, dans les autres chambres, ça ne fait pas de doute. A condition, naturellement, que je regarde. Je veux dire... que je regarde exprès, en faisant attention.

— Jusqu'ici, vous n'avez pas remarqué, donc, qu'une bouteille ait disparu?

— Non, mais je ne cherchais pas.

— Eh bien, si vous alliez voir?

— Si vous voulez, monsieur.

Dès qu'elle fut sortie, Weston se tourna vers Poirot, lui demandant « ce que tout cela signifiait ».

— Mon cher ami, répondit Poirot, vous savez que mon esprit est épris d'ordre et qu'un petit rien suffit à le contrarier. Ce matin, avant le petit déjeuner, Miss Brewster se baignait près des rochers et elle nous a dit qu'une bouteille jetée d'en haut était passée tout près d'elle. Eh bien, je veux savoir qui a jeté cette bouteille et pourquoi on l'a jetée.

— Mais, mon bon Poirot, tout le monde est capable de flanquer une bouteille par la fenêtre!

— Pas du tout! Pour commencer, il est évident que cette bouteille ne peut avoir été jetée que d'une des fenêtres située sur la façade est de l'hôtel, par conséquent d'une des chambres que nous venons de visiter. Quand vous avez une bouteille vide, inutilisable, dans

154

votre salle de bain, qu'en faites-vous ? Je vous le demande et je réponds : vous la jetez dans la corbeille à papiers. Vous ne vous donnerez pas la peine d'aller sur le balcon pour l'expédier dans la mer. D'abord, parce que vous risqueriez de blesser quelqu'un, ensuite parce que c'est un dérangement inutile. Si vous en jugez autrement, *c'est que vous avez des raisons spéciales pour que cette bouteille disparaisse de la circulation.*

Weston, vraiment très surpris, dit en souriant :

— Je sais que Japp, l'inspecteur principal avec qui j'ai travaillé il n'y a pas très longtemps, disait volontiers que vous aviez l'esprit compliqué. Est-cc que vous songeriez prétendre maintenant qu'Arlena Marshall n'a pas été étranglée le moins du monde et qu'elle a été empoisonnée avec une drogue mystérieuse, provenant d'une non moins mystérieuse bouteille ?

— Nullement, car je ne pense pas qu'il y avait du poison dans cette bouteille.

— Alors, qu'est-ce qu'elle contenait ?

— Je n'en sais rien, et c'est ce que j'aimerais savoir.

Gladys Narracott revenait, légèrement essoufflée.

— Je regrette, monsieur, dit-elle, mais il me semble qu'il ne manque rien. J'en suis absolument sûre pour la chambre du capitaine Marshall, pour celle de Miss Linda, pour celle de M. et Mme Redfern, et à peu près sûre pour celle de Miss Darnley. Pour celle de Mme Marshall, je ne peux rien dire. Comme je vous ai dit, il y en a tellement !

Poirot haussa les épaules.

— Tant pis, dit-il, n'en parlons plus !

Gladys Narracott, ses regards allant successivement de Poirot à Weston et de Weston à Poirot, demanda si l'on avait encore besoin d'elle. Weston, le premier, répondit non. Poirot l'imita.

Mais aussitôt, il ajoutait :

— Vous êtes sûre, n'est-ce pas, absolument sûre de nous avoir tout dit, absolument tout? Vous n'avez rien oublié?

— A propos de Mme Marshall, monsieur?

— A propos d'elle ou d'autre chose. Il ne s'est rien passé aujourd'hui qui vous ait paru inhabituel... extraordinaire, pas banal, singulier, curieux... rien qui vous aurait amenée à vous dire ou à dire à vos collègues : « Tiens, c'est drôle! »

Les trois mots prenaient dans sa bouche une intonation comique, qui fit sourire Weston.

— En réalité, dit Gladys, ce n'est pas grand-chose. J'étais en bas quand j'ai entendu qu'on vidait une baignoire. Alors, j'ai fait remarquer à Elsie que c'était drôle, quelqu'un qui prenait un bain à peu près sur le coup de midi.

— Ce quelqu'un, qui était-ce?

— Ça, je n'en sais rien, monsieur. C'était dans cette aile-ci, nous avons bien entendu l'eau dans le tuyau de descente, mais c'est tout ce que je peux dire.

— Vous êtes sûre qu'il s'agissait bien d'un bain? Ce n'était pas, par exemple, un lavabo qui se vidait?

— Oh non! monsieur. Une baignoire quand ça se vide, ça se reconnaît.

Sur quoi, Poirot ne croyant pas devoir la retenir plus longtemps, Gladys Narracott reçut permission de se retirer.

Weston se tourna vers Poirot.

— Je suppose, dit-il, que vous n'attachez pas d'importance à cette histoire de baignoire. Elle ne peut pas intéresser notre affaire. Notre meurtrier n'avait pas de taches de sang à faire disparaître. C'est là...

Il s'interrompit brusquement, mais Poirot acheva la phrase commencée :

— C'est là, ainsi que vous alliez le dire, l'avantage de la strangulation. Pas de taches de sang et pas d'armes, donc rien à faire disparaître! Elle ne réclame que de la force physique et *une mentalité d'assassin.*

Il s'aperçut qu'il s'échauffait, et c'est sur un ton plus calme qu'il poursuivit :

— Non, vous avez raison, cette histoire de baignoire n'a probablement aucun intérêt. Tout le monde peut prendre un bain, même sur le coup de midi. Mme Redfern, avant d'aller au tennis, le capitaine Marshall, Miss Darnley, n'importe qui. Non, il n'y a pas grand-chose à tirer de ça!

On frappa à la porte et un agent de police passa la tête dans l'entrebâillement.

— C'est Miss Darnley, monsieur. Elle vous prie de la recevoir un petit instant. Elle dit qu'il y a quelque chose qu'elle a oublié de vous dire.

— C'est bon, fit Weston. D'ailleurs, nous descendions.

III

La première personne qu'ils rencontrèrent, ce fut Colgate. Il était sombre.

Dans le bureau de l'hôtel, où les accompagna, il fit son rapport.

— Avec Heath, dit-il, j'ai examiné l'histoire de la machine à écrire. Aucun doute, il ne peut pas avoir tapé ce qu'il a tapé en moins d'une heure. Il lui a même fallu plus s'il s'est arrêté de temps en temps pour réfléchir. Pour moi, cette affaire-là est réglée. Et puis, il y a cette lettre...

Il avait tiré de sa poche une lettre dont il lut le commencement à haute voix :

« — Mon cher Marshall, je suis désolé de venir in-
« terrompre tes vacances, mais la situation se pré-

« sente maintenant de façon toute nouvelle en ce qui
« concerne les contrats Burley et Tender... », etc. La
lettre est datée du 24, c'est-à-dire d'hier. Sur l'enve-
lope, oblitération de Londres E. C. 1, en date d'hier, et
de Leathercombe, en date de ce matin. L'enveloppe
et la lettre ont été tapées sur la même machine et le
texte prouve que Marshall n'a pas pu préparer sa réponse à l'avance. D'ailleurs, il fait état dans sa réponse
de chiffres que lui communiquait son correspondant.
Il s'agit d'une affaire extrêmement embrouillée...

— Bien, fit Weston, assez déçu. Tout cela semble
bien mettre Marshall hors du débat. Il faudra que
nous cherchions ailleurs. Avant tout, je vais recevoir
Miss Darnley, que nous sommes en train de faire attendre...

Rosamund entra. Elle paraissait nerveuse.

— Je vous prie de m'excuser, colonel, dit-elle avec
un sourire charmant, et d'autant plus que je vous dérange peut-être pour quelque chose qui n'en vaut pas
la peine.

— De qui s'agit-il, Miss Darnley? fit Weston, lui dé-
signant un siège du geste.

Elle le remercia, mais resta debout.

— Inutile que je m'assoie pour si peu, dit-elle. J'en
ai pour une minute. Je vous ai dit tout à l'heure que
j'avais passé toute la matinée à Roc-Soleil. Or, ce
n'est pas tout à fait exact. J'ai oublié de vous dire
que je suis revenue à l'hôtel pour retourner là-bas ensuite.

— Vers quelle heure, cela?

— Il devait être environ onze heures moins le
quart.

— Vous dites que vous êtes revenue à l'hôtel?

— Oui. J'avais oublié mes lunettes de soleil.
D'abord, j'ai cru pouvoir m'en passer, mais mes yeux
se sont fatigués très vite et je me suis résignée à venir les chercher.

158

— Vous êtes montée directement à votre chambre et repartie tout de suite?

— Oui. Ou, plutôt non. Je suis passée chez Ken... chez le capitaine Marshall. J'avais entendu le bruit de sa machine à écrire et je m'étais dit qu'il était vraiment stupide de sa part de rester ainsi enfermé par une matinée si splendide. Je voulais lui demander de m'accompagner.

— Et que vous a répondu le capitaine Marshall?

Elle eut un petit sourire dépité.

— Eh bien, quand j'ai ouvert la porte, il tapait avec une telle ardeur, il avait l'air tellement absorbé par ce qu'il faisait que je n'ai pas voulu le déranger et que je me suis retirée tout doucement. Je ne pense même pas qu'il m'ait vue...

— Et cela se passait à quelle heure, Miss Darnley?

— Vers onze heures vingt. J'ai regardé l'heure à l'horloge du hall, en m'en allant...

IV

— Ça me paraît définitif, dit l'inspecteur Colgate, après le départ de la jeune femme. Gladys Narracott l'a entendu taper, jusqu'à onze heures cinq et Miss Darnley l'a vu à onze heures vingt. A midi moins le quart, Mme Marshall était morte. Or, il dit qu'il a passé cette heure à taper à la machine et il semble bien que ce soit la vérité. Il me paraît tout à fait hors de cause maintenant...

Tourné vers Poirot, il ajouta :

— M. Poirot a l'air plongé dans de profondes réflexions.

— Je me demandais, dit lentement Poirot, pourquoi Miss Darnley est venue de son propre mouvement nous apporter ce témoignage complémentaire.

L'inspecteur projeta d'un coup sec son menton en avant.

— Vous pensez que ça n'est pas très catholique? Qu'il ne s'agit peut-être pas d'un oubli comme elle le prétend?

Il se tut un instant, réfléchissant lui aussi, puis dit :

— Voici comment je verrais la chose. Supposons que, contrairement à ce qu'elle nous a déclaré, Miss Darnley n'ait pas été à Roc-Soleil. Après nous avoir raconté son histoire dans laquelle il n'y a pas un mot de vrai, elle découvre que quelqu'un l'a vue ailleurs ou — autre hypothèse — que quelqu'un est allé à Roc-Soleil, où il ne l'a naturellement pas rencontrée. Que fait-elle? Vite, elle imagine une nouvelle fable et, prenant les devants, elle s'empresse de venir nous la servir. Vous remarquerez qu'elle a bien pris soin de nous dire que le capitaine Marshall ne l'a pas *vue* quand elle a glissé un œil dans sa chambre...

— Ça ne m'avait pas échappé, dit Poirot.

Weston demeurait sceptique.

— Est-ce que vous chercheriez à nous faire croire que Miss Darnley serait coupable? demanda-t-il. Laissez-moi vous dire que ça ne tient pas debout! Quel intérêt aurait-elle eu à supprimer Arlena Marshall?

Colgate répondit sans attendre :

— Quel intérêt? Mais rappelez-vous ce que nous a déclaré Mme Gardener. Elle nous a très clairement laissé entendre que Miss Darnley avait pour le capitaine ce que j'appellerai un sérieux penchant. Est-ce que ce n'est pas là un mobile?

— Arlena Marshall, répliqua Weston avec impatience, n'a pas été tuée par une femme. C'est un homme que nous cherchons et c'est des hommes que nous devons nous occuper!

160

L'inspecteur Colgate rendit les armes.

— Vous avez raison, dit-il. C'est toujours là que nous en revenons!

Weston reprit.

— Il faudrait qu'un de vos agents me fasse un peu de chronométrage. Je veux savoir combien il faut de temps pour aller, en traversant l'île, de l'hôtel au sommet de l'échelle de la Crique aux Lutins. Qu'il fasse le trajet une fois en se promenant et une fois en courant. Qu'il voie aussi combien il faut de temps pour descendre le long de cette échelle. Il faudrait aussi prendre le temps nécessaire pour aller en barque de la grande plage à la crique.

— Je vais mettre un homme là-dessus, dit Colgate.

— Et maintenant, poursuivit le chef de la police, je vous propose d'aller là-bas. Je voudrais savoir si Philipps a trouvé quelque chose et visité cette grotte dont on nous a parlé. Si un homme a attendu là, il peut avoir laissé des traces. Qu'en pensez-vous, Poirot?

— C'est très possible.

— N'est-ce pas? fit Weston. Pour quelqu'un venu de la terre, cette grotte aurait été la cachette idéale. Evidemment, il fallait savoir qu'elle existe. Mais les gens du pays la connaissent...

— Je n'en suis pas tellement sûr, dit Colgate, au moins en ce qui concerne les jeunes. Depuis la création de l'hôtel, les plages sont propriété privée. On n'y vient guère de la côte. Il y a longtemps que les pêcheurs ne viennent plus dans l'île. Quant aux gens de l'hôtel, ils ne sont pas de la région. Mme Castle est de Londres.

— J'ai envie d'emmener Redfern, dit Weston. Il nous a parlé de la grotte. Bien entendu, Poirot, vous venez avec nous?

Hercule Poirot se montrait indécis.

— Moi, vous savez, fit-il, je suis comme Miss Brewster et comme Mme Redfern, ça ne me dit rien d'aller faire de l'alpinisme sur une échelle verticale!

— Alors, allez là-bas par la mer...

Poirot poussa un soupir.

— En bateau, c'est mon estomac qui proteste!

— Vous plaisantez! Il fait une journée magnifique, la mer est comme un lac. Et vous n'avez moralement pas le droit de nous laisser tomber!

Hercule Poirot hésitait encore sur la façon dont il allait répondre à cette exhortation quand, par la porte entrouverte après trois petits coups discrets, Mme Castle insinua d'abord l'échafaudage compliqué de sa coiffure, puis son visage si parfaitement « comme il faut ».

— Je vous demande infiniment pardon de vous déranger, dit-elle, mais M. Lane, le clergyman, vient de rentrer et j'ai pensé que vous aimeriez le savoir.

— Je vous remercie, madame Castle. Nous allons le voir tout de suite.

Mme Castle avança d'un pas.

— Et puis, reprit-elle, je ne sais pas si c'est la peine d'en parler, mais, comme je me suis laissé dire que les faits les plus insignifiants en apparence étaient susceptibles de vous intéresser...

— Oui, oui, fit Weston, agacé. Alors?

— Alors voici. Il y a un monsieur et une dame qui sont venus à l'hôtel, vers une heure. Ils arrivaient de la côte et ils voulaient déjeuner. Je leur ai appris qu'il y avait eu un accident et qu'en conséquence nous ne faisions pas restaurant aujourd'hui...

— Qui étaient ce monsieur et cette dame?

— Je l'ignore, car naturellement, ils n'ont pas donné leur nom et je ne le leur ai pas demandé. Ils ont exprimé leur désappointement et manifesté une certaine curiosité quant à la nature de l'accident. Je me suis gardée évidemment de rien leur dire. Je suppose que ce sont des estivants de la meilleure société...

Weston mit brutalement fin à ce discours.

— Très bien, dit-il, je vous remercie. C'est probablement sans importance, mais vous avez parfaitement raison de... tout remarquer.

— Mais, monsieur, répondit-elle, c'est tout naturel. Je suis de ces femmes qui tiennent à faire leur devoir.

— Bien entendu, madame Castle, et je vous en félicite. Voudriez-vous prier M. Lane de venir nous trouver?

V

Stephen Lane entra dans la pièce d'un pas décidé.

— Monsieur Lane, lui dit Weston, je suis le chef de
la police du comté. Je pense qu'on vous a dit...

— Oui. On m'a mis au courant dès mon retour...
C'est affreux!

D'une voix sourde, son corps par instants secoué de
frémissements, il continua :

— C'est affreux, mais, à dire vrai... depuis mon arrivée ici... j'ai le sentiment... l'intime conviction... que
nous sommes ici entourés de forces mauvaises...

Une flamme brûlait dans ses yeux. Tournant son regard perçant vers Poirot, il ajouta :

— Vous vous rappelez, monsieur Poirot?... Notre
conversation de l'autre jour?... Ce que je vous ai dit
sur la réalité du Mal?

Weston examinait M. Lane. Cette longue et frêle
silhouette, ce visage ardent et émacié le laissaient
perplexe. Il éprouvait quelque difficulté à « situer »
le personnage.

Lane ramena son regard vers lui et dit, avec un curieux sourire :

163

— Je sais, monsieur, que la chose vous paraîtra fantastique et pourtant elle est. Notre époque a cessé de croire au Mal! Elle a aboli le feu de l'Enfer! Elle conteste l'existence du Malin! Or, Satan et ses démons n'ont jamais été plus puissants, plus redoutables qu'ils le sont aujourd'hui!

— Euh... oui, peut-être, fit Weston. Mais cela, monsieur Lane, c'est, si j'ose dire, votre département. Le mien est plus terre à terre : j'ai à tirer au clair une affaire de meurtre!

Lane tressaillit.

— Quel mot horrible! Un meurtre... Un des tout premiers péchés qui aient fait leur apparition sur la terre!... Le sang innocent d'un frère répandu sans merci ni pitié!

Il se tut, ferma les yeux, puis, d'une voix toute différente de sa voix ordinaire, demanda :

— En quoi puis-je vous être utile?

— D'abord, monsieur Lane, en nous disant ce que vous avez fait aujourd'hui.

— Très volontiers. Je suis parti très tôt, ce matin, pour une de ces longues promenades qui sont dans mes habitudes. J'adore marcher et j'ai rayonné dans toute la région. Aujourd'hui, je suis allé à Saint-Petrock. C'est à quelque sept milles d'ici. Une promenade ravissante, par de petits sentiers serpentant à travers les collines et les vallées du Devon. J'avais emporté quelques provisions et je les ai dévorées au milieu des bois. A Saint-Petrock, j'ai visité l'église, intéressante par quelques fragments de vitraux — des fragments seulement, hélas! — et par une fresque assez curieuse.

— Merci, monsieur Lane. Avez-vous rencontré quelqu'un en cours de route?

— Personne à qui parler. Une voiture m'a dépassé, j'ai croisé quelques cyclistes, des troupeaux... Au surplus, si vous doutez de mon témoignage, j'ajoute que j'ai signé le registre des visiteurs à l'église. Vous pourrez y relever mon nom.

— A l'église même, vous n'avez vu personne? Le curé? Ou le bedeau?

— Non, il n'y avait personne et j'étais le seul touriste. Il faut savoir que Saint-Petrock est un petit trou perdu et que le village proprement dit est à près de cinq cents mètres de l'église.

— N'allez pas croire, dit le colonel avec bonne humeur, que nous mettions votre parole en doute. Seulement, nous devons contrôler tous les témoignages, sans exception. La routine policière l'exige... et il faut bien, surtout dans les affaires importantes, que nous nous y conformions!

— C'est une chose très compréhensible, dit aimablement Stephen Lane.

— Passons à un autre point, reprit Weston. Savez-vous quoi que ce soit qui pourrait nous être de quelque utilité? Savez-vous quelque chose sur la victime? Avez-vous une idée qui pourrait nous mettre sur la piste? Avez-vous vu ou entendu quoi que ce soit qui puisse se rapporter à l'affaire?

— Non, déclara Stephen Lane. Mais je puis vous dire ceci : dès que j'ai vu Arlena Marshall, j'ai compris d'instinct, j'ai senti de façon profonde que je me trouvais en présence d'une créature du Démon! Elle était le Péché! Le Mal personnifié. Si la femme peut être le bon génie de l'homme qu'elle aide et qu'elle inspire, elle peut aussi être l'artisan de sa perte et de sa déchéance! Elle peut ravaler la créature de Dieu au niveau de la bête! La victime était de celles qui réveillent en l'homme les instincts les plus bas. C'était une autre Jézabel et c'est pour les innombrables péchés qu'elle a commis ou provoqués qu'elle a été frappée!

— Non pas « frappée », rectifia Poirot, mais *étranglée!* Etranglée, monsieur Lane, par une paire de mains humaines.

Les mains du clergyman tremblaient et ses doigts se contractaient comme s'ils allaient se tordre.

D'une voix blanche, il dit :

— Je le sais... Mais c'est affreux! Pourquoi le dire si crûment?

— Mais, répondit Poirot, simplement parce que c'est la vérité. Ces mains, qui ont étranglé, à qui pouvaient-elles appartenir? Avez-vous une idée là-dessus?

Lane baissait la tête.

— Je ne sais pas...

Weston adressa un coup d'œil à Colgate, qui lui répondit avec la même discrétion. Les deux hommes se levèrent.

— Maintenant, annonça Weston, en route pour la Crique aux Lutins!

Se tournant vers lui, Lane demanda :

— C'est là-bas que c'est arrivé?

Puis, sur la réponse muette de Weston :

— Pourrais-je y aller avec vous?

Le colonel ouvrait la bouche pour refuser d'un ton sec, mais Poirot le devança et dit :

— Mais, certainement, monsieur Lane. Vous me tiendrez compagnie dans le bateau. Venez, nous partons!

CHAPITRE IX

I

Pour la seconde fois ce jour-là, Patrick Redfern ramait vers la Crique aux Lutins. Les autres passagers du bateau étaient Hercule Poirot, très pâle et une main sur l'estomac, et Stephen Lane. Le colonel Weston faisait le trajet par les terres. Retardé en route, il arriva sur la plage au moment même où la coque du canot entrait en contact avec les galets du rivage. Un agent en uniforme et un autre en civil étaient allés au-devant du chef de la police dès qu'ils l'avaient aperçu. Weston les questionnait déjà quand les navigateurs rejoignirent le petit groupe.

— Je crois qu'il n'y a pas un centimètre carré de la plage que je n'aie inspecté, déclarait l'agent Philipps.

— Bien. Et qu'est-ce que vous avez trouvé?

— Tout est là, à côté, monsieur. Si vous voulez bien venir voir...

L'agent avait délicatement étalé ses trouvailles sur un rocher plat. Collection hétéroclite, où figuraient une paire de ciseaux, un paquet de cigarettes vide, cinq capsules de fer-blanc, trois bouts de ficelle, quelques bouts d'allumettes, un vieux journal, un fragment de pipe cassée, quatre boutons dépareillés, un pilon de poulet et une bouteille ayant contenu de l'huile « solaire ».

Weston jeta un coup d'œil sur l'ensemble et dit :

— Maigre butin, si l'on considère que nous vivons à une époque où les gens prennent les plages pour des dépôts d'ordures! Si j'en juge par l'état de son étiquette, cette bouteille vide a passé ici un certain bout de temps... et le reste aussi! Les ciseaux, pourtant, ont l'air neufs. Ils brillent. Ils n'ont certainement pas reçu la pluie d'hier. Où les avez-vous trouvés?

— Juste au pied de l'échelle, monsieur... Le morceau de pipe également...

— Ce sera tombé de la poche de quelqu'un, soit en montant, soit en descendant. Rien qui indique à qui cela peut appartenir.

— Non, monsieur. C'est une paire de ciseaux à ongles ordinaire. La pipe était en bruyère de bonne qualité. Une pipe chère...

— Il me semble me souvenir, dit Poirot, que le capitaine Marshall nous a dit avoir égaré la sienne.

— Marshall n'est plus en question, répliqua Weston. Il n'est pas seul au monde à fumer la pipe!

Du coin de l'œil, Poirot guettait le révérend Lane, qui par deux fois venait de mettre sa main dans sa poche et de l'en retirer.

— Vous fumez la pipe également, n'est-ce pas, monsieur Lane? demanda-t-il.

Le ton n'avait rien d'agressif, mais la question n'en parut pas moins déplaire au clergyman, qui répondit :

— Oui. Ma pipe est une vieille et fidèle amie...

En même temps, sa main, plongeant une fois encore dans sa poche, en ramenait une pipe, qu'il bourra.

Hercule Poirot fit quelques pas, allant rejoindre Redfern, qui restait immobile, les yeux fixes, l'air absent.

— Je suis content, lui glissa-t-il tout bas, qu'ils l'aient enlevée.

On eût dit que le jeune homme n'entendait pas.

— Où a-t-elle été trouvée? demanda Stephen Lane.

— Juste où vous êtes, monsieur, répondit l'agent d'une voix enjouée.

Lane fit un saut de côté.

— Compte tenu de l'heure de la marée, dit l'agent, l'endroit où le canot avait été laissé semble bien confirmer que la victime est arrivée vers 10 heures 45.

Weston, après s'être assuré qu'avant d'emporter le corps on avait pris des photographies, interpella Redfern.

— Et maintenant, jeune homme, si vous nous montriez l'entrée de la grotte?

Redfern sursauta et dit :

— C'est par ici...

Montrant le chemin, il se dirigea vers un pittoresque amoncellement de roches entassées au pied de la falaise. Il alla directement à une sorte de fissure étroite, une brèche entre deux énormes blocs.

— C'est l'entrée, fit-il.

— On ne dirait guère qu'on peut se glisser là-dedans, remarqua Weston.

— Ça trompe, vous savez. C'est très faisable...

De profil, Weston s'engagea dans la brèche. Elle était en fait moins étroite qu'il ne semblait et s'élargissait presque immédiatement en une sorte de réduit assez vaste pour qu'on pût s'y tenir debout et s'y mouvoir.

Hercule Poirot et Stephen Lane suivirent le colonel, les autres restant à l'extérieur. L'endroit était fort sombre, mais Weston disposait d'une lampe électrique puissante, dont il promena la lumière alentour.

— Il y a de la place, constata-t-il. On ne se douterait pas de ça du dehors...

Le rond lumineux de la lampe courait sur le sol.

Hercule Poirot reniflait.

Weston s'en avisa et dit :

— L'atmosphère est très respirable et l'air ne sent ni le poisson, ni le varech. Il est vrai que nous sommes très au-dessus du niveau de la mer...

Pour l'odorat subtil de Poirot, l'air n'était pas seulement frais, mais aussi légèrement parfumé. Et ce parfum délicat, il le connaissait bien : deux personnes de sa connaissance en usaient...

La lampe ne bougeait plus.

— Il me semble qu'il n'y a rien ici d'anormal, dit Weston.

Poirot lui désigna du doigt, assez haut sur la paroi, une sorte de corniche.

— On pourrait peut-être, dit-il, voir s'il n'y a pas quelque chose là-dessus.

— Pour qu'il y ait quelque chose, il faudrait qu'on l'y ait mis. Malgré ça, on peut toujours regarder...

Fort de cette approbation, Poirot se tourna vers Lane.

— Monsieur Lane, vous qui êtes grand, voudriez-vous vous assurer qu'il n'y a rien sur cette espèce de tablette?

Agrippé d'une main au rebord de la roche, le pied posé sur une saillie de la paroi, Lane obéit.

Sa main, bientôt, rencontra un objet dur : c'était une boîte...

Deux minutes plus tard, ils étaient dehors, examinant la trouvaille.

— Manipulez ça avec précaution, recommanda Weston. Il peut y avoir des empreintes...

C'était une boîte de fer-blanc sur la peinture verte de laquelle se lisait le mot : « Sandwiches. »

— Sans doute un souvenir de pique-nique, dit l'agent Philipps.

Il plaça son mouchoir sur la boîte et enleva délicatement le couvercle.

L'intérieur contenait deux petites boîtes plates, également en fer-blanc et évidemment destinées à recevoir des sandwiches, et trois autres, plus petites, marquées « sel », « poivre » et « moutarde ».

Philipps ouvrit la boîte marquée « sel ». Elle était pleine jusqu'aux bords.

Il passa à la seconde et s'étonna.

— Tiens, fit-il, ils mettaient aussi du sel dans la boîte à poivre!

C'est du sel encore qu'il trouva dans la troisième.

Il fit sauter le couvercle d'une des deux boîtes plates. La poudre blanche qu'elle contenait, l'agent ne songeait déjà plus à l'appeler du sel. Il posa le doigt à la surface et le porta à sa langue.

Il se tourna vers Weston.

— Ce n'est pas du sel, monsieur. Il s'en faut! C'est amer comme tout et je croirais plutôt que c'est une espèce de drogue!

II

Le colonel Weston émit un grognement qui en disait assez sur ses sentiments et résuma la situation en disant :

— Ce n'est pas encore ça qui simplifie les choses!

Ils étaient de retour à l'hôtel.

— S'il se trouve qu'une bande de trafiquants de drogue est mêlée à l'affaire, poursuivit Weston, plusieurs possibilités sont à envisager. La première, c'est que la victime ait fait partie de la bande. Qu'en pensez-vous, Poirot?

— C'est possible, répondit Poirot prudemment.

— La seconde, qu'elle se soit adonnée aux stupéfiants.

De la tête, Poirot fit signe qu'il n'était pas d'accord.

— C'est plus que douteux, expliqua-t-il. Arlena Marshall était une femme équilibrée, resplendissante de santé, et vous n'avez pas trouvé la moinde trace de piqûre sur son corps. Je sais que ça ne prouve rien, puisqu'elle aurait pu priser. Mais, croyez-moi, elle ne se droguait pas.

— Alors, reprit Weston, il se peut qu'elle soit entrée en contact avec la bande tout à fait par hasard et que ceux qui conduisent l'affaire aient jugé qu'il était indispensable de s'assurer de son silence. Nous saurons bientôt de quelle drogue il s'agit. Neasdon s'occupe, en ce moment de le rechercher. Ce qu'il y a de certain, c'est que, si nous avons vraiment affaire à une bande, ça nous promet du plaisir. Ces gens-là ne s'embarrassent pas de préjugés...

Il s'interrompit brusquement, la porte s'étant ouverte pour livrer passage à M. Horace Blatt, qui faisait dans la pièce une entrée tumultueuse.

M. Blatt était en nage, il se tamponnait le visage avec son mouchoir, mais sa voix généreuse n'avait rien perdu de sa puissance.

— J'arrive à l'instant, fit-il avant que personne eût pu placer un mot, et j'apprends la nouvelle. C'est vous le chef de la police? On m'avait dit que je vous trouverais ici. Je m'appelle Blatt, Horace Blatt. Est-ce que je peux vous être utile?

Sans attendre, il ajoutait :

— Je ne crois pas. Je suis dans mon bateau depuis ce matin. Je suis parti très tôt et naturellement j'ai tout manqué. Pour une fois qu'il arrive quelque chose dans le patelin, je ne suis pas là! C'est la vie...

Il aperçut Poirot.

— Tiens, Poirot! Je ne vous avais pas vu! Alors, vous êtes sur l'affaire, vous aussi? C'était fatal! Sherlock Holmes contre la police locale, le coup est régulier! Et c'est le colonel qui joue Lestrade! Eh bien, ça me plaît! Je serai ravi, Poirot, de connaître votre numéro de détective amateur!

Il s'étala dans un fauteuil, tira son étui à cigarettes et le présenta, ouvert, à Weston.

Le colonel dit, avec un léger sourire :

— Merci non! Je suis un fumeur de pipe invétéré.

— Moi aussi! Je ne déteste pas la cigarette, mais rien ne vaut une bonne pipe!

— Alors, fit Weston, la voix aimable, ne vous gênez pas pour nous!

— Je n'ai pas ma pipe sur moi.

Il alluma une cigarette et reprit :

— Mais ce n'est pas tout ça! Racontez-moi ce qui s'est passé! Tout ce que je sais jusqu'ici, c'est que Mme Marshall a été trouvée assassinée sur une des plages de l'île.

— La Crique aux Lutins, précisa Weston.

Il guettait la réaction de Blatt, mais son attente fut déçue.

— Etranglée, à ce qu'il paraît?

— Etranglée.

— Moche, ça, terriblement moche! Notez que, dans le fond, elle a couru après! Plutôt cascadeuse, la dame... Hein, Poirot? Qui a fait le coup? Aucune idée, ou bien s'il ne faut pas le demander?

Weston sourit.

— En principe, voyez-vous, dit-il doucement, c'est nous qui sommes censés poser des questions.

M. Blatt esquissa un geste d'excuse.

— Pardonnez-moi, je ne recommencerai plus. Envoyez les questions!

— Vous êtes allé en mer aujourd'hui? A quelle heure êtes-vous parti?

— A dix heures moins le quart.

— Accompagné?

— Du tout! Il n'y avait à bord que M. Blatt et moi-même.

— Où êtes-vous allé?

— Sur la côte, dans la direction de Plymouth. J'avais emporté mon déjeuner. Il y avait peu de vent et je n'ai pas été bien loin.

Weston posa encore deux ou trois questions sur le même sujet, puis passa à autre chose.

— Vous connaissiez les Marshall, dit-il. Voyez-vous, à leur propos, quelque chose qui pourrait nous aider?

— Je vous ai déjà donné mon opinion : crime passionnel! Tout ce que je peux je peux vous dire, c'est que ce n'est pas moi! La belle Arlena n'avait pas d'emploi à me donner. Sa troupe était complète. Elle avait un beau jeune premier aux grands yeux bleus... Et, si vous voulez mon avis, c'est ça qui n'a pas plu à Marshall!

— Vous pourriez le prouver?

— J'ai vu, une fois ou deux, Marshall regarder le jeune Redfern d'un œil noir, c'est tout. Un drôle de corps, Marshall, vous savez! Il a l'air doux et tranquille, à moitié endormi même la plupart du temps, mais pour y croire il ne faut pas connaître la réputation qu'il a en Bourse! On m'a raconté deux ou trois histoires qui signifient quelque chose. Une fois, ça s'est bel et bien terminé en bagarre. Il faut dire que le type lui avait joué un sale tour. Marshall lui avait fait confiance et le gars n'avait pas été régulier. Une sale histoire, à ce qu'il paraît. Toujours est-il que Marshall est allé le trouver et qu'il l'a laissé sur place à moitié mort! Le type n'a pas porté plainte, m'a-t-on dit, parce qu'il avait bien trop peur que la police ne mette le nez dans ses affaires. Je vous donne l'histoire pour ce qu'elle vaut...

— Ainsi, dit Poirot, vous croyez qu'il est possible que le capitaine Marshall ait étranglé sa femme?

— Minute! Je n'ai pas dit ça! J'ai dit simplement que Marshall est de ces gars qui, à l'occasion, peuvent devenir mauvais, ce n'est pas la même chose!

Il y eut un silence.

— Monsieur Blatt, reprit Poirot, nous avons des raisons de penser que Mme Marshall est allée ce matin à la Crique aux Lutins pour rencontrer quelqu'un. Avez-vous une idée possible de ce quelqu'un?

M. Blatt cligna de l'œil.

— Ce n'est pas une possibilité, c'est une certitude : Redfern.

— Ce n'était pas M. Redfern.

M. Blatt parut stupéfait.

— Alors, je ne vois pas, dit-il d'un ton hésitant. Vraiment, je ne vois pas...

Puis, reprenant de l'assurance, il ajouta :

— Ce que je sais, mais je vous l'ai déjà dit, c'est que ce n'était pas moi! Je n'ai pas de ces chances-là! Je ne crois pas non plus que c'était Gardener. Sa femme ne le quitte pas de l'œil! Alors? Ce vieil imbécile de Barry? Ça serait quand même dommage! Reste le pasteur... Ça serait cocasse!

Il rit bruyamment.

Puis, sur une question de Weston qui, impassible, lui demandait un peu froidement « s'il ne voyait rien d'autre », il dit :

— Non, j'ai beau réfléchir, je ne vois plus rien. J'ai idée que cette histoire-là va faire un certain raffût. La presse va se précipiter là-dessus comme sur des petits pains et j'ai l'impression que ça rabattra le caquet à ces messieurs-dames du Joyeux Roger. Ils en ont besoin! Car on peut dire qu'ils sont un peu crâneurs et beaucoup moins rigolos que l'enseigne ne le promet!

— Vous n'êtes pas satisfait de votre séjour? demanda doucement Poirot.

— Oui et non. Question mer, paysage, service, nourriture, il n'y a rien à dire. Mais la clientèle, zéro! Ça manque de cordialité! Vous voyez ce que je veux dire? Mon argent vaut le leur, n'est-ce pas, et nous sommes tous ici pour nous distraire et nous amuser...

Alors, pourquoi ne pas le faire? Les petits clans, les gens qui n'ont jamais à vous dire autre chose que « bonjour », « bonsoir » et « joli temps », tous ces empaillés qui n'ont pas l'air heureux d'être sur terre, non, je ne les encaisse pas!

Il se tut, plus rouge que jamais.

Il s'épongea le front et dit, en manière d'excuse :

— Ne faites pas attention à ce que je raconte! Ce soir, je suis esquinté!

III

— Alors, demanda Poirot, quand il fut sorti, qu'est-ce que vous pensez de M. Blatt?

Le colonel Weston fit la grimace et répliqua :

— C'est à vous de nous dire ce que vous pensez de lui, vous le connaissez mieux que nous!

— Eh bien, fit Poirot, vous avez, en anglais, bien des façons de le décrire. C'est un diamant brut, un self-made man. Un parvenu! Il est, au choix, émouvant, ridicule ou assommant. C'est une question d'opinion personnelle. Pour moi, il est encore autre chose...

— Et quoi donc?

Poirot leva les yeux vers les moulures du plafond et dit :

— Je crois surtout qu'il est *inquiet*.

IV

— Nous avons pris les temps, dit l'inspecteur Colgate. De l'hôtel à l'échelle qui descend à la crique, trois minutes. Cela en marchant aussi longtemps qu'on est en vue de l'hôtel et en courant ventre à terre ensuite.

— C'est moins que je n'aurais pensé, dit Weston.

— Du haut de l'échelle, jusqu'à la plage, une minute quinze. Pour remonter, deux minutes. Cela pour l'agent Flint, qui est une sorte d'athlète. Pour aller là-bas, descente de l'échelle comprise, si on ne se presse pas, il faut compter pas bien loin d'un quart d'heure.

— Il y a autre chose dont il faut s'occuper, dit Weston. La pipe...

— C'est fait, répondit Colgate. Blatt fume la pipe. M. Marshall et M. Lane également. Redfern fume la cigarette, l'Américain préfère le cigare. Le major Barry ne fume pas. Il y a une pipe dans la chambre de Marshall, deux dans celle de Blatt, une dans celle de Lane. Gladys Narracott dit que Marshall a deux pipes, l'autre femme de chambre, qui n'est pas d'une intelligence particulièrement vive, ne sait pas combien les deux autres ont de pipes. Elle se souvient seulement d'en avoir vu deux ou trois dans leurs chambres...

— Bien, fit Weston. Rien d'autre?

— Je me suis inquiété des mouvements du personnel ce matin. Rien de suspect de ce côté-là. Henry, le barman, n'a pas bougé de son bar. Son témoignage confirme les dires de Marshall : il a vu le capitaine vers onze heures moins dix. William a passé presque toute la matinée à réparer une échelle. George a marqué le court de tennis, puis s'est occupé des plantes vertes et des fleurs de la salle à manger. Ils ne pouvaient, ni l'un ni l'autre, voir si quelqu'un prenait la digue pour venir dans l'île.

— A quelle heure la digue a-t-elle été découverte?

— Vers neuf heures et demie.

Weston, du pouce, lissait sa moustache.

— Il est possible, dit-il, que quelqu'un soit arrivé par là. C'est que nous avons maintenant à envisager les choses sous un angle nouveau...

Rapidement, il mit l'inspecteur au courant de la trouvaille faite à la Grotte aux Lutins.

V

On frappa à la porte.

— Entrez! dit Weston.

C'était le capitaine Marshall.

Il désirait savoir s'il lui était possible de prendre des dispositions pour les obsèques.

— Certainement, répondit Weston. Vous pouvez compter que l'enquête aura lieu après-demain.

L'inspecteur Colgate s'avança. Il tenait à la main les trois lettres que Marshall lui avait confiées.

— Voulez-vous, dit-il, me permettre de vous rendre ceci?

Kenneth Marshall prit les lettres et remercia avec un sourire désabusé.

— J'imagine, ajouta-t-il, que vous avez vérifié ma vitesse de frappe et j'espère que l'épreuve a été concluante.

— Oui, fit le colonel sur le mode léger, et je puis vous délivrer le plus rassurant des bulletins de santé. Il nous a fallu presque une heure pour recopier vos textes. D'autre part, la femme de chambre a entendu le cliquetis de votre machine jusqu'à onze heures moins cinq. Enfin, un autre témoin vous a vu à onze heures vingt...

— Eh bien, dit Marshall, tout ça me paraît excellent, en effet.

— Oui, poursuivit Weston. Miss Darnley a ouvert

la porte de votre chambre à onze heures vingt. Vous étiez tellement pris par votre tâche que vous ne l'avez pas vue entrer...

Pas un muscle du visage de Marshall n'avait bougé.

— C'est ce que vous a dit Miss Darnley? fit-il d'un ton calme. En fait, elle se trompe. *Je l'ai parfaitement vue*, bien qu'elle ne s'en doute pas. Je l'ai vue dans la glace.

— Cependant, fit observer Poirot, vous n'avez pas cessé de taper?

— Non. Je voulais finir.

Il demanda si l'on avait encore des questions à lui poser, puis, Weston lui ayant répondu que non, il adressa aux trois hommes un petit salut courtois et se retira.

Weston poussa un soupir navré.

— Et voilà, dit-il. Notre plus beau suspect s'en va! Innocenté!

Le docteur Neasdon arriva peu après. Il avait l'air très surexcité.

— On pourrait, dit-il dès le seuil, expédier pas mal de gens dans l'autre monde avec ce que vous m'avez envoyé!

— Qu'est-ce que c'est?

— Ce que c'est? Du chlorhydrate de diacétylmorphine. Ce qu'on appelle vulgairement de l'héroïne.

L'inspecteur Colgate émit un petit sifflement joyeux.

— Cette fois, dit-il, nous voici sur la bonne voie! Croyez-moi, cette histoire de drogue est à la base de toute l'affaire!

CHAPITRE X

I

Une petite foule sortait de l'auberge du Taureau Ecarlate, dans une salle de laquelle l'enquête venait d'avoir lieu. L'audience, très courte, avait pris fin sur un renvoi à quinzaine.

Rosamund Darnley rejoignit le capitaine Marshall.

— Eh bien, Ken? lui souffla-t-elle. Ça ne s'est pas trop mal passé...

Il ne répondit pas. Peut-être parce qu'il avait conscience que ces villageois, qui le regardaient de tous leurs yeux, se retenaient à grand-peine de le montrer du doigt en disant : « C'est lui! C'est le mari de la victime! » Le murmure de leurs voix n'était pas tel qu'il lui parvînt aux oreilles, mais il ne l'entendait pas moins. C'était là la forme moderne du pilori.

Avec la presse : des jeunes gens, pleins d'autorité et d'audace, qui s'étaient montrés aptes à renverser les murailles de silence derrière lesquelles il tentait de s'abriter. Il les avait vus à l'œuvre la veille. A leurs questions, il avait répondu : « Je n'ai rien à dire! » et les monosyllabes auxquels il s'était tenu, persuadé que de la sorte on ne trahirait pas sa pensée, il les avait retrouvés dans les journaux du matin, transformés en longues phrases et dénaturés. « Interrogé sur

180

le point de savoir s'il considérait que la mort mystérieuse de sa femme pouvait s'expliquer autrement que
par l'intervention d'un criminel venu spécialement
dans l'île, le capitaine Marshall a déclaré... »

Les photographes avaient opéré sans répit et, à
cette minute encore, le déclic d'un appareil lui fit
tourner la tête. Un jeune homme blond, ravi de son
cliché, le remercia d'un sourire. Miss Darnley murmura :

— Légende : après l'enquête, le capitaine Kenneth
Marshall quitte le Taureau Ecarlate, en compagnie
d'une de ses amies.

Marshall fronça le sourcil.

— A quoi bon vous fâcher, Ken ? dit-elle. Il faut en
prendre votre parti. Je ne parle pas seulement de la
mort d'Arlena, mais de tout ce qui en découle : les
yeux braqués sur vous, les chuchotements sur votre
passage, les interviews ineptes des journaux, etc.,
etc... Le seul moyen de supporter tout ça, c'est de
trouver ça drôle ! Ne vous laissez pas abattre par ces
idioties et acceptez-les avec un sourire ironique !

— C'est votre genre, hein ?

— Oui. Je sais bien que ce n'est pas le vôtre. Vous
croyez à la vertu du vernis protecteur. On ne réagit
pas, on reste impassible et on s'évade dans les lointains... Oui, mais ici il n'y a pas moyen ! Il n'y a pas
de lointains. Vous êtes au milieu de la scène, bien en
vue et bien éclairé. Un tigre avec ses rayures sur un
fond de toile blanche ! *Le mari de la femme assassinée !*

— Rosamund, je vous en prie !

— Mais, mon cher Ken, c'est votre bien que je
veux !

Ils firent quelques pas en silence, puis il dit, et sa
voix était profondément sincère :

— Je le sais, et je vous en suis infiniment reconnaissant.

Il sortaient du village. Les curieux les regardaient encore, mais de loin. Rosamund, dans des termes à peine différents, reprit sa remarque initiale :

— En somme, les choses n'ont pas été trop mal. Qu'en pensez-vous?

Il prit un temps pour répondre.

— Je n'ai pas d'opinion, dit-il enfin.

— Qu'en pense la police?

— Elle se montre très réservée.

Il y eut un silence, puis elle dit :

— Ce petit bonhomme, Poirot... Il s'occupe de l'affaire activement?

— On croirait qu'il a élu domicile dans la poche du chef de la police. Il ne le quitte pas.

— Je sais. *Mais fait-il quelque chose?*

— Comment le saurais-je?

Elle réfléchit.

— Il est déjà vieux, dit-elle ensuite. Un peu gâteux, j'imagine...

— C'est possible.

Ils arrivaient à la digue. En face d'eux, l'île semblait dormir au soleil.

— C'est curieux, dit Rosamund, comme parfois les choses ont l'air irréel. En ce moment, j'ai l'impression que j'ai rêvé et qu'il ne s'est rien passé...

— Je vois ce que vous voulez dire, fit-il. La Nature est indifférente. Une fourmi de moins, est-ce que ça compte?

— C'est cela, dit-elle. Et c'est comme ça qu'il faut voir les choses!

Il lui jeta un coup d'œil rapide et dit, très bas :

— Ne soyez pas inquiète, Rosamund. Il n'y a aucune raison... Aucune raison!

Dévalant la digue, Linda courait à leur rencontre.

Elle s'arrêta devant eux, hors d'haleine. Rosamund la trouva nerveuse. Beaucoup trop. Ses lèvres étaient sèches et, sous ses yeux, des cernes sombres gâtaient son visage enfantin.

— Alors? demanda-t-elle.

— L'enquête est ajournée à quinze jours, répondit Marshall.

— Ça veut dire qu'ils n'ont rien décidé?

— Exactement. Ils ont besoin de nouveaux témoignages.

— Mais... qu'est-ce qu'ils pensent?

Malgré lui, Marshall sourit.

— Mon pauvre petit, dit-il, comment veux-tu qu'on le sache? Et, d'abord, qui entends-tu par « ils »? Le procureur du roi, les jurés, la police, les journalistes ou les pêcheurs de Leathercombe?

L'enfant dit, comme à regret :

— La police.

— La police! fit Marshall. Quoi qu'elle pense, tu te doutes bien qu'elle ne va pas le crier sur les toits!

On arrivait à l'hôtel. Il y entra sans ajouter un mot.

Comme Rosamund le suivait, Linda la rappela :

— Rosamund!

La jeune femme se retourna. Elle vit un pauvre petit visage si malheureux, il y avait tant de détresse dans les yeux de Linda, qu'elle revint sur ses pas. Elle glissa son bras sous celui de l'enfant et, l'entraînant loin de l'hôtel, dans un petit sentier qui conduisait à l'autre extrêmité de l'île, elle lui parla.

— Ce qu'il faut, Linda, lui dit-elle avec une douceur quasi maternelle, c'est ne plus penser à tout ça!

Je sais que c'est terrible, que tu as reçu un coup, et je me doute de tout ce que tu peux me dire. Mais à quoi bon rêver continuellement à ces horreurs? Pourquoi ne penser qu'à ça, puisque, dans le fond, tu n'aimais pas Arlena?

— Ça c'est vrai! s'exclama l'enfant d'une voix frémissante. Je ne l'aimais pas!

— Alors? reprit Rosamund. Avoir du chagrin à cause de quelqu'un qu'on aime, c'est différent! On ne peut pas dire : « Je ne veux plus avoir de chagrin! »... Mais, quand il s'agit seulement d'une impression, si horrible soit-elle, il n'y a qu'à le vouloir, à le vouloir bien, et on n'y pense plus!

— Vous ne me comprenez pas, fit Linda.

— J'ai idée, au contraire, que je te comprends fort bien.

Linda secoua la tête.

— Non, vous ne me comprenez pas... Pas du tout, même! Et Christine, c'est pareil! Vous êtes toutes les deux très gentilles avec moi, mais vous ne me comprenez pas! Vous croyez toutes les deux que c'est des idées que je me fais, que c'est une question d'imagination... Mais ce n'est pas ça... Et si vous saviez ce que je sais!

La jeune femme eut un sursaut et s'immobilisa net. Elle dégagea son bras de celui de Linda et, raidie dans l'effort qu'elle faisait pour demeurer calme, elle demanda :

— Qu'est-ce que tu sais?

Les yeux de Linda fuyaient les siens.

— Rien, murmura-t-elle, le front baissé.

Rosamund lui emprisonna les coudes dans ses mains et, plantant son regard dans le sien, dit lentement :

— Fais attention, Linda! Je t'en supplie, pour l'amour de Dieu, fais attention!

L'enfant était devenue d'une pâleur mortelle.

— *Je fais attention*, dit-elle. Tout le temps!

— Ecoute-moi bien, reprit Rosamund, d'une voix qui était une ardente prière. Ce que je t'ai dit tout à l'heure, je le répète... Mais c'est encore cent fois plus nécessaire que je ne croyais! *Chasse toute cette histoire de ton esprit et n'y pense plus!... Oublie!...* Si tu le veux, tu le peux... et il le faut!... Arlena est morte et rien ne la fera revenir!... Alors, oublie... et songe à l'avenir! Et, par-dessus tout, *tiens ta langue!*

Linda tremblait. Dans un souffle elle murmura :

— On dirait que vous savez tout!

— Je ne sais rien, dit Rosamund avec une énergie farouche. *Rien du tout*, tu entends? Pour moi, l'assassin, c'est un maniaque, un fou, venu d'on ne sait où!... C'est l'hypothèse la plus plausible, et il faudra bien, en fin de compte, que la police l'accepte! *C'est ce qui a dû arriver, et c'est sûrement ce qui est arrivé!*

— Si papa...

— Tais-toi!

— Je voudrais vous dire une chose. Maman...

— Quoi, maman?

— Elle avait bien été poursuivie pour meurtre?

— Oui.

— Et papa l'a épousée après. C'est bien la preuve n'est-ce pas, que papa trouve qu'il est pas mal de tuer?... Enfin, pas toujours...

— Ne dis pas ces choses-là, Linda. Même à moi... La police n'a rien contre ton père. Il a un alibi... Un alibi inattaquable. Il ne risque rien...

— Ils ont donc pensé que papa...

— Est-ce que je sais ce qu'ils ont pensé! L'important, c'est qu'ils savent maintenant qu'il ne peut pas l'avoir tuée! Tu comprends? *Il ne peut pas l'avoir tuée!*

Il y avait dans sa voix une autorité extraordinaire, l'accent sincère d'une conviction qu'elle était anxieuse de faire partager à l'enfant.

Linda était bouleversée. Des frémissements nerveux secouaient son corps.

— N'aie pas peur! reprit Rosamund. Bientôt, tu pourras partir d'ici et tu oublieras toutes ces vilaines choses!

Avec une violence soudaine, Linda cria :

— *Non! Non, je n'oublierai jamais!*

Elle s'arracha à l'étreinte de la jeune femme et, courant à toutes jambes, s'enfuit vers l'hôtel.

Rosamund, stupéfaite, demeura comme clouée sur place.

III

— Il y a, chère madame, quelque chose que je voudrais vous demander.

Christine Redfern tourna les yeux vers Poirot, mais sa pensée était visiblement ailleurs.

— Oui? dit-elle.

Hercule Poirot s'aperçut bien qu'elle pensait à autre chose. Il avait remarqué que, depuis un bon moment déjà, le regard de la jeune femme ne quittait pas la silhouette de son mari, qu'on apercevait là-bas, sur la terrasse, faisant les cent pas devant le bar. Mais, pour l'instant, les problèmes conjugaux ne l'intéressaient pas. Ce qu'il voulait, c'était des informations.

— Oui, dit-il. Il s'agit d'une phrase que vous avez dite, l'autre jour, et qui a retenu mon attention.

Christine, dont les yeux s'étaient remis à suivre Patrick, paraissait absente.

Poirot, cependant, poursuivit.

— Vous répondiez à une question du chef de la police. Vous disiez comment, le matin du crime, vous étiez allée dans la chambre de Linda Marshall, vous nous aviez expliqué que la chambre était vide et que Linda, qui était sortie, était revenue alors que vous vous y trouviez encore. Weston vous a alors demandé où Linda avait été?

Avec un peu d'impatience dans la voix, Christine dit :

— Et j'ai répondu qu'elle était allée se baigner. C'est bien ça?

— Oui, mais ce n'est pas tout à fait cela que vous avez dit. Vous n'avez pas dit : « Elle était allée se baigner. » Vous avez dit : « Elle m'a dit qu'elle était allée se baigner. »

— C'est la même chose.

— Non, et il s'en faut de beaucoup! La forme même de votre réponse donne certaines indications intéressantes sur le fond même de votre pensée. Linda Marshall entre dans la chambre, elle est enveloppée dans son peignoir de bain et, pourtant, pour une certaine raison, il ne vous semble pas tout de suite qu'elle a été se baigner. C'est ce que prouve la tournure que vous employez : « *Elle m'a dit qu'elle était allée se baigner.* » Ce que j'aimerais savoir, c'est pourquoi vous avez été surprise de lui entendre dire qu'elle sortait de l'eau. Est-ce son attitude qui vous a étonnée? Est-ce ce qu'elle vous a dit? Est-ce quelque chose qu'elle portait? Pouvez-vous me le dire?

Christine ne s'occupait plus de Patrick. La chose, évidemment, l'intéressait.

— Eh bien, monsieur Poirot, dit-elle, ça, c'est très fort! Car vous avez raison!... Comme vous le dites, j'ai été un peu surprise, je m'en souviens maintenant, quand Linda m'a dit qu'elle avait été se baigner.

— Surprise, mais pourquoi?

— C'est ce que j'essaie de me rappeler... Ce doit être... Oui, c'est sûrement à cause du paquet qu'elle tenait à la main.

— Elle portait un paquet?

— Oui.

— Savez-vous ce qu'il contenait?

— Je le sais... parce que la ficelle a cassé et parce que le paquet était fait comme ils les font au village, c'est-à-dire fort mal. En tombant par terre, il s'est ouvert. Il contenait des bougies, et nous les avons ramassées ensemble.

— Tiens, tiens, fit Poirot. Des bougies...

Christine le regardait, surprise.

— Ça a l'air de vous intéresser, monsieur Poirot. On peut savoir pourquoi?

Il répondit par une question.

— Linda vous a-t-elle dit pourquoi elle avait acheté ces bougies?

— Il ne me semble pas, fit-elle, après un court moment de réflexion. Peut-être la lumière électrique ne lui permettait-elle pas de lire dans son lit aussi bien qu'elle le désirait...

— Ce n'est certainement pas ça. Il y a une lampe à la tête de son lit, et elle fonctionne parfaitement.

— Alors, je ne sais pas ce qu'elle pouvait bien vouloir en faire!

Après un silence, Poirot demanda :

— Quand son paquet s'est ouvert sur le plancher, quelle a été son attitude?

— Elle a paru... gênée... embarrassée...

— Autre question, dit Poirot. Dans sa chambre, avez-vous remarqué un calendrier?

— Un calendrier? De quel genre?

— Un de ces calendriers qu'on accroche au mur et qu'on effeuille. Celui-là devait être vert...

Christine fit un effort de mémoire. Son front se plissa.

— Un calendrier vert, dit-elle au bout d'un instant, il me semble que j'en ai vu un récemment. Mais où, je ne m'en souviens pas! Il était vert clair... C'est

188

peut-être dans la chambre de Linda, mais je n'en suis pas sûre.

— En tout cas, vous en avez vu un?

— Ah, ça certainement!

Après un moment de silence, elle dit :

— Maintenant, monsieur Poirot, dites-moi ce que tout cela signifie? Où voulez-vous en venir?

Pour toute réponse, Poirot tira de sa poche un petit volume à la reliure de cuir.

— Vous avez déjà vu ça? demanda-t-il.

— J'en ai un peu l'impression... Attendez donc... Oui, je me souviens... C'était chez le libraire du village, l'autre jour... Linda l'avait entre les mains. Elle l'a vivement refermé quand elle m'a aperçue et elle l'a remis en place. Je me suis demandé ce que ça pouvait être. Et puis, je n'y ai plus pensé!

Poirot lui montra le titre : *Histoire des sorcières et de la sorcellerie, suivie d'un traité sur la fabrication des poisons.*

Christine leva vers Poirot des yeux étonnés.

— Qu'est-ce que ça veut dire?

— Ah! chère madame, fit gravement Poirot, ça peut vouloir dire beaucoup de choses!

Elle allait l'interroger de nouveau, mais il ne lui en laissa pas le temps.

— Une dernière question, fit-il. Ce matin-là, avant d'aller jouer au tennis, avez-vous pris un bain dans votre chambre?

Elle le regardait avec une sorte de stupeur.

— Un bain?

— Oui, un bain.

— Eh bien, non... Je n'aurais pas eu le temps. Et, de toute façon, je ne me serais pas baignée avant d'aller jouer au tennis. Après, peut-être, mais avant, certainement pas.

— En revenant du tennis, vous êtes allée dans votre salle de bain?

— Oui. Mais simplement pour me passer la figure et les mains à l'eau.

— Vous ne vous êtes pas servie de votre baignoire?

— Ça, certainement pas, j'en suis sûre.

— Merci, dit Poirot.

Dix secondes plus tard, avec un sourire aimable, il ajoutait :

— D'ailleurs, ça n'a aucune importance.

IV

Hercule Poirot se tenait debout auprès de la table sur laquelle Mme Gardener avait étalé un « puzzle » contre lequel elle luttait avec acharnement.

L'apercevant, elle sursauta.

— Ah! monsieur Poirot! Vous êtes arrivé si doucement que je ne vous ai pas entendu venir! Vous revenez de l'enquête probablement?... Moi, la seule idée que cette enquête avait lieu aujourd'hui m'avait tellement retournée que je me suis sentie incapable de rien faire et que je me suis attaquée à ce « puzzle ». Je n'avais même pas envie d'aller m'asseoir sur la plage comme d'habitude. M. Gardener vous le dirait, quand j'ai les nerfs dans cet état-là, il n'y a rien de tel qu'un de ces « puzzles » pour les calmer... Mais où est-ce que cette pièce peut bien aller? Elle fait sûrement partie du tapis de fourrure... et elle ne s'adapte nulle part!

Poirot prit délicatement le petit morceau de bois entre deux doigts et dit, l'examinant :

— Cette pièce va quelque part, chère madame, mais non où vous voulez la placer. Elle fait partie du chat!

— Mais ce n'est pas possible! C'est un chat noir!

— C'est un chat noir, mais il se trouve que ce chat noir a le bout de la queue blanc. Regardez vous-même.

— C'est pourtant vrai!... Vous êtes formidable, monsieur Poirot! Mais avouez que les gens qui fabriquent ces « puzzles » ont l'esprit bien contrariant. On croirait qu'ils font exprès d'inventer des pièges pour induire les joueurs en erreur!

Elle plaça une autre pièce, et reprit :

— Vous savez, monsieur Poirot, que je vous observe depuis quarante-huit heures? Depuis mon arrivée ici, je souhaitais avoir l'occasion de vous voir débrouiller une affaire criminelle... N'allez pas croire pour ça que je suis un être sans cœur et que je ne plains pas cette pauvre femme qui est morte. Au contraire, chaque fois que je pense à elle, j'en ai le frisson... Je le disais encore à M. Gardener ce matin, il faut absolument que nous nous en allions d'ici, sinon je tomberai malade... Il m'a répondu que c'était possible, maintenant que l'enquête est terminée. De sorte que nous partirons sans doute demain... Et je ne regretterai rien, vous pouvez le croire!... Mais, à propos de police, je serais si heureuse de savoir comment on trouve un coupable. Vous me feriez tellement plaisir, monsieur Poirot, si vous vouliez bien m'expliquer vos méthodes!

— Mon Dieu, fit Poirot, une enquête, c'est un peu comme votre « puzzle ». On réunit des pièces et on tâche de les arranger ensemble. C'est une sorte de mosaïque... On a de petits éléments de couleurs diverses et de formes variées... et, si bizarre que soit le dessin d'une pièce, il faut qu'elle trouve sa place dans l'ensemble.

— C'est merveilleux, monsieur Poirot, et vous expliquez ça magnifiquement!

— Quelquefois, poursuivit-il, on rencontre une pièce comme celle que vous aviez tout à l'heure. On a disposé avec méthode tous les morceaux du « puzzle »; on a bien trié les couleurs... et il y a une pièce qui ne veut entrer nulle part! C'est parce qu'on croit qu'elle va dans le tapis de fourrure blanc alors qu'elle appartient au chat noir!

— C'est passionnant! Avez-vous réuni beaucoup de pièces, monsieur Poirot?

— Pas mal. Tout le monde, dans cet hôtel, m'en a donné. Même vous, chère madame...

— Moi? dit Mme Gardener, dans un petit cri aigu.

— Mais oui! Une remarque que vous avez faite m'a beaucoup servi. Je peux dire qu'elle a été pour moi un trait de lumière.

— C'est palpitant! Continuez, monsieur Poirot, je vous en prie!

— Je regrette, chère madame, mais le reste, je le garde pour le dernier chapitre.

— Comme c'est dommage! dit Mme Gardener, sincère.

V

Hercule Poirot frappa doucement à la porte du capitaine Marshall. On entendait, à travers la cloison, le bruit de la machine à écrire.

Une voix brève ayant répondu, Poirot entra.

Assis à une petite table placée entre les deux fenêtres, le capitaine tapait à la machine. Il tournait le dos à Poirot, mais ses yeux rencontrèrent ceux du visiteur dans la glace qui se trouvait juste en face de lui.

— Que désirez-vous? demanda-t-il d'un ton rogue.

— Je vous demande pardon de vous déranger, capitaine. Vous êtes occupé?

— On le dirait!

— Je n'ai qu'une toute petite question à vous poser.

— Je suis fatigué de répondre à des questions! s'exclama Marshall. J'ai répondu à celles de la police, et je ne me sens pas d'humeur à répondre aux vôtres!

— Je n'en ai qu'une et elle est si simple!... Voici : le matin du crime, quand vous avez eu fini de taper à la machine, avant d'aller au tennis, avez-vous pris un bain?

— Un bain?... Bien sûr que non! Je m'étais baigné une heure avant!

— Je vous remercie. C'est tout ce que je voulais savoir.

— Mais, dites-moi, pourquoi...

Il se ravisa, haussa les épaules et renonça à sa question.

Poirot sortit, fermant délicatement la porte derrière lui.

— Ce type-là est complètement cinglé, dit Kenneth Marshall en se réinstallant devant son clavier.

VI

C'est devant le bar que Poirot rencontra M. Gardener. L'Américain, un cocktail dans chaque main, s'en allait évidemment rejoindre son épouse, toujours aux prises avec son laborieux « puzzle ».

Il sourit aimablement à Poirot et lui offrit un cocktail. Le détective refusa avec un mot gentil.

— Qu'est-ce que vous pensez de cette enquête? demanda-t-il ensuite.

M. Gardener posa ses verres sur une table et baissa la voix pour répondre :

— J'ai l'impression que ces gens-là ne savaient pas bien où ils voulaient en venir. En outre, il m'a semblé que la police gardait quelque chose dans sa manche.

Poirot admit que c'était possible.

Sur un ton plus confidentiel encore, M. Gardener ajouta :

— Entre nous, je suis content de pouvoir emmener Mme Gardener loin d'ici. C'est une femme très, très impressionnable, et les événements de ces derniers jours l'ont fâcheusement ébranlée. Elle a les nerfs à vif...

Poirot écoutait, mais suivait son idée.

— Puis-je vous poser une question? demanda-t-il.

— Dix, si vous voulez. Je serais ravi de vous rendre service...

— Merci. Monsieur Gardener, vous avez l'expérience de la vie, je connais la sûreté de votre jugement. Voudriez-vous, en toute franchise, me dire ce que vous pensez de feu Mme Marshall?

Très surpris, l'Américain, avant de répondre, jeta alentour quelques regards prudents. Il dit ensuite, dans un murmure à peine audible :

— J'ai entendu raconter sur elle beaucoup de choses. Des ragots, colportés principalement par des femmes. Mais, si vous voulez mon avis, mon opinion sincère, c'est que cette femme-là était surtout une sotte...

— Merci, dit Poirot. Voilà qui me paraît extrêmement intéressant.

VII

— Alors, c'est mon tour? dit Rosamund Darnley en riant.

— Pardon?

194

— L'autre jour, expliqua la jeune femme, c'est le chef de la police qui interrogeait. Vous l'assistiez. Aujourd'hui, vous opérez vous-même. Enquête personnelle, en marge de la police officielle. Je vous surveille depuis un moment. Vous avez commencé par Mme Redfern. Continué par Mme Gardener. Par la fenêtre du hall, je vous ai entrevu, la confessant tandis qu'elle pâlissait sur son horrible « puzzle ». Alors, je dis : « Maintenant, c'est mon tour! »

Ils étaient assis côte à côte sur la falaise, à Roc-Soleil. A leurs pieds, la mer était glauque. Au large, elle apparaissait d'un bleu éblouissant.

— Vous êtes très intelligente, miss, répondit Poirot, et je m'en suis aperçu dès le jour de mon arrivée. C'est pourquoi j'aimerais parler de cette affaire avec vous.

— Vous voulez savoir ce que j'en pense?

— Ça m'intéresserait.

Elle attendit quelques secondes, puis elle dit :

— Eh bien, tout cela me paraît assez simple. La solution est dans le passé de la femme.

— Dans son passé, vous croyez?

— Oh! il ne s'agit pas nécessairement d'un passé très ancien!... Voici comment je vois les choses. Arlena était belle, très belle. Et, pour les hommes, très attirante.

« Mais j'imagine qu'elle se fatiguait d'eux assez rapidement. Parmi ses... disons « ses admirateurs »... il s'en est trouvé un qui n'a pas accepté son congé. Comprenez-moi bien, surtout, je ne dis pas que vous le rencontrerez dans un rayon d'un mille! C'est probablement un petit homme, vaniteux et susceptible, ayant de lui-même une excellente opinion. Je pense qu'il l'a suivie ici, qu'il a attendu l'occasion et qu'il l'a tuée.

— Ce serait donc, dit Poirot, quelqu'un venu de la côte?

— Oui. Il se sera caché dans la grotte jusqu'au moment d'agir.

Poirot hocha la tête.

— Serait-elle allée retrouver un homme tel que celui que vous venez de décrire? J'en doute. Elle aurait ri de ses prétentions et n'aurait pas bougé.

— Il est possible qu'elle n'ait pas su que c'était lui qu'elle allait retrouver. Il peut lui avoir fait tenir un message signé d'un nom d'emprunt.

— C'est possible, en effet. Seulement, vous oubliez une chose : un homme qui songe à tuer ne peut pas risquer de se montrer en plein jour sur la digue et de passer ensuite devant l'hôtel. On pouvait le voir.

— C'était une chance à courir. Il me semble très possible qu'il soit venu dans l'île sans que personne l'ait remarqué.

— C'est possible, je vous l'accorde. Mais il ne pouvait pas savoir d'avance qu'il ne serait pas vu, *il ne pouvait pas compter là-dessus*.

— Est-ce que vous n'oubliez pas le temps, monsieur Poirot?

— Le temps?

— Oui. Le jour du crime, il faisait un temps magnifique, mais, la veille, rappelez-vous, nous avions eu de la pluie et du brouillard. N'importe qui pouvait entrer dans l'île sans être vu! Il aurait suffi à l'homme de venir sur la plage et de passer la nuit dans la grotte.

Poirot la dévisagea longuement et dit :

— Vous savez qu'il y a beaucoup de possibilités dans ce que vous venez de dire?

Rougissant, elle répondit :

— Ce n'est qu'une théorie, et je vous la donne pour ce qu'elle vaut. A vous, maintenant, de me parler de la vôtre!

Il réfléchit un instant, les yeux perdus sur la mer.

— Soit, dit-il enfin. Je ne suis pas un esprit compliqué et je suis toujours porté à croire que le coupable est celui qui paraît le plus susceptible, sur les simples apparences, d'avoir commis le crime. Dès le début, j'ai eu l'impression que quelqu'un se trouvait clairement désigné par tout ce que je voyais...

— Continuez, dit-elle d'une voix où perçait l'inquiétude.

— Seulement, il y a une difficulté : ce quelqu'un, il semble matériellement impossible qu'il ait fait le coup!

Elle se sentit un peu soulagée.

— Alors? fit-elle.

Il leva les épaules.

— Alors, que faisons-nous? C'est tout le problème!

Il y eut un long silence.

— M'autorisez-vous, dit-il, à vous poser une question?

— Faites!

Elle s'était mise sur la défensive et le regardait, l'esprit tendu. Mais la question n'était pas de celles qu'elle attendait.

— Pouvez-vous me dire, demanda Poirot, si le jour du crime, quand vous êtes rentrée pour vous changer avant d'aller au tennis, vous avez pris un bain?

— Un bain? fit-elle interloquée. Que voulez-vous dire?

— Il me semble que je m'exprime clairement! Un bain. On a une sorte de cuve de porcelaine, on tourne des robinets, l'eau coule, on se plonge dedans, on sort et, faisant glou-glou-glou, l'eau descend dans les conduites...

— Est-ce que vous perdriez la tête, monsieur Poirot?

— Moi? Je suis parfaitement sain d'esprit.

— Si vous en êtes sûr... Eh bien non, je n'ai pas pris de bain.

— Ah! fit Poirot. Alors, personne n'a pris de bain. C'est extrêmement intéressant.

— Mais, dit-elle, pourquoi quelqu'un aurait-il pris un bain?

— Oui, au fait pourquoi?

Agacée, elle dit :

— Je suppose que c'est là, dans votre travail, la note Sherlock Holmes?

Il sourit, puis renifla avec ostentation.

— Voulez-vous me permettre, dit-il ensuite, de risquer une impertinence?

— Je ne crois pas que ce vous soit possible, monsieur Poirot.

— C'est gentil à vous, Miss Darnley, de me faire si largement crédit. Laissez-moi donc vous dire que vous avez un parfum délicieux... Il est subtil, discret, grisant...

Ses mains dessinaient dans l'air de capricieuses arabesques. Sa voix changea de ton.

— Et j'ajoute, dit-il, que c'est du « Gabrielle n° 8 ». C'est exact?

— Vous vous y connaissez. Je lui suis fidèle depuis des années.

— Comme feu Mme Marshall. Il est coûteux mais il a de la classe.

Rosamund souriait.

— Le matin du crime, reprit-il, vous étiez assise ici où nous sommes. Vous étiez ici... ou, plutôt, votre parasol y était, qui fut aperçu de la mer par Miss Brewster et M. Redfern. Etes-vous sûre que, ce matin-là, vous n'êtes pas allée à la Crique aux Lutins, sûre que, là-bas, vous n'êtes pas entrée dans la grotte, la fameuse Grotte aux Lutins?

Elle tourna la tête vers lui et, le regardant bien dans les yeux, dit d'une voix calme :

— Est-ce que vous demandez si j'ai tué Arlena?

— Non, mais simplement si vous êtes allée à la Grotte aux Lutins.

198

— Je ne sais même pas où elle est! Et qu'est-ce que j'aurais été y faire?

— Le jour du crime, dit lentement Poirot, quelqu'un qui se servait de « Gabrielle n° 8 » est entré dans la grotte.

— Vous venez de dire à l'instant, monsieur Poirot, que c'était le parfum d'Arlena Marshall. Elle était sur la plage ce jour-là... On peut bien penser qu'elle est entrée dans la grotte.

— Qu'aurait-elle été y faire? Il y fait noir, on y est à l'étroit, l'endroit manque de confort...

— Ne me demandez pas de raisons! dit-elle avec impatience. Puisque Arlena était sur la plage, elle est bien la personne la plus susceptible d'être entrée dans la grotte! Pour moi, je vous l'ai déjà dit, je n'ai pas bougé d'ici!

— Sauf, fit remarquer Poirot, pour retourner à l'hôtel et entrer dans la chambre du capitaine Marshall.

— C'est vrai. Je n'y pensais plus...

— Et, à ce propos, je puis vous apprendre que vous vous trompiez quand vous vous imaginiez que le capitaine ne vous avait pas vue.

Elle dit, incrédule :

— Il m'aurait vue?... C'est lui qui vous l'a dit?

— Oui, répondit Poirot. Il vous a aperçue dans la glace accrochée au mur, juste devant sa table.

Une ombre passa sur le visage de la jeune femme.

Poirot, depuis un moment, avait cessé de contempler la mer. Ses yeux ne quittaient pas les mains de Rosamund Darnley, de belles mains bien modelées, aux doigts fins et allongés.

Surprenant la direction de ses regards, elle dit, d'une voix sèche :

— Mes mains vous intéressent?... Est-ce que vous pensez que... que...

— Est-ce que je pense... quoi?

— Rien, fit-elle.

VIII

Une heure plus tard, Hercule Poirot arrivait en haut du sentier conduisant à la Roche aux Mouettes.

Il y avait quelqu'un sur la plage. Une petite silhouette en chemise rouge et short bleu marine.

Lentement, à cause de ses souliers si fins qu'ils étaient toujours un peu étroits, Poirot descendit le sentier pierreux.

Linda, entendant marcher, tourna la tête. Le reconnaissant, elle tressaillit.

Il vint s'asseoir à côté d'elle, sur les galets.

Elle le regardait, et ses yeux, vifs et méfiants, étaient ceux d'un animal traqué. Il se sentit ému de la faiblesse de son adversaire. Une enfant. Facile à duper, et si vulnérable!

— Que me voulez-vous? dit-elle.

— L'autre jour, répondit-il, vous avez dit au chef de la police que vous aimiez votre belle-mère et qu'elle était gentille avec vous.

— Oui. Et après?

— Eh bien, ce n'était pas vrai, voilà tout.

— Si, c'était vrai!

— Qu'elle n'ait pas été positivement méchante avec vous, reprit Poirot avec douceur, je vous l'accorde. Mais vous ne l'aimiez pas... Je dirai même que vous la détestiez. Ça se voyait.

— Je ne l'aimais peut-être pas beaucoup, dit Linda. Mais, quand une personne est morte, on n'a pas le droit de dire ça. Ça serait manquer de respect à sa mémoire.

— J'imagine que c'est en classe qu'on vous a appris ça?

— Peut-être bien!

— Seulement, quand il s'agit de quelqu'un qui a

été assassiné, il est plus important de dire la vérité que de manquer de respect à sa mémoire.

— Je me doutais que vous diriez quelque chose comme ça!

— Il faut bien!... Vous comprenez, il faut absolument que je trouve qui a tué Arlena Marshall.

— Je veux oublier tout ça, fit-elle très bas. C'est trop horrible!

Il prit sa voix la plus douce pour dire :

— Oui. *Seulement, vous ne pouvez pas l'oublier, n'est-ce pas?*

— Je crois qu'elle a été tuée par un fou.

— Non. Je ne pense pas que ça s'est passé tout à fait comme ça...

Linda se sentait oppressée.

— Vous parlez... *comme si vous saviez?* dit-elle avec effort.

— Peut-être est-ce parce que je sais.

Quelques secondes passèrent.

— Mon enfant, reprit-il, vous avez de gros soucis. Voulez-vous me faire confiance et me permettre de vous aider?

Elle se leva d'un bond.

— Non, répondit-elle, criant presque. Je ne suis pas ennuyée du tout et vous ne pouvez rien pour moi. Et puis, d'abord, je ne sais pas de quoi vous parlez!

— *Je parle de bougies*, dit-il doucement.

Une expression de terreur déforma les traits de l'enfant.

— Je ne veux pas vous écouter, cria-t-elle, je ne veux pas!

Elle lui tourna brusquement le dos et se mit à courir vers le sentier.

Poirot hocha la tête. Il avait l'air grave et troublé.

CHAPITRE XI

I

Ecouté avec attention par le chef de la police, l'inspecteur Colgate faisait son rapport.

— Je crois, monsieur, disait-il, que j'ai mis la main sur quelque chose d'assez sensationnel. Il s'agit de la fortune de Mme Marshall. J'ai vu ses hommes d'affaires, que sa fin tragique a fortement surpris, et je crois que j'ai la preuve qu'elle était bien la victime d'un maître chanteur. Vous vous souvenez que le vieil Erskine lui a laissé cinquante mille livres? Eh bien, de ces cinquante mille livres, il n'en reste plus guère qu'une quinzaine!

Weston émit un petit sifflement admiratif.

— Bigre! Et qu'est-il advenu du surplus?

— C'est justement le point intéressant. Elle a vendu des valeurs, de temps à autre, et chaque fois elle s'est fait remettre l'argent en billets. Ce qui revient à dire que cet argent allait en fin de compte à quelqu'un dont elle ne voulait pas qu'on pût trouver trace. C'est bien la preuve du chantage.

— C'est mon avis, fit Weston. J'ajoute que le maître chanteur est ici, dans cet hôtel. Autrement dit, c'est un des trois hommes dont nous avons à nous occuper. Rien de neuf, de ce côté?

— Rien de bien convaincant. Le major Barry est bien, comme il le prétend, un officier en retraite. Il vit dans un petit appartement, il a sa pension et quelques valeurs. *Mais*, chose curieuse, il a déposé en banque des sommes assez considérables au cours de l'année dernière.

— Ça m'a l'air assez intéressant. Comment explique-t-il ça?

— Il dit qu'il a gagné aux courses. Il est exact qu'il assiste à toutes les grandes réunions. Exact aussi qu'il joue. Et ça ne laisse pas de traces!

— C'est juste. Quoi qu'il en soit, nous retiendrons ça, le cas échéant.

Colgate reprit :

— Ensuite, je me suis occupé du révérend Stephen Lane. Il a une bonne réputation. Il habitait Whiteridge, dans le Surrey, mais il en est parti, il y a plus d'un an, pour raisons de santé. Exactement, il est entré dans une maison de repos, où l'on traite les maladies mentales. Il y est resté plus d'un an.

— Bon à savoir, fit Weston.

— J'ai essayé de connaître l'opinion des médecins à son sujet, mais vous connaissez les toubibs : difficile de leur extraire un renseignement utile. D'après les demi-confidences que j'ai tout de même réussi à leur soutirer, il semble que le bonhomme se classait parmi les obsédés. Il voyait le Démon partout. Déguisé en femme. La femme fatale, la prostituée de Babylone!

— C'est à retenir aussi, dit Weston. Des obsessions de ce genre-là peuvent mener au crime. Il y a des précédents.

— Stephen Lane est à tout le moins un coupable possible. Avec ses cheveux rouges, Mme Marshall était un assez beau spécimen de ce qu'un clergyman peut appeler « la prostituée de Babylone », la femme de perdition. Il n'est pas impossible qu'il se soit dit que

203

sa mission était de la supprimer. Cela, bien entendu, si nous admettons qu'il est réellement dérangé.

— Rien qui indiquerait qu'il ait pu la faire chanter?

— Rien. Sous ce rapport, il est évidemment blanc comme neige. Il a de petits revenus et son compte en banque n'a pas grossi de façon suspecte en ces derniers temps.

— Vous avez vérifié l'histoire de sa promenade, le jour du crime?

— J'ai essayé, mais les résultats ne sont pas fameux. Personne ne se souvient d'avoir rencontré un clergyman dans les bois. Quant au registre de l'église, personne ne l'avait ouvert depuis une quinzaine, et le dernier touriste de passage l'avait signé trois jours plus tôt. Lane pourrait très bien avoir été à Saint-Petrock la veille, ou même l'avant-veille, et s'être inscrit à la date du 25.

— En effet. Passons à Horace Blatt.

— Celui-là, autant vous dire tout de suite qu'il ne me paraît pas très catholique. Les sommes qu'il paie au titre de l'impôt sur le revenu dépassent de beaucoup celles qu'il gagne dans le commerce de la quincaillerie. Avec ça, c'est un de ces clients qui vous glissent entre les doigts. Naturellement, son boniment est prêt. Il vous racontera qu'il joue à la Bourse, ce qui est vrai, et qu'il a des intérêts dans deux ou trois affaires. Tout ça est peut-être très plausible, mais ça n'empêche pas qu'il a fait pas mal d'argent depuis quelques années, sans qu'on puisse savoir exactement comment.

— En fait, dit Weston, vous avez l'impression que M. Horace Blatt est un maître chanteur professionnel, dont les affaires ne marchent pas mal?

— C'est ça, monsieur, ou c'est la drogue. J'ai vu l'inspecteur en chef Ridgeway, qui s'occupe de la chasse aux trafiquants de stupéfiants, et mon histoire l'a terriblement intéressé. Il y a pas mal d'héroïne sur le marché depuis quelque temps. La brigade de Ridgeway surveille les petits distributeurs, elle sait plus ou moins pour qui ils travaillent, mais elle n'a aucune idée de la façon dont la drogue entre en Angleterre.

— Si la mort de Mme Marshall, dit Weston, est le résultat de ses relations, innocentes ou non, avec une bande de trafiquants de drogue, le mieux que nous ayons à faire, c'est de passer l'affaire à Scotland Yard. C'est son gibier, et pas le nôtre. Qu'en pensez-vous?

— J'ai bien peur que vous ayez raison, dit l'inspecteur, une nuance de regret dans la voix. La drogue, ça concerne nécessairement Scotland Yard.

Weston réfléchit un instant.

— Je crois que c'est la véritable explication, dit-il, enfin.

— C'est probable, fit sombrement l'inspecteur. L'innocence de Marshall ne fait pas de doute, bien que j'aie récolté une information qui aurait pu nous servir si son alibi n'avait pas été de première qualité. Son affaire est en très mauvaise posture. Pas par sa faute, ni par celle de son associé. Non. Simple conséquence de la crise de l'an dernier et du marasme actuel. Il pouvait compter que la mort de sa femme lui rapporterait cinquante mille livres. Cinquante mille livres, c'est une somme. Et elle arriverait au bon moment!

Il poussa un soupir.

— Ça fait mal au cœur, dit-il, de voir un homme qui a deux excellentes raisons d'être le coupable et de constater, on ne peut pas faire autrement, qu'il n'est pas dans le coup!

— Ne vous frappez pas, Colgate, dit Weston en souriant. Il nous reste encore une chance de nous distinguer. Il y a cette histoire de chantage et le clergyman maboul. Mais, personnellement, j'avoue que mes préférences me portent vers l'autre solution. C'est une affaire de drogue...

Après un silence, il ajouta :

— Et puis, si ce sont des trafiquants de drogue qui l'ont nettoyée, nous aurons tout de même donné à Scotland Yard un sérieux coup de main. Regardez l'affaire comme vous voudrez, Colgate, vous serez obligé de conclure que nous avons travaillé!

Colgate se força à sourire et dit :

— Je crois que je n'ai rien oublié.

Il réfléchit et reprit :

— Si, pourtant! Je me suis aussi occupé de la lettre que nous avons trouvée dans la chambre. Celle qui est signée J. N... Ça ne donne rien. Le type est bel et bien en Chine. C'est celui dont Miss Brewster nous avait parlé. Une sorte d'hurluberlu. Je me suis également renseigné sur les autres amis de Mme Marshall. Rien d'intéressant de ce côté. Cette fois, je crois que c'est tout.

— Maintenant, fit Weston, à nous de nous débrouiller!... Au fait, pas de nouvelles de notre collègue belge?... Est-il au courant de tout ce que vous venez de me raconter?

Colgate fit la grimace.

— C'est un drôle de petit bonhomme, répondit-il. Savez-vous ce qu'il m'a demandé avant-hier? De lui procurer une documentation sur les affaires d'étranglement de ces trois dernières années!

— Tiens, tiens! fit Weston, très surpris. Je me demande bien...

Il s'interrompit et demanda, après une bonne minute de réflexions :

— A quelle époque le révérend Lane est-il entré dans cette maison de santé?

— Il y a eu un an à Pâques, monsieur.

Le colonel s'absorba de nouveau dans ses pensées. Il dit ensuite :

206

— Vous souvenez-vous, Colgate, de cette jeune femme qu'on a ramassée morte dans les bois, quelque part près de Bagshot? Elle était partie retrouver son mari et elle n'est jamais arrivée. Et puis il y a eu ce que les journaux ont appelé « le mystère du Grand Fourré ». Ces deux affaires-là se sont passées dans le Surrey.

Ses yeux rencontrèrent ceux de l'inspecteur.

— C'est juste, fit Colgate. Ma parole, ça pourrait coller! Je me demande bien...

II

Hercule Poirot était assis sur le gazon, au sommet de l'île.

A quelque distance sur sa gauche, il apercevait le haut de l'échelle métallique descendant à la Crique aux Lutins. Encore fallait-il être averti de son existence, des roches énormes s'amoncelant autour de l'endroit où s'accrochaient les derniers échelons.

De la plage, Poirot ne voyait presque rien, la falaise étant en surplomb.

Hercule Poirot était grave.

Les pièces de son « puzzle » s'ordonnaient peu à peu...

Mentalement, il les passait en revue, les examinant les unes après les autres.

Il y avait, d'abord, cette matinée passée sur la grande plage, quelques jours avant la mort d'Arlena Marshall. Il avait, ce jour-là, noté une... deux... trois... quatre... cinq réflexions.

Il y avait, ensuite, cette soirée où il avait joué au bridge. Patrick Redfern et Rosamund Darnley n'avaient pas bougé de la table, mais Christine Redfern, après avoir étalé son jeu, s'était absentée un instant et avait entendu une certaine conversation. Qui y avait-il encore dans le hall à ce moment-là? Et qui était absent?

Il y avait aussi la conversation qu'il avait eue avec Christine sur la falaise.

La courte scène dont il avait été le témoin en rentrant vers l'hôtel...

Et bien d'autres élements. .

Le « Gabrielle nº 8 ».

Une paire de ciseaux.

Un morceau de pipe cassée.

Un calendrier vert.

Un paquet de bougies.

Une glace et une machine à écrire.

Un écheveau de laine rouge.

Le bracelet-montre de Linda.

L'eau d'un bain se précipitant dans le tuyau de descente.

Tout cela devait trouver sa place dans le « puzzle ». Sans exception.

Et puis, quand tout serait en place, il faudrait passer du concret à l'abstrait : expliquer.

Oui, il en était sûr, un souffle mauvais avait passé sur l'île.

Le Malin...

Il jeta les yeux sur des feuilles de papier qu'il tenait à la main. C'était un texte dactylographié.

« *Nellie Parsons. — Trouvée étranglée dans un fourré près de Chobdam. — Aucun indice n'a permis d'identifier l'assassin.* »

Nellie Parsons?

Il poursuivit sa lecture.

« *Alice Corrigan...* »

Très attentivement, Hercule Poirot se renseigna sur les circonstances de la mort d'Alice Corrigan.

Hercule Poirot était toujours assis sur son rocher quand l'inspecteur Colgate vint le trouver.

Poirot avait de la sympathie pour l'inspecteur. Il aimait son visage rude, ses petits yeux fouineurs, ses manières placides.

L'inspecteur s'assit et, jetant les yeux sur les feuillets dactylographiés, dit :

— Vous avez pu en tirer quelque chose?

— Je les ai étudiés, fit Poirot, et je crois pouvoir vous répondre oui.

Colgate se leva, alla inspecter les environs et revint s'asseoir en disant :

— Avec tous ces rochers, il vaut mieux se montrer prudent...

— Vous êtes un sage, fit Poirot.

Il y eut un silence.

— Je ne vous cacherai pas, monsieur Poirot, déclara Colgate, que ces deux affaires m'ont vivement intéressé, bien qu'il soit certain que je n'aurais jamais pensé à elles si vous ne m'en aviez pas parlé. Il y en a une qui m'a semblé particulièrement digne d'attention.

— L'affaire Corrigan?

— Oui, je suis même allé demander des renseignements à la police du Surrey, histoire de connaître les tenants et les aboutissants de l'affaire.

— Racontez-moi ça! Vous m'intéressez prodigieusement.

— Ça ne m'étonne pas!... Alice Corrigan a été trouvée étranglée dans un taillis, sur les hauteurs de Blackridge, à moins de dix milles des bois de Marley, où Nellie Parsons fut découverte, également étranglée. Ces deux points sont à moins de douze milles de Whiteridge, où M. Lane était vicaire.

— Parlez-moi, dit Poirot, de la mort d'Alice Corrigan.

— La police de Surrey n'a pas songé tout de suite à établir une relation entre son assassinat et celui de Nellie Parsons. Cela parce qu'elle s'était mis dans la tête que c'était le mari qui avait fait le coup. Pourquoi la police était-elle partie sur cette idée fausse? On ne sait pas. Probablement parce que l'homme était ce que les journalistes appellent parfois un « chevalier du mystère ». On ne savait pas trop qui il était, ni d'où il venait. Alice l'avait épousé contre la volonté de ses parents. Elle avait un peu d'argent et elle n'avait rien eu de plus pressé que de contracter une assurance sur la vie au profit de son mari. Tout ça, c'était plus qu'il n'en fallait pour éveiller les soupçons. C'est bien votre avis?

Poirot acquiesça du chef.

— Mais, poursuivit Colgate, quand on en vint à examiner les faits, le mari disparut du tableau. Le corps avait été découvert par une campeuse, une jeune femme répétitrice dans un collège du Lancashire, qui était vraiment le témoin idéal, celui qui sait la valeur d'une heure exacte et d'un détail précis. Elle avait noté l'heure où elle avait trouvé le cadavre : quatre heures un quart; elle déclarait qu'à ce moment-là la victime ne devait pas être morte depuis plus de dix minutes, ce que devaient confirmer les conclusions du médecin légiste qui examina le corps vers six heures moins le quart. Elle s'était gardée de toucher à rien et elle avait gagné à travers champs le commissariat de police de Bagshot. On s'aperçut bientôt que, de trois heures à quatre heures dix, le mari, Edward Corrigan, était dans le train, revenant de Londres où ses affaires l'avaient appelé pour la journée. Il y avait quatre personnes dans son compartiment. A la gare, il avait pris, avec deux d'entre elles, un autocar qui l'avait déposé à l'auberge du Grand

Pin, où il avait rendez-vous avec sa femme, pour le thé. Il était cinq heures moins le quart. Il commanda deux thés, disant qu'il ne faudrait les servir qu'à l'arrivée de sa femme, puis il alla l'attendre dehors. A cinq heures, comme elle n'était toujours pas là, il commença à s'inquiéter, se demandant si elle ne s'était pas fait une entorse ou quelque chose de ce genre. Il avait été convenu que, du village où ils villégiaturaient, elle viendrait par les bois le rejoindre au Grand Pin et qu'ils rentreraient ensemble avec le car. On supposa que, se trouvant en avance, elle s'était assise pour se reposer un brin, et qu'un fou ou un vagabond, la rencontrant par hasard, lui était tombé dessus. Le mari hors de cause, on pensa à rapprocher l'affaire de celle de Nellie Parsons, une petite servante d'auberge, pas très sérieuse, qu'on avait trouvée étranglée dans les bois de Marley. La police décida que les deux crimes avaient été commis par le même individu, mais elle ne put jamais lui mettre la main dessus. On peut même dire qu'elle n'a jamais eu à suivre ce qu'on peut appeler une piste...

Après un silence, il ajouta :

— Et maintenant, nous voici avec une troisième femme étranglée... Et nous avons dans le secteur un certain gentleman que je ne nommerai pas...

Ses petits yeux perçants interrogeaient Poirot.

Les lèvres de Poirot remuèrent. Colgate se pencha pour entendre, car c'est un murmure à peine distinct qui sortait de la bouche de Poirot.

— Le difficile, disait-il, c'est de distinguer les pièces qui vont dans le tapis de fourrure de celles qui appartiennent à la queue du chat!

Colgate fronça le sourcil.

— Je vous demande pardon? fit-il.

— Excusez-moi! répondit Poirot. Je suivais ma pensée...

— Qu'est-ce que c'est que ce tapis de fourrure et cette queue de chat?

— Rien, dit Poirot. Rien du tout...

Il réfléchit en silence.

— Dites-moi, inspecteur, fit Poirot, au bout d'un instant. Si vous soupçonniez quelqu'un de vous avoir dit de nombreux mensonges et si vous n'aviez pas la preuve que ce quelqu'un vous a menti, comment vous y prendriez-vous pour le confondre?

L'inspecteur considéra le problème pendant quelques secondes.

— C'est difficile, dit-il enfin. Mais il me semble que, si quelqu'un ment souvent, il est forcé à la longue de se trahir.

— C'est assez mon avis, fit Poirot. L'ennui, c'est que ces mensonges auxquels je fais allusion ne sont peut-être tels que dans mon imagination. *Je crois* que ce sont des mensonges, mais *je ne sais pas* de science certaine que ce sont des mensonges. Peut-être pourrait-on tenter une expérience, portant sur un petit mensonge caractéristique. La preuve faite pour ce petit mensonge. on serait fixé pour les autres.

L'inspecteur écoutait avec un intérêt non dissimulé.

— Votre cerveau, dit-il, travaille d'une drôle de manière, n'est-ce pas, monsieur Poirot? La façon de calculer n'est peut-être pas orthodoxe, mais les résultats sont justes. A propos, j'aimerais savoir ce qui vous a amené à me demander une documentation sur les affaires d'étranglement de ces dernières années...

— C'est très simple, répondit Poirot. Devant ce crime, j'ai eu l'impression très nette que ce n'était pas là du travail d'amateur. J'en ai conclu que l'assassin n'en était probablement pas à son coup d'essai...

— Je vois...

— Et je me suis dit qu'en passant en revue les crimes du même genre commis en ces dernières années j'en trouverais peut-être un rappelant d'assez près celui qui nous occupe, et que, si cela était, nous tiendrions peut-être une piste intéressante.

— Par « crimes du même genre », vous entendez des crimes accomplis selon les mêmes méthodes?

— Non! non! Je donne aux mots un sens beaucoup plus étendu. La mort de Nellie Parsons, par exemple, ne m'apprend rien. Celle d'Alice Corrigan, au contraire... Dites-moi, inspecteur, avez-vous remarqué, entre cet assassinat et celui de Mme Marshall, une analogie frappante?

Colgate tourna et retourna le problème dans son esprit.

— Non, finit-il par dire, je ne vois rien. Sinon le fait que, dans un cas comme dans l'autre, le mari a un alibi inattaquable.

— Tiens, tiens, fit Poirot, vous avez remarqué ça!

IV

— Ah! voici l'homme que j'attendais! Entrez donc! Je suis ravi de vous voir!

Poirot s'assit en face du chef de la police, qui lui offrit une cigarette avant d'en allumer une lui-même.

— Mon cher ami, dit Weston entre deux bouffées, j'ai pris une décision. Mais, avant qu'elle ne devienne définitive, j'aimerais avoir votre avis.

— A votre service!

— J'ai décidé d'appeler Scotland Yard et de lui passer l'affaire. Nous avons eu quelques bonnes raisons de suspecter deux ou trois personnes, mais, en fin de compte, j'ai l'impression que nous sommes en présence d'une affaire qui repose tout entière sur une histoire de trafic de drogue. Il me semble incontestable que la Grotte aux Lutins servait... d'entrepôt provisoire.

— Aucun doute là-dessus.

— Et je suis à peu près certain que je connais un des trafiquants : Horace Blatt.

— D'accord là-dessus aussi.

— Je vois, dit Weston, que nos raisonnements ont suivi des voies parallèles. Blatt s'en va souvent en mer dans son petit yacht. Il lui arrive d'inviter des gens à l'accompagner, mais en général il est seul. Il a des voiles rouges terriblement voyantes, mais nous avons découvert à son bord un rechange de voiles blanches. Je pense qu'à certains jours il se rend à un point convenu où il rencontre quelque autre bateau — à voile ou à moteur, je n'en sais rien — et que c'est là qu'on lui remet la marchandise. Il cingle alors vers la Crique aux Lutins s'arrangeant pour y arriver à une heure favorable.

— Vous pouvez préciser, dit Poirot avec un sourire. Disons une heure et demie. C'est l'heure sacro-sainte du déjeuner, et, à ce moment-là, toute l'Angleterre est à table. L'île est propriété privée. Aucun risque, donc, de se cogner dans des amateurs de pique-nique. Les pensionnaires de l'hôtel vont quelquefois à la crique, mais c'est généralement dans l'après-midi, quand elle est ensoleillée. Quand ils veulent déjeuner sur l'herbe, ils ne restent pas dans l'île et s'en vont sur la côte, à des milles d'ici...

— D'accord sur tous les points, fit Weston. Donc, Blatt accostait à la crique et déposait sa camelote sur cette espèce de rayon que nous avons vu dans la grotte. Quelqu'un de la bande venait la chercher là en temps voulu...

— Vous souvenez-vous, demanda Poirot, de ce couple qui, le jour du crime, se présenta à l'hôtel pour déjeuner? Je verrais assez bien ces gens-là dans le rôle de collecteurs. On est en pension dans la région

214

et, de Saint-Loo ou d'ailleurs on vient en excursion à l'Ile des Contrebandiers. On passe à l'hôtel pour annoncer qu'on déjeunera et, auparavant, on va faire le tour de l'île. On descend à la crique, on ramasse la boîte aux sandwiches, qu'on glisse dans le sac de la dame, par exemple... et on revient à l'hôtel pour déjeuner. On est un peu en retard, sans doute. On arrive à ... mettons deux heures moins dix... Mais c'est qu'on a tellement goûté la promenade... pendant que tout le monde était à table!

— Les choses pouvaient très bien se passer comme ça, dit Weston. Pour le reste, nous savons qu'on ne plaisante guère dans le milieu des trafiquants de drogue. Que quelqu'un vienne à découvrir par hasard des choses qu'il est malsain de savoir et son compte est bon! C'est ce qui a dû arriver à Mme Marshall. Il est possible que, ce matin-là, Blatt soit allé à la crique pour entreposer sa marchandise. Arlena arrive en périssoire. Elle le voit entrer dans la grotte avec un paquet. Elle l'interroge. Pour être sûr de son silence, il la tue. Après quoi, il file en bateau...

— Vous considérez donc Blatt comme le meurtrier?

— C'est la seule hypothèse qui me donne satisfaction. Certes, il se peut qu'Arlena ait été plus tôt que je ne pense au courant des agissements de Blatt, qu'elle lui en ait parlé et que ce soit un complice qui l'ait supprimée, après avoir arrangé avec elle un rendez-vous sous un prétexte quelconque. C'est à examiner... et c'est pourquoi je ne serai pas fâché de repasser l'affaire à mes collègues du Yard. Ils sont beaucoup mieux placés que nous pour établir les relations de Blatt avec une bande...

Hercule Poirot restait silencieux.

— C'est bien la sagesse, n'est-ce pas? demanda le chef de la police.

— Peut-être, répondit Poirot, songeur.

Weston connaissait bien Poirot.

— Poirot, dit-il, vous avez une idée derrière la tête!

— Et quand ce serait? répliqua Poirot. Ça ne m'avance pas : je ne puis rien prouver.

— Je sais, reprit Weston, que, Colgate et vous, vous avez d'autres idées sur le problème. Elles me paraissent fantastiques, encore que je reconnaisse qu'elles contiennent quelque chose. Seulement, auriez-vous cent fois raison que ce serait encore une affaire pour Scotland Yard! Elle présente des ramifications trop lointaines pour que la police locale puisse la tirer au clair. Qu'en pensez-vous, Poirot?

Hercule Poirot semblait perdu dans ses pensées.

Weston insistait :

— Qu'est-ce qu'il faut faire?

— Je sais, dit lentement Poirot, ce que j'aimerais faire.

— Quoi donc?

— J'aimerais organiser un petit pique-nique.

Le colonel Weston ouvrit des yeux effarés.

Hercule Poirot souriait...

CHAPITRE XII

I

— Un pique-nique, monsieur Poirot? Vous n'y pensez pas?

Emily Brewster regardait Poirot comme si elle se demandait s'il n'avait pas perdu l'esprit.

Il ne s'en formalisa pas et défendit son projet.

— Ça vous paraît ridicule, dit-il, mais, moi, je tiens l'idée pour excellente. Si nous voulons que la vie ici retrouve son cours normal, il nous faut revenir au quotidien, au banal, au classique. D'autre part, je ne serai pas fâché de voir Dartmoor. Il fait beau, la promenade nous mettra à tous un peu de soleil dans le cœur. Alors, aidez-moi et persuadez les autres de venir!

Le projet rencontra un succès inespéré. Les hésitations tombèrent vite et nombreux furent bientôt ceux qui trouvaient que l'idée n'était pas si mauvaise.

On ne pressentit pas le capitaine Marshall, qui avait annoncé son intention d'aller à Plymouth ce jour-là. M. Blatt avait donné son adhésion avec enthousiasme. Il était fermement résolu à être l'âme de cette joyeuse sortie. Emily Brewster, les Redfern, Stephen Lane, les Gardener, qui retardaient leur départ de vingt-quatre heures pour ne pas manquer l'excur-

217

sion, compléteraient le lot des voyageurs, avec Rosamund Darnley et Linda.

Avec Miss Darnley, Poirot s'était montré éloquent.
Il avait longuement insisté sur la nécessité d'arracher
Linda à ses sombres pensées, et Rosamund s'était
laissé convaincre.

— Vous avez raison, avait-elle dit. Cette lamentable
affaire a porté à la pauvre enfant un coup terrible et
elle est d'une nervosité effrayante!

— Ça se comprend fort bien, avait répondu Poirot.
Mais, à son âge on oublie vite. Décidez-la à venir. Je
sais que vous le pouvez...

Le major Barry avait opposé à toutes les sollicita-
tions un refus obstiné : il avait les déjeuners sur
l'herbe en horreur.

— Je déteste trimbaler des paniers, avait-il pro-
clamé, et je ne m'assieds pas par terre pour manger.
Parlez-moi d'une vraie table, avec quelque chose dessus!

On se réunit à dix heures autour des trois voitures
qui avaient été commandées. Bruyant et cordial,
M. Blatt donnait une amusante imitation des guides
pour touristes.

— Par ici, mesdames et messieurs, par ici! En
route pour Dartmoor! Les bruyères et les myrtilles, la
féerie du Devon et le château des forçats! Amenez vos
épouses, messieurs, ou ce qui vous en tient lieu! Bien-
venue à tous! Les paysages sont garantis! On part! On
part!

Au dernier moment, Rosamund Darnley arriva. Elle
paraissait consternée.

— Linda ne vient pas, annonça-t-elle. Elle a un mal
de tête terrible.

On protesta.

— Le grand air lui ferait du bien, dit Poirot. Si
vous retourniez la chercher?

— Inutile, répondit la jeune femme. Sa décision

est prise et elle est au lit. Je lui ai donné un cachet d'aspirine.

Après une courte hésitation, elle ajouta :

— D'ailleurs, je crois bien que je vais rester, moi aussi!

— Voilà, madame, ce que nous ne saurions tolérer, s'écria M. Blatt, en lui prenant le bras par manière de plaisanterie. La haute couture doit faire partie du cortège et n'a pas le droit de se dérober. Je vous arrête et je vous conduis à Dartmoor!

D'une main ferme, il l'entraîna vers la première voiture. Passant près de Poirot, elle lui décocha un regard noir...

— Je vais rester avec Linda, dit Christine Redfern. Ça ne me dérange pas...

Patrick protesta mollement et Poirot vint à la rescousse.

— Du tout, du tout, madame! Vous venez avec nous. D'ailleurs, quand on a la migraine, la seule chose que l'on souhaite, c'est la solitude!

Christine s'inclina et les trois voitures se mirent en route. On alla d'abord à la véritable Grotte aux Lutins, celle de Sheepstor, dont on eut bien du mal à découvrir l'entrée, qu'on repéra finalement grâce à une carte postale illustrée.

Pour y accéder, il fallait faire par les rochers une ascension assez délicate, et Hercule Poirot se garda de l'entreprendre. Il se contenta de suivre les autres d'un œil amusé. Christine, dont son mari ne s'éloignait guère, sautait de roc en roc avec la légèreté gracieuse d'un jeune animal. Rosamund Darnley participait aux recherches, comme Emily Brewster qui, dans une glissade, faillit se tordre le pied. Stephen Lane se révélait infatigable et agile. M. Blatt, resté à mi-chemin, prodiguait à tous des encouragements chaleureux et prenait des photographies.

Les Gardener et Poirot s'étaient assis tranquillement au bord de la route et Mme Gardener avait repris son interminable monologue, ponctué çà et là des indispensables « oui, ma chérie », de M. Gardener.

— J'ai toujours pensé, monsieur Poirot — et M. Gardener est de mon avis — qu'il n'y a rien de si désobligeant que les instantanés... A moins qu'ils ne soient pris entre amis, bien entendu. Ce M. Blatt n'a aucun tact. Il marche sur vous, il vous parle et il vous photographie. Comme je l'ai dit à M. Gardener, c'est un individu qui manque absolument d'éducation. C'est bien ce que je t'ai dit, n'est-ce pas, Odell?

— Oui, ma chérie.

— Ce groupe de nous qu'il a pris, l'autre jour, sur la plage... C'est peut-être très gentil, mais est-ce qu'il n'aurait pas dû nous demander la permission? Miss Brewster était justement en train de se relever. Regardez le cliché! Sa silhouette est tout simplement ridicule!

— Ça, on peut le dire, fit M. Gardener, parlant pour une fois sans en être sollicité.

— Ça n'empêche pas M. Blatt de distribuer des épreuves à tout un chacun, sans demander votre autorisation, bien entendu. J'ai remarqué, monsieur Poirot, qu'il vous en a donné une, à vous aussi...

— Oui. Et j'y tiens beaucoup...

— Quant à sa conduite d'aujourd'hui, parlons-en! On n'entend que lui! Et il est d'une vulgarité! C'est bien simple : il me lève le cœur. Vous auriez dû, monsieur Poirot, vous arranger pour le laisser à l'hôtel.

— Ah! chère madame, ce n'aurait pas été facile!

— Je le sais bien. Cet homme s'impose partout. Il n'a aucun tact, je vous dis!

Des cris de joie annoncèrent à ce moment-là la découverte de l'entrée de la grotte.

La petite caravane repartit peu après pour s'arrêter,

sur les indications de Poirot, en un point d'où, en descendant une colline couverte de bruyères et de genêts, on gagnait un coin ravissant, au bord d'une rivière.

Par une étroite passerelle de bois, on pouvait passer sur l'autre rive, où une plate-forme ombreuse apparaissait comme un endroit idéal pour le déjeuner, dont l'heure approchait.

Mme Gardener, l'ayant heureusement franchie, entreprenait une analyse rétrospective des sensations qu'elle venait d'éprouver, quand on entendit un cri...

Tout le monde était passé sans encombre, mais Emily Brewster s'était arrêtée au milieu de la passerelle, incapable d'aller plus loin. Les yeux clos, elle vacillait...

Poirot et Patrick Redfern se précipitèrent et l'amenèrent sur la rive.

Elle était furieuse contre elle-même.

— Je vous remercie, dit-elle, rouge de confusion. C'est ridicule... C'est cette eau courante, sous mes pieds, qui m'a donné le vertige... C'est vraiment stupide!

Les provisions tirées des sacs, on mangea et le pique-nique fut fort réussi.

Aucun d'eux ne le disait, mais tous découvraient avec surprise qu'ils étaient heureux de cette promenade. Peut-être parce que, grâce à elle, ils s'évadaient de l'atmosphère de suspicion et de crainte dans laquelle ils vivaient depuis plusieurs jours. L'eau qui coulait avec un bruit joyeux, l'air limpide et doux, la symphonie jaune et rouge des genêts et des bruyères qui paraient le décor de couleurs vives, tout cela faisait oublier qu'il y avait de par le monde de sordides histoires de meurtre et de police. On en venait à douter de leur existence. M. Blatt lui-même en négligeait le rôle d'« animateur » dont il avait prétendu se charger. Le repas terminé, il s'écarta pour faire un somme et bientôt de sonores ronflements attestaient qu'il avait sombré dans une inconscience pleine de félicités.

Le soleil baissait à l'horizon quand on prit le chemin du retour.

Du haut d'une colline, on entrevit un court instant l'île, dominée par son hôtel tout blanc.

Caressée par les feux du couchant, elle semblait reposer doucement dans la baie. Calme, innocente...

Mme Gardener, peu loquace pour une fois, dit à Poirot :

— Vraiment, monsieur Poirot, je tiens à vous remercier. Jamais je ne me suis sentie aussi détendue, et nous avons passé une merveilleuse journée!

II

Le major Barry était sorti pour saluer leur retour.

— Alors, demanda-t-il à Mme Gardener, on a eu une bonne journée?

— Magnifique, répondit-elle. Le paysage était simplement adorable. Très anglais et plein de caractère. L'air pur et tonique. Vous devriez avoir honte, paresseux que vous êtes, de ne pas nous avoir accompagnés!

— Merci! fit-il. Aller s'asseoir dans une fondrière pour se repaître de sandwiches, je suis trop vieux pour ce genre de sport!

Une femme de chambre, en qui Poirot reconnut tout de suite Gladys Narracott, sortait de l'hôtel en courant. Elle s'arrêta, pantelante, hésita un peu et se dirigea vers Christine Redfern.

— Excusez-moi, madame, dit-elle, aussi vite que le

lui permettait son essoufflement, mais je suis très inquiète pour la jeune demoiselle... Miss Marshall... Je
viens de lui monter un peu de thé et je n'ai pas pu la
réveiller. Et puis, elle a l'air... Enfin, ce n'est pas normal...

Christine paraissait désemparée. Poirot, qui se trouvait à côté d'elle, la prit par le bras et dit :

— Nous allons aller voir ça.

En hâte, ils grimpèrent et gagnèrent la chambre de
Linda.

Ils comprirent au premier coup d'œil que la femme
de chambre ne s'était pas alarmée à tort. Linda était
d'une pâleur mortelle et sa respiration s'entendait à
peine.

Poirot lui tâta le pouls. En même temps, il remarquait, sur la table de chevet, une enveloppe fermée,
appuyée contre la lampe. C'est une lettre, à lui adres-
sée.

Au même moment, le capitaine Marshall entrait
précipitamment dans la pièce.

— Qu'est-ce qu'on me dit? Linda est malade?
Qu'cst-il arrivé?

Christine Redfern étouffait un sanglot.

— Courez chercher un médecin! dit Poirot s'adressant à Marshall. Ne perdez pas une seconde! J'ai bien
peur qu'il ne soit déjà trop tard!

Marshall sortit.

Poirot prit la lettre et déchira l'enveloppe. Il n'y
avait à l'intérieur que quelques lignes, tracées d'une
main malhabile d'écolière :

« *Je crois que c'est le seul moyen d'en sortir. Demandez à Papa de me pardonner. C'est moi qui ai tué
Arlena. Je croyais que ça me rendrait heureuse, mais
ce n'est pas vrai! Je regrette tout.* »

Ils étaient réunis dans le hall : Marshall, les Redfern, Rosamund Darnley et Hercule Poirot.

Ils étaient assis, silencieux.

Ils attendaient...

La porte s'ouvrit enfin, livrant passage au docteur Neasdon.

— J'ai fait tout ce que j'ai pu, dit-il. Elle peut s'en tirer, mais je dois avouer que je n'ai pas grand espoir...

Marshall, dont le visage demeurait impassible, demanda :

— Comment s'est-elle procuré la drogue?

Ses yeux bleus, durs et froids, se posaient dans ceux du médecin.

Neasdon rouvrit la porte et fit un signe dans le couloir.

Une femme de chambre entra. Elle avait pleuré.

— Racontez-nous ce que vous savez, ordonna Neasdon.

La fille renifla et commença :

— Je n'aurais jamais pensé... Je n'aurais jamais pensé qu'il s'agissait de quelque chose comme ça... Pourtant, la jeune demoiselle m'avait semblé drôle...

Un léger geste d'impatience du médecin l'incita à reprendre son récit.

— Voilà... La jeune demoiselle était dans la chambre de Mme Redfern. Elle était près du lavabo et elle tenait à la main une petite boîte. Elle a été terriblement surprise quand elle m'a vue arriver, et je l'ai été aussi, parce que, tout de même, ça me paraissait drôle que la jeune demoiselle soit allée dans votre chambre, madame, quand vous n'étiez pas là... Seulement, je me suis dit que c'était peut-être quelque

chose qu'elle vous avait prêté... Alors elle a dit :
« C'est ça que j'étais venue chercher! » et elle est sortie...

Christine dit, d'une voix à peine perceptible :

— Mes cachets de somnifère...

Le médecin se tourna vers elle d'un brusque mouvement.

— Comment connaissait-elle leur existence?

— Je lui en avais donné un, une fois. Le lendemain
du crime. Elle m'avait dit qu'elle ne pouvait pas dormir... Je me souviens qu'elle m'a demandé, ce cachet-là,
si un cachet suffirait. J'ai répondu : « Oui, certainement. C'est une drogue très puissante. » Et je lui
avais bien recommandé de ne jamais aller au-delà de
deux!

— Elle en a pris six! dit Neasdon.

Christine essuya une larme.

— C'est ma faute! J'aurais dû les mettre sous clef!

— Il est évident que c'eût été plus sage, lança
Neasdon, avec un haussement d'épaules.

Christine, maintenant, ne pouvait plus retenir ses
larmes. Elle pleurait, désespérée.

— Elle est en train de mourir... et c'est ma faute!

La voix du capitaine Marshall s'éleva, très ferme :

— Non. Vous n'avez rien à vous reprocher. Linda
savait ce qu'elle faisait. Ces six cachets, elle les a pris
en pleine connaissance de cause. Et peut-être... Peut-
être que c'est mieux ainsi!

Ses yeux se baissaient sur une feuille de papier
qu'il tenait à la main, la lettre que Poirot, peu auparavant, lui avait remise sans un mot.

Rosamund Darnley, cependant, criait sa protestation :

— Je ne crois pas ça! Je ne croirai jamais que
Linda a tué Arlena!... Ce n'est pas possible!... Les témoignages le prouvent d'ailleurs!

Christine ajouta :

— Non, elle ne peut pas être coupable! Elle était très déprimée, et c'est son imagination qui...

La porte s'ouvrit devant le colonel Weston.

— Qu'est-ce qu'on me raconte? dit-il du seuil.

Neasdon prit la lettre de Linda dans la main de Marshall et la tendit au chef de la police qui, l'ayant lue, s'écria, incrédule :

— Qu'est-ce que c'est que ça? Ça ne tient pas debout! C'est absolument impossible!

Avec assurance, il répéta :

— Impossible! N'est-ce pas, Poirot?

— J'ai malheureusement bien peur, dit Poirot, que ce ne soit pas impossible.

Il parlait lentement et sa voix était triste.

— Mais, monsieur Poirot, fit Christine Redfern, j'étais avec elle. Je suis restée avec elle jusqu'à midi moins le quart. Je l'ai dit dans ma déposition.

— Oui, répondit Poirot. Votre témoignage, madame, établissait son alibi. Mais sur quoi se fondait-il, votre témoignage? *sur l'heure donnée par la montre-bracelet de Linda Marshall elle-même.* Lorsque vous l'avez quittée, vous ne saviez qu'il était midi moins le quart *que parce qu'elle vous l'avait dit.* Vous nous avez dit vous-même que le temps vous avait semblé passer très vite.

Elle le regardait avec une certaine stupeur.

— Maintenant, rappelez-vous bien, madame, reprit-il. Pour rentrer à l'hôtel, avez-vous marché vite ou lentement?

— Mon Dieu... Assez lentement, je crois.

— Avez-vous remarqué quelque chose durant cette promenade de retour?

— J'ai peur que non. J'étais préoccupée. Je... Je réfléchissais.

— Je suis au regret de vous poser la question, mais pouvez-vous nous dire quel était l'objet de vos réflexions?

Christine rougit.

— J'imagine, dit-elle avec embarras, que... c'est absolument nécessaire... Je... Je me demandais si je n'allais pas partir d'ici. M'en aller sans rien dire à mon mari. J'étais tellement malheureuse à ce moment-là!

— Christine! cria Patrick.

De sa petite voix calme, Poirot reprenait :

— C'est bien ça. Vous étiez absorbée dans des pensées très graves et l'on peut dire que vous étiez indifférente à ce qui se passait autour de vous. Il est donc probable que vous êtes rentrée très lentement, peut-être même vous arrêtant de temps à autre pour réfléchir.

Christine approuva de la tête et dit :

— Vous devinez tout, monsieur Poirot, et c'est bien ainsi que les choses se sont passées. En arrivant à l'hôtel, je me suis comme éveillée d'une sorte de rêve! Je me suis précipitée dans le hall, croyant que j'étais en retard, et c'est en voyant la pendule que je me suis rendu compte que j'avais tout mon temps!

— C'est bien ça, fit Poirot.

Il se tourna vers Marshall.

— Maintenant, dit-il, il faut que je vous parle d'un certain nombre d'objets que j'ai trouvés, après le meurtre, dans la chambre de votre fille. J'ai ramassé dans le foyer de la cheminée une large plaque de cire fondue, des cheveux à moitié consumés, des morceaux de carton, des bouts de papier et une petite épingle ordinaire. Le papier et le carton n'avaient peut-être pas de signification particulière, mais on ne pouvait pas en dire autant du reste. Surtout si j'ajoute que, parmi les livres de votre fille, j'ai découvert un volume, loué à la bibliothèque circulante du village et traitant de sorcellerie et de magie. Il s'ouvrait tout seul à une certaine page, au commencement d'un chapitre décrivant divers procédés d'envoûtement. On modèle dans la cire un petit personnage qui est censé représenter la victime, puis on le fait fondre lentement ou, au choix, on lui plante une épingle la place du cœur. On provoque ainsi la mort de la personne dont on a sacrifié l'effigie. Par la suite, j'appris de la bouche de Mme Redfern que Linda Marshall était sortie tôt le matin du crime, qu'elle avait acheté un paquet de bougies et qu'elle avait paru ennuyée quand une circonstance imprévue avait révélé l'objet véritable de sa sortie matinale. Sachant tout cela, j'arrivais à une évidente certitude : Linda avait fabriqué une petite figurine en cire de bougie, l'avait vraisemblablement parée d'une boucle de cheveux de Mme Marshall — cela pour favoriser l'action des puissances occultes — puis lui avait transpercé le cœur avec une épingle, avant de la faire fondre sur un feu de papier et de carton.

« Superstition, stupidité enfantine, mais aussi désir de tuer.

« Etait-il possible qu'il y eût plus qu'un désir? *Linda Marshall pouvait-elle avoir réellement tué sa belle-mère?*

« A première vue, elle avait un alibi parfait. Mais, en fait, comme je l'ai montré il y a un instant, *les heures nous en étaient fournies par Linda elle-même*. Elle pouvait très bien avoir annoncé à Mme Redfern qu'il était midi moins le quart alors qu'il n'était que onze heures et demie.

« Une fois Mme Redfern partie, Linda aurait fort bien pu quitter la Roche aux Mouettes par le sentier, traverser l'étroite bande de terre qui la sépare de la Crique aux Lutins, descendre par l'échelle, aller vers sa belle-mère, l'étrangler et remonter par le chemin par où elle était venue avant l'arrivée de Miss Brewster et de M. Redfern. Après quoi, il ne lui restait qu'à retourner à la Roche aux Mouettes, à prendre son bain et à rentrer tranquillement à l'hôtel.

« Tout cela était possible, mais à deux conditions : il fallait savoir de façon certaine qu'Arlena Marshall était à la Crique aux Lutins et, d'autre part, avoir une force physique suffisante pour l'étrangler.

« Sur le premier point, pas d'impossibilité. Linda pouvait très bien, en abusant du nom d'un tiers, avoir écrit un mot attirant Arlena à la crique. Pour le second, même chose, Linda a les mains grandes et solides; elle est à un âge où l'on a tendance à manquer d'équilibre intellectuel, ce qui s'accompagne toujours d'un développement anormal des forces physiques; enfin, sa mère a été accusée de meurtre et effectivement poursuivie.

Kenneth Marshall leva le front.

— Il faut dire aussi qu'elle a été acquittée!

Le ton était violent, presque farouche.

— Elle a été acquittée, répéta Poirot.

— Et j'ajouterai ceci, poursuivit Marshall, Ruth, ma femme, était innocente. Je le sais d'une certitude absolue. Il y a, quand on vit avec un être, des choses qui se sentent et qui ne trompent pas. Ruth a été victime d'un malheureux concours de circonstances, mais elle était innocente!... Quant à Linda, elle n'a pas tué Arlena! Je ne le croirai jamais!... C'est ridicule! C'est absurde!

— Vous croyez donc que cette lettre est un faux?

Marshall reprit la lettre que lui tendait Weston. Il examina longuement l'écriture, puis, secouant la tête, dit à regret :

— Non. C'est bien Linda qui a écrit cela.

— Alors, fit Poirot, si la lettre est de sa main, nous sommes en présence de deux explications possibles, et de deux seulement. Ou elle était de bonne foi et elle l'a écrite *sachant qu'elle était la meurtrière, ou elle l'a écrite dans le dessein bien arrêté de couvrir quel-*

qu'un. Quelqu'un dont elle craint qu'il ne soit soupçonné.

— C'est moi que vous voulez dire? demanda Marshall.

— Vous ne croyez pas que ce soit possible?

Marshall réfléchit et dit d'un ton très calme :

— Non. Cette idée-là est aussi absurde que l'autre. Il se peut que Linda se soit rendu compte que j'ai été soupçonné au début. Mais elle savait de façon certaine que j'étais hors de cause, que la police a accepté mon alibi et qu'elle a porté ailleurs son attention.

— Oui, répliqua Poirot, mais si nous supposons que ce qui la tourmentait, ce n'était pas de savoir qu'on vous soupçonnait — ou qu'on vous avait soupçonné — mais de *savoir que vous étiez coupable?*

Après un moment de stupeur, Marshall ricana :

— Encore une idée idiote!

— Je n'en suis pas tellement sûr, riposta Poirot. On peut, voyez-vous, faire plusieurs hypothèses à propos de la mort de Mme Marshall. Dans la première, on suppose qu'elle était victime d'un maître chanteur, qu'elle est allée à la crique pour le retrouver et que c'est lui qui l'a tuée. Dans une autre, la Grotte aux Lutins servait de dépôt à des trafiquants de drogue et Mme Marshall serait morte pour avoir, par hasard, découvert leur secret. Une troisième hypothèse envisage la possibilité d'un crime commis par un dément, poussé par on ne sait quelle folie religieuse. Enfin, il y a une quatrième et dernière hypothèse. Par la mort de votre femme, vous deviez, capitaine Marshall, entrer en possession de beaucoup d'argent!

— Je viens de vous dire...

— Je sais... et je suis d'accord avec vous là-dessus : *Il est impossible que vous ayez tué votre femme si vous avez agi seul.* Oui, mais si vous aviez un complice?

— Que diable pouvez-vous vouloir dire?

230

L'homme avait lutté, mais son calme l'abandonnait. Sa voix menaçait. Une flamme brûlait dans ses prunelles.

— Je veux dire, répondit Poirot, que ce crime n'a pas été commis par un seul individu, mais par deux. Il est incontestable que vous ne pouvez pas avoir tapé des lettres dans votre chambre et, dans le même temps, vous être rendu à la crique. Mais vous auriez eu tout le temps nécessaire pour écrire en sténographie les réponses à faire à votre courrier du matin et aller faire votre vilaine besogne tandis qu'un complice tapait vos lettres pour vous, dans votre chambre.

Tourné vers Rosamund Darnley, il poursuivit :

— Miss Darnley nous a dit qu'elle a quitté Roc-Soleil à onze heures dix et qu'elle vous a vu ensuite, tapant à la machine dans votre chambre. Or, juste à ce moment-là, M. Gardener était remonté à l'hôtel pour chercher un écheveau de laine pour sa femme. Il n'a pas rencontré Miss Darnley, il ne l'a pas vue. C'est assez remarquable. Il apparaît, ou que Miss Darnley n'a pas quitté du tout Roc-Soleil, ou qu'elle l'a quitté beaucoup plus tôt qu'elle ne dit, pour aller taper à la machine dans votre chambre.

« Autre chose. Vous nous avez dit que, lorsque Miss Darnley a ouvert la porte de votre chambre, à onze heures et quart, *vous l'avez vue dans la glace*. Or, le jour du crime, votre machine à écrire et vos papiers étaient sur la table qui se trouve dans le coin gauche de la pièce, alors que la glace est entre les deux fenêtres. J'en conclus que vous nous avez menti, et menti sciemment. Par la suite, pour donner de la consistance à votre histoire, vous avez transporté votre machine sur la table placée devant la glace, mais il était déjà trop tard. Je savais déjà que, Miss Darnley et vous, vous nous aviez menti!

Il se tut.

A mi-voix, mais très nettement, Rosamund Darnley dit :

— Vous êtes vraiment d'une habileté démoniaque.

Poirot accusa le compliment d'un sourire et reprit, élevant un peu la voix :

— Je suis moins habile et bien moins démoniaque que l'homme qui a tué Arlena Marshall! Tâchez de vous souvenir! Nous nous sommes tous demandé qui Arlena Marshall allait retrouver ce matin-là. Et tous, nous avons sauté sur la même réponse : *Patrick Redfern!* Elle ne se rendait pas à la rencontre d'un maître chanteur. Son visage, au départ, le proclamait. C'est vers un amoureux qu'elle croyait aller.

« De cela, j'étais absolument sûr quand je la vis s'éloigner. Arlena Marshall allait retrouver Patrick Redfern. Or, deux minutes plus tard, Patrick Redfern lui-même faisait son apparition sur la plage. Et il était visiblement à la recherche d'Arlena. Alors?

Patrick Redfern dit, d'une voix qui trahissait une certaine inquiétude :

— Une fripouille quelconque s'est servie de mon nom...

Poirot poursuivait :

— Il était évident que vous étiez surpris et déçu de ne pas la voir. C'était même un peu trop évident. Car je soutiens, monsieur Redfern, c'est mon hypothèse personnelle, qu'elle est allée à la Crique aux Lutins pour *vous* rencontrer, qu'elle vous a *effectivement* rencontré et que *vous l'avez tuée là-bas comme vous aviez pris vos dispositions pour le faire.*

Patrick Redfern demeura quelques secondes interdit. Puis, de sa voix gouailleuse d'Irlandais, il dit :

— Est-ce que vous êtes complètement fou? J'ai été avec vous sur la plage tout le temps, jusqu'au moment où je suis parti en bateau avec Miss Brewster pour la trouver morte!

Poirot répliqua immédiatement :

— Vous l'avez tuée après que Miss Brewster eut repris le bateau pour aller prévenir la police. Arlena Marshall n'était pas morte quand vous êtes arrivé à la crique. Cachée dans la grotte, elle attendait que vous fussiez seul sur la plage!

— Mais le corps! Miss Brewster l'a vu comme moi!

— *Elle a vu un corps, elle n'a pas vu un cadavre!* Elle a vu le corps bien vivant de votre complice, ses bras et ses jambes hâlées et brunies, elle n'a pas vu son visage, caché sous un immense chapeau. Ce complice, c'était Christine, votre femme — ça n'est pas sûr, au fait — en tout cas votre associée, qui vous a aidé à commettre ce crime comme elle vous avait aidé à en commettre un autre, le jour où elle... découvrit le corps d'Alice Corrigan vingt minutes au moins avant qu'elle ne fût morte, assassinée par son mari, Edward Corrigan... C'est-à-dire par vous!

La voix de Christine s'éleva, froide et nette :

— Laisse-le dire, Patrick! Ne t'emporte pas!

Poirot continua :

— Il vous intéressera peut-être de savoir que, votre femme et vous, vous avez été reconnus par la police du Surrey sur une photographie de groupe, prise sur la plage. On vous a identifiés du premier coup d'œil comme étant Edward Corrigan et Christine Deverill, la jeune femme qui découvrit le corps d'Alice Corrigan.

Patrick s'était levé. Son beau visage déformé par la rage, congestionné, hagard, il apparaissait enfin pour ce qu'il était : un assassin.

Sa bouche crachait des injures à l'adresse de Poirot.

Et puis, soudain, il bondit en avant les mains ouvertes.

Ses doigts se refermèrent sur la gorge d'Hercule Poirot...

CHAPITRE XIII

I

Poirot parlait :

— Un matin, vous vous en souvenez sans doute, nous nous trouvions comme d'habitude assis sur la plage et je comparais les corps brunis qui autour de nous se doraient au soleil à des pièces de viande exposées sur l'étal d'un boucher. C'est ce jour-là que je remarquai pour la première fois combien il y a peu de différence entre un corps et un autre. Il y en a, bien sûr, si on regarde de près et avec attention, mais non si l'on se contente d'un coup d'œil superficiel. Rien ne ressemble plus à une jeune femme gentiment faite qu'une autre jeune femme gentiment faite! Deux jambes pain d'épice, deux bras assortis, un maillot de bain pour relier l'ensemble et voilà un corps bon pour la plage! Anonyme comme tous les autres. Quand une femme marche, quand elle parle, quand elle rit, quand elle tourne la tête, quand elle fait un geste de la main, alors, oui, elle est individualisée, alors, oui, elle a une personnalité! Mais, au moment où elle sacrifie à la religion du bain de soleil, elle n'en a plus.

« C'est ce jour-là encore qu'avec le révérend Lane nous discutâmes du Mal et du Péché. M. Lane est un homme d'une sensibilité extraordinaire. La présence du Mal le fait littéralement souffrir et il la décèle avec une étonnante acuité. Mais, remarquable appareil enregistreur, M. Lane ne localise pas toujours le Mal exactement où il se trouve. Pour lui, le Mal sur cette plage s'incarnait en la personne d'Arlena Marshall, et je dois ajouter que presque tout le monde était d'accord avec lui là-dessus.

« Que l'Esprit du Mal, pour parler comme le révérend, rôdât autour de nous, j'en étais convaincu. Mais qu'il fût représenté par Arlena Marshall, j'en doutais. Et voici pourquoi. Arlena, j'ai vu en elle, dès le début et jusqu'à la fin, *une victime*. Marquée et prédestinée. Parce qu'elle était jolie, parce qu'elle avait du charme, parce que les hommes se retournaient sur elle, on avait tendance à la considérer comme le type des femmes qui portent malheur à ceux qu'elles approchent. Pour moi, elle était tout autre. Ce n'était pas elle qui attirait les hommes, c'étaient les hommes qui l'attiraient. Elle était de ces femmes dont on s'éprend facilement et dont on se lasse encore plus facilement. Et tout ce qu'on me dit à son propos, tout ce que je découvris la concernant, devait me confirmer dans l'opinion que je me faisais d'elle. On me raconta d'abord comment l'homme dont elle avait des raisons de croire qu'il avait divorcé pour elle refusa de l'épouser. C'est alors qu'intervint un homme chevaleresque — incurablement chevaleresque — le capitaine Marshall, qui lui demanda de devenir sa femme. Pour un homme de sa trempe, au caractère fier et réservé, un procès où l'on dissèque votre vie privée est évidemment la pire des tortures. D'où l'amour, tout empreint de charité, qu'il porta à sa première femme, injustement poursuivie pour un crime qu'elle n'avait pas commis. Son mariage lui prouva qu'il ne s'était pas trompé, qu'il avait jugé à sa juste valeur celle qu'il avait épousée. Après sa mort, une autre femme, qui devait ressembler à la défunte — les cheveux roux de Linda sont probablement un héritage maternel — se trouve être involontairement héroïne d'un scandale immérité. Marshall reprend son numéro de sauvetage. Mais, cette fois, il sera mal payé de son amour. Arlena n'est pas intelligente, c'est une tête folle, qui ne mérite guère qu'on l'aime et qu'on la protège. Je crois que Marshall s'en est aperçu assez tôt et qu'il en conçut un chagrin qui survécut à son amour. Elle était pour lui comme une enfant qui ne saurait, dans le livre de la vie, aller au-delà d'une certaine page bien déterminée.

« Arlena aimait l'amour — et je reconnaissais en elle une proie désignée pour un certain type d'homme dépourvu de scrupules. Un type dont Patrick Redfern, avec sa prestance, son assurance, son charme, était un exemplaire à peu près parfait. C'était bien là un de ces aventuriers qui, d'une façon ou d'une autre, tirent des femmes leur subsistance. J'étais bien sûr qu'Arlena serait la victime de Patrick, et non Patrick la victime d'Arlena. Si quelqu'un, sur cette plage était habité de l'Esprit du Mal, c'était Patrick Redfern, et non Arlena Marshall!

« Arlena venait d'entrer en possession d'une fortune importante, à elle laissée par un vieil admirateur qui n'avait pas eu le temps de se lasser d'elle. Elle était de ces femmes qui se font nécessairement gruger par un homme ou par un autre. Miss Brewster me parla, certain jour, d'un jeune homme « ruiné » par Arlena. Après le crime, nous trouvâmes dans la chambre de Mme Marshall une lettre de lui. Il y exprimait le souhait — ça coûte si peu! — de la couvrir de joyaux, mais, dans la pratique, *il lui accusait réception d'un chèque qu'elle lui avait envoyé* et qui allait lui épargner des poursuites judiciaires. Cas typique d'un jeune prodigue qui lui avait soutiré de l'argent. J'imagine que Patrick Redfern trouva moyen de se faire donner par elle, de temps à autre, des sommes importantes, sous prétexte de « placements ». Il devait l'éblouir avec des histoires d'occasions mirifiques qui lui permettraient de décupler sa fortune à elle et de faire la sienne, à lui. Les femmes seules sont souvent victimes de ce genre d'aigrefins, qui généralement s'évanouissent un jour avec le magot. Quand il y a un mari, un frère, un père à proximité, les choses peuvent prendre pour l'escroc une vilaine tournure, et Patrick Redfern n'ignorait pas qu'il y aurait un passage difficile à franchir le jour où le capitaine Marshall s'apercevrait de ce qu'il était advenu de la fortune de sa femme.

« Cette perspective, cependant ne le tracassait pas autrement, car il envisageait froidement la suppression d'Arlena. Elle aurait lieu quand cela deviendrait nécessaire. Il était encouragé dans cette résolution par le souvenir d'un premier crime dont il s'était magnifiquement tiré : l'assassinat d'une jeune femme qu'il avait épousée sous le nom de Corrigan et qu'il avait su persuader de contracter à son profit une assurance sur la vie, qui lui avait rapporté une somme coquette.

« Il était aidé — et poussé — par celle qui passait ici pour sa femme, Christine, à laquelle il était très sincèrement attaché. Aussi différente de sa future victime qu'il est possible de l'imaginer, froide, calme, calculatrice, adorant celui dont elle avait épousé le destin, elle était, le point est important, une comédienne d'un indéniable talent. Dès son arrivée parmi nous, Christine Redfern commença à jouer un rôle : celui de la pauvre petite épouse délaissée. Elle le composa par touches successives, et fort adroitement. Elle ne supportait pas le soleil — ce qui expliquait la blancheur de sa peau — elle était sujette au vertige — rappelez-vous, entre autres, l'histoire de la cathédrale de Milan! — elle était frêle et délicate... et elle ne le laissait pas ignorer. Nous parlions d'elle comme d'une femme petite. En réalité, si elle avait les extrémités menues, elle était aussi grande qu'Arlena. Elle prétendait avoir été professeur dans un collège, ce qui lui permettait de poser à l'intellectuelle qui fait fi des exercices physiques. En fait, elle avait bien été dans un établissement d'enseignement, mais comme répétitrice, chargée des cours de gymnastique. Très entraînée, elle courait comme un athlète et grimpait comme un chat!

« L'assassinat proprement dit fut admirablement combiné et chronométré. Comme je l'ai dit déjà, ce ne fut pas du travail d'amateur et c'est avec une sorte de génie qu'avait été établi l'horaire du crime.

« L'affaire fut amorcée par quelques scènes préliminaires. Il y en eut une, jouée à mon intention sur la falaise, un soir que les deux complices me savaient à portée de leurs voix. C'était, très classique, la discussion qui met aux prises une femme jalouse et son volage époux. Un peu plus tard, Christine reprit le rôle, pour mon bénéfice encore, dans une scène où je lui donnai la réplique. Ces dialogues, il me semblait les connaître déjà, les avoir lus quelque part. *Ils n'avaient pas l'air vrais*. Et c'était bien ça : ils n'étaient pas vrais!

« Vint le jour du crime. Il faisait beau. Condition indispensable. Très tôt le matin, Redfern se glisse hors de l'hôtel. Il sort par la porte ouvrant sur le balcon et ne remet pas le verrou intérieur. Ainsi, si l'on s'aperçoit que la porte est ouverte, on pensera simplement que quelqu'un est allé prendre un bain sur les rochers. Sous le peignoir dans lequel il s'enveloppe, il dissimule un immense chapeau de carton vert, réplique exacte de celui d'Arlena. Il traverse l'île, dégringole en bas de l'échelle qui conduit à la Crique aux Lutins, cache le chapeau quelque part dans les rochers et rentre à l'hôtel. Fin de l'acte premier.

« La veille, il avait pris rendez-vous avec Arlena. Mme Marshall ayant un peu peur de son mari, ils entouraient leurs rencontres de certaines précautions et elle ne s'était donc pas étonnée de la proposition qu'il lui avait faite de la retrouver assez tôt à la Crique aux Lutins. Personne ne va là-bas dans la matinée. Elle arriverait la première, il la rejoindrait dès qu'il aurait la possibilité de s'échapper. Si quelqu'un semblait vouloir venir à la crique ou si quelque bateau passait en vue de la plage, elle se cacherait dans la grotte, dont il lui avait indiqué l'entrée, et elle attendrait là que la côte fût redevenue franche. Ici finit l'acte deuxième.

« Entre-temps, Christine s'introduisait dans la chambre de Linda, à l'heure où elle estimait que la jeune fille devait être allée prendre son bain matinal. Sa visite n'avait qu'un objet : avancer la montre de Linda de vingt minutes. Certes, il y avait un risque : Linda pouvait s'apercevoir que sa montre n'était pas à l'heure. Mais la chose était sans grande importance : le véritable alibi de Christine, c'étaient ses mains, trop petites pour qu'elle pût matériellement commettre le crime. Ce qui n'empêchait point un alibi supplémentaire d'être désirable.

« Tandis qu'elle était dans la chambre de Linda, Christine remarqua, ouvert à une certaine page, un traité de sorcellerie. Elle lut et, lorsque Linda rentra et laissa tomber par terre un paquet de bougies, elle comprit immédiatement ce qui se passait dans l'esprit de la jeune fille. Cette découverte lui ouvrait des horizons nouveaux. A l'origine, c'est sur le capitaine Marshall que les deux complices voulaient diriger les soupçons. D'où la disparition d'une pipe dont on devait retrouver une partie au pied de l'échelle de la Crique aux Lutins...

« Christine, après avoir sans difficulté décidé Linda à l'accompagner à la Roche aux Mouettes, regagne sa chambre, extrait d'une malle fermée à clef un flacon de teinture brunissante, se maquille bras et jambes avec cette teinture, puis se débarrasse du flacon en le jetant par la fenêtre. Miss Brewster faillit le recevoir sur la tête. L'acte troisième est fini et tout va bien. Notons encore que Christine a passé un maillot de bain blanc et que, pour cacher ses membres tout nouvellement brunis, elle a revêtu un pyjama de plage, pantalon très ample et veste à larges manches.

« A dix heures quinze, Arlena s'en va vers son rendez-vous. Deux minutes plus tard, apparition sur la plage de Patrick Redfern. Petite comédie expressive qui donne à comprendre qu'il est surpris, ennuyé, etc...

« Cependant, Christine joue son rôle. Tenant cachée sa propre montre, à onze heures vingt-cinq, elle demande l'heure à Linda qui, consultant sa montre, répond : « Midi moins le quart! » Là-dessus, la jeune fille descend vers la mer, tandis que Christine plie bagage. Dès que Linda a le dos tourné, Christine ramasse sa montre — Linda l'a évidemment retirée avant d'aller se mettre à l'eau — et la remet à l'heure, la réglant sur la sienne. Puis, très vite, elle monte le sentier qui va vers la falaise, court à travers les terres jusqu'au sommet de l'échelle, se débarrasse de son pyjama, qu'elle cache derrière les rochers avec ses affaires de dessin, puis descend l'échelle. Elle se souvient qu'elle est bonne gymnaste et elle ne perd pas de temps.

« Arlena est en bas, sur la plage. Elle s'étonne de ne pas voir arriver Patrick. Et puis, elle entend qu'il y a quelqu'un sur l'échelle. Elle se retourne... et on peut imaginer sa contrariété : voici venir la femme de son amoureux! Elle court se cacher dans la grotte.

« Christine retire de l'endroit où Patrick l'a dissimulé le grand chapeau dont elle va se coiffer, puis elle va s'allonger sur les galets dans une position soigneusement étudiée. Le chapeau, auquel on a adapté des boucles postiches rousses, lui couvre la tête et la nuque...

« Les temps ont été admirablement calculés. Elle n'est pas là depuis deux minutes qu'apparaît devant la plage le canot portant Patrick et Miss Brewster. Ici, rappelez-vous! C'est *Patrick* qui s'agenouille pour examiner le corps, c'est *Patrick* qui, stupéfait, bouleversé, anéanti, annonce que celle qu'il adore est morte. Il a bien choisi son témoin. Miss Brewster est assez sujette au vertige. Elle ne s'en ira pas par l'échelle, mais par la mer. C'est Patrick, bien entendu, qui restera auprès du corps, « le meurtrier pouvant fort bien rôder encore dans le voisinage ». Miss Brewster reprend donc la mer pour aller prévenir la police. Dès que le canot est hors de vue, Christine se relève, découpe le chapeau en morceaux, avec les ciseaux que Redfern a apportés, les fourre dans son maillot et prend en hâte le chemin du retour. En haut de l'échelle, elle remet son pyjama et court vers l'hôtel. Un bain rapide, pour laver la teinture brune dont elle s'est badigeonné les membres, et elle s'habille pour le tennis. Avant de partir, elle passe dans la chambre de Linda et, dans le foyer de la cheminée, brûle les morceaux de carton vert, provenant du chapeau et les boucles qui y sont attachées, avec aussi une feuille de calendrier, dont elle veille à ce qu'elle ne soit pas entièrement consumée. Linda, comme Christine le supposait, s'est livrée à quelques pratiques de magie — un bloc de cire fondue et une épingle en témoignent — et elle a brûlé un calendrier. *Il faut que les morceaux de carton soient associés au calendrier, et non au chapeau.*

« Après quoi, elle va au court de tennis. Elle arrive la dernière, mais rien dans son apparence ne laisse supposer qu'elle a couru, rien dans son attitude ne paraîtra suspect.

241

« Pendant ce temps, Patrick est allé à la grotte. Arlena n'a rien vu. Elle a entendu quelques voix, mais, prudente, elle est restée cachée. Patrick l'appelle. Elle sort. Les mains lui enserrent le cou. La pauvre Arlena Marshall est morte, qui fut stupide et jolie!

Hercule Poirot se tut.

Il y eut un long silence, puis Rosamund Darnley dit :

« Vous nous avez vraiment fait vivre le drame, monsieur Poirot, et j'en frissonne encore. Seulement, cela, c'est l'histoire vue de l'autre côté. Vous ne nous avez pas dit comment vous êtes arrivé à la vérité. »

Poirot ne se fit pas prier.

« Je vous ai dit l'autre jour, reprit-il, que je n'avais pas l'esprit compliqué. Dès le début, j'eus l'impression que *l'assassin était celui qui paraissait le plus susceptible, sur les simples apparences, d'avoir commis le crime.* Et celui-là, à mes yeux, c'était évidemment Patrick Redfern. Pour un crime de ce genre, il était l'assassin type. Il m'apparaissait non pas seulement comme un de ces hommes qui exploitent les femmes telles qu'Arlena Marshall, mais aussi comme un de ces escrocs qui deviennent volontiers des assassins, ceux qui s'emparent des économies d'une femme et lui coupent la gorge par-dessus le marché. D'autre part, qui Arlena allait-elle retrouver ce matin-là? Il n'était que de voir son visage, son sourire, la façon dont elle marchait, il n'était que d'entendre le son joyeux de sa vox pour répondre : Patrick Redfern. Pour moi, la chose ne faisait aucun doute, Patrick Redfern était l'assassin.

« Mais, tout de suite, je me heurtai à une impossibilité. Je l'ai déjà soulignée. Patrick Redfern ne pouvait avoir tué Arlena puisque jusqu'au moment de la découverte du corps, il avait été sur la plage, près de moi, ou dans le bateau, avec Miss Brewster. Je me tournai donc vers d'autres hypothèses. Elles ne manquaient pas. Arlena pouvait avoir été tuée par son mari, de complicité avec Miss Darnley. Tous deux avaient menti sur un point assez suspect. Elle pouvait aussi avoir été tuée pour avoir surpris le secret des trafiquants de drogue opérant dans l'île. Ou encore, comme je l'ai dit déjà, par un maniaque torturé par une obsession mystique. Ou, enfin, par sa belle-fille. Cette dernière hypothèse me parut longtemps la plus sérieuse. L'attitude de Linda, lorsque Weston l'interrogea pour la première fois, m'avait donné à penser. Plus tard, une courte conversation que j'eus avec elle me persuada qu'elle se considérait comme coupable.

— Voulez-vous dire par là, déclara Rosamund Darnley d'une voix incrédule, qu'elle croyait avoir tué Arlena?

— Sans aucun doute. N'oubliez pas qu'elle est encore presque une enfant. Elle croyait à la réalité des fables qu'elle avait lues dans son traité de sorcellerie. Elle haïssait Arlena. C'est dans une intention bien définie qu'elle avait modelé la petite figure de cire, qu'elle avait prononcé les formules magiques et percé le cœur de l'effigie avant de la faire fondre. *Le même jour, Arlena était morte.* La sorcellerie a tourné la tête des gens plus âgés et plus sages que Linda. Oui, j'en suis certain, elle était convaincue qu'elle avait tué sa belle-mère par ses pratiques magiques.

— Pauvre gosse! fit Rosamund Darnley. Moi qui croyais... qui me figurais... tout autre chose. Je pensais qu'elle savait...

Elle s'interrompit.

— Je sais, dit Poirot, ce que vous pensiez. En fait, votre attitude a ajouté aux angoisses de Linda. Elle croyait avoir tué sa belle-mère et elle était persuadée que vous la saviez coupable. Christine Redfern, en outre, s'appliquait à l'affoler. C'est elle qui lui suggéra l'idée qu'avec des somnifères elle expierait son crime rapidement et sans souffrance. Le capitaine Marshall ayant un alibi, il fallait trouver un coupable. Peut-être Redfern et Christine l'auraient-ils cherché ailleurs s'ils avaient été au courant des manigances des trafiquants de drogue, mais ils les ignoraient, et c'est sur Linda que leur choix se fixa.

— Quelle infamie!

— Oui. Christine était un monstre. Cruel et implacable. Capable de tout...

Après un court silence, il reprit :

— Pour moi, j'étais donc très embarrassé. Linda s'en était-elle tenue à son ridicule essai d'envoûtement ou la haine l'avait-elle poussée plus loin, jusqu'à un véritable assassinat? La question se posait. J'essayai de confesser Linda. Ce fut un échec. Et, à ce moment-là, je ne savais plus que faire. Weston penchait pour l'hypothèse qui faisait intervenir dans le crime des trafiquants de drogue. Avant d'y souscrire moi-même, je tins à revoir encore une fois toutes les données du problème...

« Voyez-vous, j'avais toutes les pièces de mon « puzzle », de petits faits, isolés mais sûrs, qu'il me fallait assembler en un tableau complet et harmonieux. Il y avait les ciseaux trouvés sur la plage, la bouteille jetée par la fenêtre, un bain que personne ne reconnaissait avoir pris, toutes choses innocentes en elles-mêmes, mais suspectes pourtant. Ce bain, personne ne voulait l'avoir pris. Cette bouteille, personne ne voulait l'avoir jetée! C'est donc que ces petits faits avaient une signification. Les théories impliquant la culpabilité du capitaine, de Linda ou des trafiquants de drogue ne les expliquaient pas. Il fallait pourtant les expliquer. Ils ne pouvaient pas, ces petits faits, ne rien vouloir dire!

« Je repris donc mon hypothèse primitive, celle de la culpabilité de Patrick Redfern.

« Existait-il quelque chose qui permît de considérer cette hypothèse comme plausible? Oui. Le fait que le compte en banque d'Arlena avait littéralement fondu. Cet argent, où était-il passé? Dans la poche de Patrick, c'était sûr. Elle était de ces femmes à qui un beau jeune homme peut toujours soutirer de l'argent, si elle n'était pas de celles qu'on peut faire chanter. Elle était trop exubérante pour avoir des secrets, et je n'avais jamais cru sérieusement à la possibilité d'un chantage. Pourtant, il y avait cette conversation qui avait été surprise... Par qui, au fait? *Par la femme de Patrick!* Cette conversation, c'est elle qui l'avait rapportée et elle n'existait que par son seul témoignage. L'avait-elle inventée et, si oui, pourquoi? La réponse m'arriva d'un coup, éblouissante : pour expliquer la disparition de l'argent d'Arlena.

« Ainsi, Patrick et Christine étaient tous deux dans l'affaire. Christine n'avait ni la force physique suffisante pour étrangler Arlena, ni assez de détermination pour le faire. Donc, c'est Patrick qui avait tué... Or, c'était impossible, puisqu'il pouvait justifier de l'emploi de chaque minute de son temps jusqu'à la découverte du corps.

« La découverte du *corps*... *Le corps*... A quoi diable ce mot me faisait-il songer? A cette conversation que nous avions eue... Les corps sur la plage... *Tous pareils*... A la crique, Patrick Redfern et Emily Brewster avaient vu *un corps* étendu. *Un corps*. Mais était-ce nécessairement celui d'Arlena?... L'immense chapeau de carton vert cachait la tête...

« Oui, ce pouvait être quelqu'un d'autre... Pourtant, non, puisqu'il n'y avait qu'un cadavre! Celui d'Arlena. Alors? Etait-il possible que le corps étendu sur la plage eût été un *corps vivant?* Est-ce que ce pouvait être Arlena, décidée par Patrick à se prêter à on ne sait quelle mystification? Ce fut ma première idée, mais je la repoussai tout de suite. Trop risqué. Ce corps vivant, à qui pouvait-il appartenir? Quelle femme avait pu consentir à aider Redfern? La ques-

tion ainsi posée dictait la réponse : sa femme. Evidemment. Oui, mais c'était une créature à la peau
blanche et laiteuse... C'est exact. Seulement, on vend
des teintures brunissantes qui s'appliquent en deux
minutes. Ça se vend en flacons... en bouteilles. Flacon
ou bouteille, je retrouvais une autre pièce de mon
« puzzle ». Oui... Et, ensuite, naturellement, avant
d'aller au tennis, un bain... Pour faire disparaître
cette teinture indiscrète... Et les ciseaux? ... Il les fallait pour découper cet immense chapeau de carton,
un encombrant accessoire dont il n'y avait pas d'autre moyen de se débarrasser. Seulement, on fut obligé
de faire très vite et les ciseaux restèrent sur la plage.
Le seul oubli des assassins.

« Mais, pendant tout ce temps, où était Arlena? Ici,
j'avais une indication assez nette. Je savais, parce
qu'elles usaient du même parfum, que Rosamund
Darnley ou Arlena Marshall avait séjourné dans la
Grotte aux Lutins. Comme ce n'était certainement pas
Rosamund Darnley, ce ne pouvait être qu'Arlena.
C'est là évidemment qu'elle s'était cachée pour atten-
dre le départ des « gêneurs ».

« Les choses s'éclaircissaient peu à peu. Emily
Brewster hors de vue, Patrick Redfern avait pu commettre son crime en toute tranquillité. Arlena avait
été tuée après midi moins le quart. Le témoignage du
médecin légiste ne concernait que l'heure la plus éloignée à laquelle la mort pouvait remonter. C'est parce
qu'on le lui avait dit que Neasdon acceptait qu'Arlena
fût morte à midi moins le quart. Mais il avait fait à
Weston des réserves significatives.

« Deux points encore restaient à préciser. Le témoignage de Linda Marshall fournissait un alibi à Christine Redfern. Oui, mais la valeur de la déposition dé-
pendait des heures données par la montre de Linda.
L'alibi tombait si l'on pouvait prouver que Christine
avait eu par deux fois la possibilité de toucher à la

montre de Linda. Je n'eus pas de mal à en acquérir la certitude. Elle s'était trouvée seule, le matin, dans la chambre de Linda, et, qu'elle eût à ce moment-là avancé la montre de la jeune fille, j'en avais une preuve indirecte. Linda, dans sa déposition, nous avait dit, parlant du rendez-vous qu'elle avait avec Christine : « J'avais peur d'être en retard », mais qu'elle s'était aperçue, en jetant un regard sur la pendule du hall, qu'il n'en était rien et qu'il était seulement dix heures vingt-cinq. L'autre moment où Christine avait pu « trafiquer » la montre de Linda était évidemment celui où Linda l'avait quittée pour aller se baigner.

« L'autre point, c'était la question de l'échelle. Christine nous avait toujours dit qu'elle était sujette au vertige. C'était encore un mensonge soigneusement préparé. Nous verrons ça tout à l'heure...

« Ma mosaïque était maintenant achevée, toutes les pièces de mon « puzzle » avaient trouvé leur place. Mais, par malheur, je n'avais pas l'ombre d'une preuve. Il ne s'agissait que d'un raisonnement. Tout était dans mon cerveau.

« C'est alors qu'une idée me frappa. Il y avait dans ce crime une sorte d'assurance extraordinaire. L'assassin n'avait pas eu une hésitation, pas eu un moment d'incertitude. Il me sembla qu'il ne se ferait pas faute à l'avenir de recommencer, ce qui m'amena à m'interroger aussi sur son passé. Il était parfaitement possible que ce ne fût pas là son premier crime. La méthode employée, l'étranglement, était bien dans le caractère de Patrick Redfern, par moi catalogué dès l'origine parmi les assassins qui tuent par plaisir autant que par intérêt. J'étais sûr, s'il avait déjà tué, qu'il avait recouru au même procédé, ce qui m'incita à demander à l'inspecteur Colgate une documentation sur les femmes assassinées par strangulation en ces dernières années. Les renseignements qu'il me remit me comblèrent de joie.

La mort de Nellie Persons, trouvée étranglée dans les bois, pouvait être ou ne pas être l'œuvre de Patrick Redfern, mais celle d'Alice Corrigan m'apportait ce que j'attendais. C'était, par essence, le même crime. Un meurtrier qui jonglait avec le temps, *s'arrangeant pour que son forfait parût être découvert non pas après le moment où il a été réellement commis, mais avant;* un cadavre trouvé à quatre heures vingt-cinq et au-delà...

« En réalité, que s'était-il passé? Il avait été admis que Corrigan, attendant sa femme à l'auberge du Grand Pin, *avait fait les cent pas dans le voisinage.* A la vérité, il avait couru à toutes jambes au rendez-vous qu'il avait donné à sa femme, en plein bois, il l'avait tuée et était revenu à l'auberge. La jeune campeuse qui avait découvert le crime et prévenu la police était une jeune fille très bien, répétitrice dans un collège réputé. Aucune relation apparente entre elle et Edward Corrigan. Il lui avait fallu faire un certain chemin pour aller au commissariat, et c'est seulement à six heures moins le quart que le médecin légiste avait pu examiner le corps. Comme c'est l'usage en pareil cas, il avait sans hésitation admis que la mort eût eu lieu avant l'heure où on lui avait dit avoir trouvé le cadavre.

« Il me restait à faire une dernière expérience, celle qui me prouverait définitivement que Mme Redfern mentait. J'organisai notre petite excursion à Dartmoor. Les gens à qui la tête tourne lorsqu'ils sont sur une hauteur se sentent encore bien moins à leur aise quand il s'agit de franchir une passerelle sous laquelle on aperçoit de l'eau courante. Miss Brewster, qui est vraiment sujette au vertige, chancela au milieu de la traversée. Christine Redfern, qui ne se méfiait pas, passa sans hésitation; Petit détail, mais expérience probante. Et décisive : il était sûr qu'elle avait menti une fois, tous les autres mensonges présumés étaient des mensonges probables. Entre-temps, Colgate soumettait à ses collègues du Surrey la photographie que vous savez. Nous avions toutes les certitudes souhaitables. Je jouai ma partie de la seule façon qui, je crois, pouvait enlever la victoire. Après avoir donné à Redfern le sentiment d'une absolue sécurité, je me suis brusquement déchaîné contre lui, faisant de mon mieux pour lui faire perdre son sang-froid. Il a réagi comme je l'espérais quand il a appris que nous l'avions reconnu comme étant Corrigan!

Il promena sur son cou encore douloureux une main soignée et dit avec gravité :

— Ce que j'ai fait était très dangereux, mais je ne le regrette pas, puisque j'ai triomphé. Je n'ai pas souffert en vain.

Mme Gardener poussa un long soupir.

— Vraiment, monsieur Poirot, dit-elle, je vous ai écouté avec ravissement! Cette façon dont vous obtenez vos résultats... Ça m'a passionnée d'un bout à l'autre comme aurait pu le faire une conférence à l'Institut criminologique... Mais est-ce que ce n'était pas une conférence? Et dire que mon peloton de laine rouge et notre conversation sur les bains de soleil ont joué un rôle dans l'affaire! Non, vraiment, ce que je ressens ne peut pas s'exprimer avec des mots, et je suis sûre que M. Gardener pense comme moi. N'est-ce pas, Odell?

— Oui, ma chérie, dit M. Gardener.

— M. Gardener, lui aussi, m'a été utile, dit Poirot. Je voulais l'opinion d'un homme raisonnable sur Mme Marshall. C'est la sienne que j'ai sollicitée.

— Vraiment? dit Mme Gardener. Et qu'est-ce que tu as dit d'elle, Odell?

— Mon Dieu, ma chérie, répondit M. Gardener avec embarras, tu sais que je n'ai jamais pensé beaucoup de bien d'elle...

— Les maris disent toujours à leur femme des choses de ce genre-là, dit Mme Gardener. Et M. Poirot lui-même se sent plutôt indulgent pour elle, allant jusqu'à nous raconter qu'elle était une victime désignée et prédestinée! Il faut pourtant reconnaître que ce n'était pas du tout une femme distinguée, et j'ajouterai — puisque le capitaine Marshall n'est pas là, je puis bien le dire — qu'elle m'a toujours fait l'effet d'une sotte. Je l'ai souvent dit à M. Gardener. N'est-ce pas, Odell?

— Oui, ma chérie, dit M. Gardener.

II

Linda Marshall était assise près d'Hercule Poirot, à la Roche aux Mouettes.

— Bien sûr, dit-elle, je suis contente de n'être pas morte. Seulement, monsieur Poirot, c'est tout de même comme si je l'avais tuée, puisque j'en ai eu l'intention!

Hercule Poirot protesta avec énergie.

— Mais non, s'écria-t-il, ce n'est pas du tout pareil! L'intention est une chose, l'action en est une autre! Si vous vous étiez trouvée dans votre chambre en présence, non pas d'une petite figurine de cire, mais de votre mère, ligotée et impuissante, si vous aviez eu à la main, non pas une épingle, mais un poignard, croyez-vous que vous le lui auriez enfoncé dans le cœur? Jamais de la vie! Quelque chose vous aurait dit « non »!... Et tout le monde est comme ça! Je suis furieux contre un stupide imbécile. Je dis : « J'aimerais lui coller un coup de pied! » Mais, comme il n'est pas là, c'est à ma table que je donne le coup de pied, en disant à part moi : « Cette table représente mon stupide imbécile et voilà pour lui! » Si je ne me suis pas fait trop mal au pied, ça me soulage, et la table, elle, ne s'en porte pas plus mal. Mais, si le stupide imbécile était là, je ne donnerais pas le coup de pied. Fabriquer une petite poupée de cire et lui transpercer le cœur, c'est bête, c'est enfantin... Mais ça peut être utile. Il y avait de la haine en vous, vous l'avez mise dans la petite poupée et, avec l'épingle, vous avez tué, non pas votre belle-mère, mais la haine que vous lui portiez. Après, même avant d'avoir entendu parler de sa mort, vous vous êtes sentie purifiée... Ce n'est pas vrai? VRAI? Vous ne vous êtes pas trouvée plus légère, plus heureuse?

— Si, fit-elle, c'est vrai. Comment le savez-vous?

— Je le sais. Et, puisque j'ai vu juste, il ne faut plus retourner toutes ces idées dans votre petite cervelle... Et il faudra aussi vous arranger pour ne pas détester votre prochaine belle-mère!

L'enfant ouvrit de grands yeux.

— Vous croyez que je vais avoir une nouvelle belle-mère?... C'est Rosamund que vous voulez dire?... Eh bien tant mieux!

Elle réfléchit cinq secondes et dit :

— Au moins, elle, elle est *raisonnable!*

L'adjectif n'était pas celui que Poirot aurait choisi. Mais sans doute prenait-il dans la bouche de Linda la valeur d'un éloge exceptionnel.

III

— Dites-moi, Rosamund, demanda Kenneth Marshall, est-ce que vous ne vous étiez pas fourré dans la tête cette idée folle que je pouvais avoir tué Arlena?

Rosamund Darnley baissa le front et répondit :

— Je crois que j'ai été assez bête pour ça!

— Je m'en doutais!

— Mais aussi, Ken, c'est de votre faute! Vous êtes toujours fermé comme une huître! Je n'ai jamais connu vos véritables sentiments pour Arlena. Je n'ai jamais su si vous l'acceptiez telle qu'elle était, avec le seul souci de vous comporter correctement vis-à-vis d'elle, ou, au contraire... si vous aviez en elle une confiance aveugle. Et je m'étais dit que, dans ce dernier cas, si vous aviez tout d'un coup découvert la façon dont elle se conduisait, vous pouviez être devenu fou de rage! L'écho de certains de vos éclats m'était venu aux oreilles. Vous êtes toujours très flegmatique, mais vous avez des colères terribles.

— Alors, vous avez pu croire que je l'avais prise à la gorge et que j'avais serré... serré?

— Euh... Enfin... Oui, je l'ai cru. Votre alibi, voyez-vous, ne me paraissait pas d'une solidité à toute épreuve. C'est même pour ça que je me suis brusquement décidée à vous donner un coup de main, imaginant une histoire stupide pour pouvoir raconter que je vous avais vu taper à la machine dans votre chambre. Quand vous avez déclaré que, de votre côté, vous m'aviez aperçue... eh bien, j'ai eu la quasi-certitude que vous étiez coupable! D'autant plus qu'il y avait, pour me fortifier dans cette conviction, l'attitude bizarre de Linda...

Kenneth soupira.

— Vous vous rendez compte, demanda-t-il, que si j'ai prétendu vous avoir aperçue dans la glace, c'est pour donner du poids à votre histoire? ... Parce que je pensais que vous aviez, vous, besoin qu'elle fût confirmée?

Elle le regarda, stupéfaite.

— Vous ne vous souvenez pas, Rosamund, de ce gosse que vous aviez à moitié tué, un jour, à propos de votre chien? Vous l'aviez pris à la gorge et il a fallu vous l'arracher des mains!

— C'était il y a des années!

— Je sais.

— Et puis, pourquoi aurais-je tué Arlena?

Il marmonna des mots indistincts.

— Prétentieux que vous êtes, dit-elle. Vous supposez peut-être que je l'ai tuée, par bonté d'âme, pour vous épargner la peine de le faire... ou parce que je désirais vous épouser?

Il protesta avec indignation.

— Jamais de la vie! Mais, vous vous rappelez ce que vous m'avez dit, certain jour, à propos de Linda... et du reste. Il m'a semblé, ce jour-là, que mon sort ne vous était pas indifférent...

— Je n'ai jamais prétendu le contraire.

— Je le sais, fit-il gravement...

Après un silence, il dit :

— Voyez-vous, Rosamund, je ne suis pas orateur, je m'explique mal, mais je voudrais que ceci fût bien clair. Arlena, je l'avais peut-être aimée un peu, au début, mais je ne l'aimais plus. La vie de tous les jours, auprès d'elle était une dure épreuve pour les nerfs. En fait, c'était l'enfer. Pas par sa faute, non! C'était une créature sans cervelle, elle allait d'un homme à un autre — c'était plus fort qu'elle — et la plupart, finalement, se moquaient d'elle et lui faisaient de la peine. Je considérais que je ne pouvais pas être celui qui lui porterait le dernier coup. Je l'avais épousée, c'était à moi de veiller sur elle de mon mieux. Je crois qu'elle s'en apercevait et qu'elle m'en gardait quelque reconnaissance. Il y avait quelque chose de pathétique dans son cas...

Il se tut.

— Je vous remercie, dit la jeune femme de sa voix douce. Maintenant, j'ai compris.

Il dit à mi-voix, sans la regarder :

— Vous êtes très forte, vous, quand il s'agit de comprendre!

253

Elle sourit, un peu ironique.

— A propos, fit-elle, est-ce que c'est tout de suite que vous allez me demander en mariage ou avez-vous décidé de ne le faire que dans six mois?

La pipe de Kenneth lui tomba des lèvres et alla se casser en bas, dans les rochers.

— Zut! lâcha-t-il. Ça fait la deuxième pipe que je perds ici et je n'en ai pas apporté une troisième!... Comment diable savez-vous que je m'étais donné six mois?

— Parce que c'est le délai convenable. Mais je préférerais que notre décision fût prise tout de suite. D'ici six mois vous pourriez rencontrer une autre créature persécutée et vous précipiter pour jouer encore une fois les Don Quichotte!

Il rit.

— Cette fois, Rosamund, la créature persécutée, ce sera vous! Vous allez lâcher votre satanée maison de couture et nous irons nous installer à la campagne!

— Est-ce que vous ne savez pas que je tire chaque année d'assez jolis revenus de cette satanée maison de couture? Et ignorez-vous que c'est *ma* maison, que je l'ai créée, faite de mes mains et que j'en suis fière?... Vous avez une certaine audace de venir me dire : « Ma chère, lâchez-moi tout ça! »

— J'ai cette audace-là, parfaitement.

— Et vous croyez que je tiens assez à vous pour tout lâcher?

— Sinon, fit-il avec un sourire, vous ne m'intéressez pas!

Elle rit doucement :

— Mon cher Kenneth, toute ma vie, j'ai eu envie de vivre avec vous à la campagne. Et voilà que mon rêve va se réaliser!...

Les Maîtres du Roman Policier

Première des collections policières en France, Le Masque se devait de rééditer les écrivains qu'il a lancés et qui ont fait sa gloire.

« Composition réalisée en ordinateur par IOTA »

IMPRIMÉ EN FRANCE PAR BRODARD ET TAUPIN
58, rue Jean Bleuzen - Vanves - Usine de La Flèche.
ISBN : 2 - 7024 - 1336 - 6

H 31/0572/3